当代中国生态文学读本

05

天空安详如镜

The Sky Serene As a Mirror

远人　主编

南方出版传媒
花城出版社
中国·广州

图书在版编目（CIP）数据

天空安详如镜 / 远人主编. -- 广州 : 花城出版社,
2017.3
（当代中国生态文学读本）
ISBN 978-7-5360-8318-9

Ⅰ. ①天… Ⅱ. ①远… Ⅲ. ①中国文学－当代文学－作品综合集 Ⅳ. ①I217.1

中国版本图书馆CIP数据核字(2017)第054522号

出 版 人：詹秀敏
责任编辑：王 凯 庞 博
技术编辑：薛伟民 凌春梅
封面设计：远人工作室＋小虫

书　　名	天空安详如镜 TIANKONG ANXIANG RU JING
出版发行	花城出版社 （广州市环市东路水荫路11号）
经　　销	全国新华书店
印　　刷	佛山市浩文彩色印刷有限公司 （广东省佛山市南海区狮山科技工业园A区）
开　　本	787毫米×1092毫米　16开
印　　张	16′ 1插页
字　　数	200,000字
版　　次	2017年3月第1版　2017年3月第1次印刷
定　　价	40.00元

如发现印装质量问题，请直接与印刷厂联系调换。
购书热线：020－37604658　37602954
花城出版社网站：http://www.fcph.com.cn

人文　自然　品质

主办　深圳市光明新区文化艺术发展中心

顾问　王晓华

主编　远　人

编委　陈　瑛　陈昌云　余巍巍　王　猛

序

Preface

天空安详如镜

远　人

我们总说现代生活的节奏在不断加快，也总说城市变得越来越拥挤。这些常态早已成为现代人无法抽离的生活本身。一方面我们应该承认，我们今天的生活质量在超越以往，另一方面，我们又不得不承认，这些不断加快的节奏让我们不知不觉失去了对自然的凝视。

对人来说，自然当然不仅仅是森林和湖泊，也不仅仅是草原和山峰，容易让人忽略的，是我们很少抬头去看看头顶的天空。我们不能否认，在后工业时期，天空遭到的污染前所未有，城市的废气和工业的浓烟在不断改变天空的颜色，近些年来，雾霾在天气现象中出现的密集频率，导致空气质量逐渐下降。天空的阴沉更使我们难以感觉天空的美好，难以让我们以平和的心态去面对天空。也正因如此，当某一日晴空万里之时，我们会情不自禁地感叹天空的高远和蔚蓝。

高远和蔚蓝正是天空的本质。无须从物理学角度来追寻解释，对人来说，看见高远和蔚蓝，会感觉内心的涌动。这些涌动也恰恰是我们生命最本质的涌动。因为我们渴望人生到达的就是高远，也渴望生命拥有的就是蔚蓝。

我平生见过最感震动的天空是在一个叫旱地的旷野。几十公里的范围，不可思议地没有任何声音。在那里，我发现安静可以让人内心发抖。当时结伴而去的一行人谁也没有说话，好像只要一说话，我们就会辜负这无声万籁的信任。我从来没意识过，安静是有深度的。它像是只往大地深处下沉。安静越是广阔，就越是往地下沉入得从容不迫、沉入得我行我素。我走下山冈时，再也忍不住在草地上躺下来。我从来没有像那一刻一样地躺在地上，我也没有想过我会如此心甘情愿地让自己躺下来，让整个身体都和大地发生接触。我知道，我是在和安静发生接触。我伸开四肢，眼前就只有深蓝的天空，没有污染，没有杂质，它就是一望无际的深蓝。我躺在地上，很久都不愿意起来。

不想起来，是因为在我眼里，那片天空安详得犹如一面镜子。尽管我从天空的镜子里看不到自己，但我能看到我从那里反射出的梦想。我相信那也是所有人的梦想，在任何一个时代，没有人会不梦想有一面安详如镜的天空在头顶出现。当我们凝视那样的天空，我们会感觉我们的人生在变得干净，我们的梦想也变得深远。

也许可以说，从地球形成那天开始，天空就一直安详。我们现在不过是将安详当作一种追寻。天空的安详属于自然，也会属于文字和语言。作为编者，我们会希望，这一卷的所有作品，都能带给读者内心的安详。那也是我们生命最深处的安详。

2016年12月11日于深圳

目录 Contents

光明

文本与绎读

小说

氮 肥 厂

◎田耳

现在，但凡小丁回忆起住在氮肥厂的日子，首先脑袋里会蹭出那个姓苏的守门人，以及他在空旷、灰暗并且嘈杂的厂区内来回走动的样子。大家说老苏是个倒霉鬼，但老苏脸上一天到晚都挂着笑，比别的所有职工的笑脸堆起来还要多，还要欣欣向荣。倒霉的老苏以前在县政府当守门人，难得有笑的时候，一到氮肥厂，他就开心起来，仿佛这氮肥厂是他一个人的天堂。

老苏的左腿虽然比右腿短了十几厘米，但能够凑合着用；右腿看上去显得完整，其实是条累赘。于是，他走路的姿势就成了这样：左腿永远摆在前头，右腿作为一个支撑点，只在左腿腾空时勉为其难地撑几秒钟；左腿往前挪了几厘米远，我们的老苏身体借势往前倾，就把右腿顺带着拖动几厘米。其实还可以讲得形象一些：就好比男人单膝跪地向女人求婚，女人却掉头走了，男人则保持着这一跪姿向前追赶。大概就是这个样子吧！

当老苏行经眼前，小丁好几次听见岳父老陈说，我看着眼睛都蛮累。小丁揣摩到，老陈往下还有一句没说出来的话：他老苏何事能活得这么快乐，这般滋润？

这也是氮肥厂几十号职工共同的疑问。1977年的氮肥厂厂区，触目是一片暗灰的颜色，围墙、厂房、烟囱、蓄水池……造气车间开工时，蓄水池里那圆柱状的气柜就会上下夯动，收集气体并将气体泵入压缩车间。建厂那年，圆柱体的气柜分明是涂着赭石色，这才两三年时间，就灰得和蓄水池池壁毫无差别，在氮肥厂，这种死灰仿佛可以传染、渗透、蔓延……小丁记得，住在氮肥厂的日子里，顶头上那片天穹大多数时候也成了这种颜色。但天色毕竟灰得轻淡一些，犹如氮肥厂在一方水面上的镜像。

在这种环境中，老苏脸上的笑容就尤其显得突兀了。他独特的走姿进一步加重了这种突兀之感。职工们歇气的时候会走到厂坪里，抽一支没装过滤嘴的纸烟，看看老苏一脸喜色，不晓得应不应该羡慕这个人。

1977年的时候，在氮肥厂，似乎谁都没有理由成天到晚地傻乐。

老陈刚调到氮肥厂当厂长不久，通过调研认识，氮肥厂作为临时政策的产物，投产以来一直都在亏损。——用不着什么调研也能晓得这厂在亏损，其生产成本高于生资公司的牌价。这是明摆着的事实，就犹如老苏两腿都瘸一样，是明摆着的事实。

老陈把小女儿和女婿小丁安插进氮肥厂以后，就着手写文章打报告，摆事实讲道理，请求上级部门酌情关闭氮肥厂，并转产上其他的项目。

如果老陈不是那么急于搞垮氮肥厂，就不会把老苏这个废人弄到厂里来。

老苏原本不是个废人，自从他落成现在这个样，谋生就全搭帮向副县长照应了。向副县长从前娶了老苏的姐姐，作为姐夫，他有义务给老苏弄碗饭吃。老苏被安排在县政府大院看门。看门就只能看门，扫地的人还得另请。他有一只胳膊也残了，像煮熟的挂面一样成天耷拉在肩膀上，只有一只手能用——其实他看门也看不好，他以半跪的姿势走过去，要拖沓几分钟才能移到门边，用仅有的一只手拉开一扇门，然后再移动着拉开另一扇门。幸好那时车不多，只有上面领导检查工作时才会坐吉普车来到政府大院。佴城的几位正副县长出入大院，一色的二八锰钢单车。

有几次，上面的领导来到门边，左等右等等不及了，烦躁了，就跳下车来帮着老苏打开那两扇门。

老苏很内疚。虽然那些领导回头就被随从们写了一篇亲民啊随和啊关爱残疾人啊之类的文章发在地市党报上，老苏还是很内疚。他是个蛮有上进心的人，遇到困难，就会发挥主观能动性，去排除困难。他脑袋挺灵便。那两天，他始终在纸上画来画去，鬼画桃符，别的人看不出个所以。两天后，他买了几股麻绳、几个定滑轮和一个绞绳的轴把子，用时两个多小时，就把县政府两扇沉重的木门改造成了自动门。摇那轴把子的时候，人感觉不是很费劲，老苏可以一边抽着烟一边把门摇开。当他要关门的时候，就反向摇动那轴把子。

门一旦弄好，各个机关的守门人都跑来睨几眼。不看不晓得，一看都恍然明白过来，操，原来是这样的啊。他们回去折腾一番，把门都折腾得自动起来。

但向副县长一直盘算着要把老苏调走。老陈拿着一叠关于请求关闭氮肥厂的报告去找向副县长时，向副县长就把这层意思讲给老陈。办公室里当然不便说，向副县长拉着老陈去招待所吃饭，碰了两杯，向副县长就说想拿老苏和氮肥厂的门卫对调一下。

……其实，老苏是个蛮好用的人，脑袋里拽得出一把一把鬼主意，人又蛮听话，像给你当崽当孙一样听话。向副县长一派推销员的口气，然后又说，他的情况你晓得，摆开了说，虽然我一个党员不好讲鬼信神，但我这妻弟确实有点霉，有点衰。老陈你晓得的，早几年一帮副县长里头，仿佛我是势头最好的，眼看着……日他妈，自从把老苏带到身边以后……

我晓得我晓得。老陈看着向副县长有些伤心了，赶紧举杯过去和他再碰两碰，然后知冷知暖地说，我都晓得。

向副县长追着老陈问，帮不帮我这个忙？要是我能扶正，我肯定投桃报李，帮你关掉那个衰厂。他敲了敲桌子上老陈写的那叠报告。

换就换好了，卵大个事。老陈这往自己口里抹一杯酒，有些解嘲地说，老向你是要运气，我啊，倒正需要点衰气咧。就不晓得老苏这个人到底有多衰。

向副县长说，各取所需，各取所需，呵呵哈哈。两人干掉了剩下的酒。

就这样，老苏从县政府来到氮肥厂。

到氮肥厂没两个月，老苏就彻底变成了一个快活的人。当氮肥厂的职工们头一次看见老苏一张苦瓜脸挤出笑来的时候，都觉得很稀罕，就像看见了昙花一样。老苏的笑容是很打动人的，试想，老苏这样的人都能对他惨淡的人生报以一笑，那别的人，再垂头丧气的话是不是奢侈了些呢？氮肥厂的职工都从老苏的笑容里得来些感悟。那年头，人们还是蛮愿意在生活里有所感、有所悟的，先进人物报告会时常有得开。但从老苏那里，得来的感悟还更多一些。

再过去几个月，大家看见老苏每天都没完没了地面带微笑，感觉又不一样了。他们想，老苏凭什么笑得这样起劲？老苏的笑，把整个氮肥厂的氛围都改变了。这似乎不太正常。运动时期虽然结束了，人们的警惕性还是蛮高的，觉察到不正常的气味，就免不了去追本溯源。

小丁有时候也会琢磨着老苏的笑容。他对老苏的笑容没有太大热情，也不是漠不关心。有时闲着无聊，比如说骑单车行在一条空旷路上的时候，他偶尔地想，老苏何事这样开心呢，而我何事总也快活不起来？

有时候阳光照在眼前黑油油的沥青路面上，路面泛着幽微的光，映在小丁的眼底。小丁时快时慢地踩着单车，把老苏的笑容回忆得多了，就会得来一阵烦躁。他在心里嘀咕说，先人哎，我四肢健全，老婆蛮漂亮算得上氮肥厂的厂花，孩子长得跟洋娃娃似的蓬松白净，何事还快活不起来？

有一天一个朋友骑在另一辆单车上从后面追来，和小丁打招呼。他们以前是同学。他的同学问，小丁想什么呢，骑车还走神。小丁一想那同学是在政府工作，就问，老苏你记得不？就是以前在你们政府守门的那个。同学就说，当然认得。怎么啦？小丁说，这个人真是心态奇好，都那个样了，每天有说有笑，开心得不得了。那同学也奇怪了，他说，你说老苏现在有说有笑是吧？他以前在我们那里，可从不这样。我都不晓得他笑起来会是什么样子。

小丁说，那就更奇怪了。他一转到我们氮肥厂，就像是跨进了共产主义一样，有享不尽的福一样。

那真是怪事。那同学说，改天我去你那里串串，看看老苏笑起来是个什么样子。他说些什么呢？

小丁说，他什么都说，你问他怎么弄瘸的，怎么成了个残废，他也脸上挂笑，一五一十地摆给你听。他讲得蛮生动，像英模做报告一样。

那同学翻翻白眼，说，是吗？以前他可是三脚踹不出一个屁来的呀。你说说，他怎么搞成了现在这副样子？

老苏确实是面带微笑地告诉每一个前来关心他的人，他怎么搞成了现在这样。早几年他还是个完全健全的人，身体板实，做起活来样样拿手。1973年的时候他谈了一个女朋友。那女的是城郊筌湾村的人……

筌湾村？是不是现在被叫做寡妇村了？老苏刚说起这个名字，别的职工就大概明白了，会是怎么一件事情。前几年发生在筌湾村的事，还是尽人皆知的。没想到老苏也掺和进去了。

……对，就是那年秋后的事。老苏舔了舔嘴皮，抽起别人递上来的烟，还用嘴唇把烟杆子濡湿一些。

那年秋后，老苏去找他的未婚妻，正碰上筌湾村的男人们庆丰收，一齐去河湾里炸鱼，闹一闹气氛。

筌湾是个特别小的村落，十几户人家，男人加起来二十几个。那天，几乎所有的成年男人都去了河湾。他们从乡供销社拉关系搞得两坛炸药，拿去炸鱼。第一坛炸药被点燃导火索后放进河湾，等得一刻钟，没有响动。于是他们把第二坛炸药扔进河湾。很快，这一坛炸药在水底下开花了，水汩汩地翻涌上来，很多鱼漂在了河面上。筌湾村的男人们乐开了花，他们一个个脱得精赤，像一条条大白鱼一样钻进水里，捞起炸死或炸晕的鱼，用柳条串着。

当他们全都潜进水里的时候，刚才哑巴了的那坛炸药，这时突然也开了花。

老苏喷着特别地道的烟圈，说，那天我去晚了些，刚走到她屋里，她就把我推出来，要我去河湾捡鱼。她说她家里就她一个老爹，水性又不蛮好，捡起鱼来肯定要吃亏的。我到地方的时候，别人已经捡了不少。我脱光衣服，刚一入水，那坛炸药就炸了。算好，我还没潜进水底。要是早入水十秒钟，我肯定也死在那里了。

别的职工就说，啧啧，不幸中的大幸，老苏，你还是一个蛮有运气的人。

老苏苦着脸说，这还叫有运气？我入水的地方正好是爆炸的正上方，一股水柱把我掀起来老高，可能有丈把高，搞得我整个人像是飞起来一样，腾云驾雾……

那蛮爽的嘛。有人说，老苏那么大的一堆，竟然能够飞起来。啊哈，老苏两条腿一长一短地飞了起来。

老苏辩解地说，不是的。那时候，我的两条腿还一样地长。掉下去以后就晕死了，醒来的时候，人躺在医院里头，手脚都不能动弹了。喏，出院就成了现在这样。

别的职工拍拍老苏的肩头，安慰地说，老苏呵，往好处想，能捡得一条命在，就不错了。

我晓得我晓得。老苏说，我这人，经过这事情特别想得开。李小莲一脚把我蹬了，我眼都不眨一下。老苏吧唧了一大口烟，那烟没有过滤嘴，一下子燃到了手指捏着的地方。老苏把手指拿开，还争分夺秒地吸进去两口烟子。

别的职工说，老苏你是个角色。我们是不是叫厂长老陈开个英模报告会，抓老苏上去把这些事摆一摆？老苏可是保尔·柯察金式的人物呵。

老苏就憨厚地说，哪里哪里，别灌我迷魂汤了，我这人呐蛮有自知之明，哪敢跟那个保尔比呢？我比他一根卵毛都比不上。

小丁记得那一年老是停电。前几年停电不是这样频繁，1973年氮肥厂建成以后，停电才变成了隔三差五的事。佴城的人都把停电怪罪到氮肥厂头上，说是氮肥厂设备起动时耗电量太大，常常把变压器烧坏。有一次，刚一停电，一帮人汹涌着往小丁家走来，说是要抓老陈去坐班房。他们有个家属正在做手术，突然停电，导致了病人死亡。

老陈走出来拦在门口，说，你们放屁，医院是一号线的电，跟氮肥厂没关系。

这样，老陈就挨了一顿饱揍，那些人不由分说冲上前来揍了老陈。公安局来了以后，老陈也指认不出是谁。他说，同志，不是一个，是他们一堆。

结果那一堆人都被放走了。

老陈很窝火，他更加坚定了决心要让氮肥厂关闭。氮肥厂是当年的政策产物，全凭某个领导一句。那领导在某个会上学着毛主席的范，大手一挥，跟台底下的人说，每个县都得有小氮肥！这句话一直刷在氮肥厂厂房的一面墙上，用鲜红的油漆写上去，还用黄油漆勾边。但佴城是个缺煤少电的县份，根本不适合搞氮肥。

老陈甚至把转产项目都找好了，他觉得把氮肥厂关闭了以后，可以在原址上办一家烟厂。佴城特产的白肋烟在全国都有名，这就是优势。要搞氮肥，佴城就只有一把把的劣势可言。

但上面管工业的副县长很不同意。这个副县长认为，要是搞氮肥，大家不会偷这东西放屋里去。要是搞卷烟，氮肥厂这帮子烟鬼一边搞生产一边抽不要钱的纸烟，一天抽到晚，那还得了？

氮肥厂的职工几乎都同意老陈的意见，倒并非想抽不要钱的纸烟。稍微有些头脑的人都看得出来，老陈的意见是符合现实情况的，也肯定能扭亏为赢。反对老陈的人，可能只有老苏一个。但他不会表露出来。

老苏知道，如果氮肥厂关闭，烟厂办起来的话，他肯定得卷铺盖走人。老陈把他弄来的用意，他已经听别人说了，是要借他身上的一股衰气尽早地搞垮氮肥厂。一旦烟厂建起来，老陈可以随便找个理由，比如说，加强保卫工作严防偷盗啊之类冠冕堂皇的理由，把他踢出去。

老苏现在很留恋氮肥厂，他甚至想如果能老死在这个地方，也蛮不错。

别的职工从老苏脸上永恒的笑容里，逐渐看出些名堂。因为氮肥厂里，近期还有一个人也容光焕发了起来。人们免不了把另一个容光焕发的人和老苏联系了起来，顺着思路理一理，把两人摆在一起做些比对，仿佛就有一些端倪显露了出来。

另一个人是个女人。当然，要是也是个男人，那和老苏摆在一起就没什么戏了。必须是个女人，她就恰好是个女人。小丁记得那女人滚圆滚圆，像是墙上挂画里的苏联女康拜因手那样壮硕。那年以后，氮肥厂的人们给女人取了个名字，就叫“容光焕发”。这听上去实在不像一个人的绰号。但要知道，当时老苏已经获得了一个绰号叫“防风涂的蜡”。这听上去也不像绰号，两个不像绰号的绰号摆在一起，就全明白了。

容光焕发的脸确实很红，像是永远处在经期一样。老苏的那张脸也是整个氮肥厂里最最黄的，蜡黄蜡黄。

容光焕发本名洪照玉，是管蓄水池和气柜的工人。她那工作在氮肥厂里是最轻松不过的，就是每一个钟头看一眼气压表，时不时拧一拧气压阀。她作为一个因公死亡的职工家属招进厂里，找来找去，除了当守门人，也就只能做一做这最简单的活计了。说白了，看在她那个死鬼男人的面上，国家供养着她。她这人有点抗美援——这又是佴城独有的说法了。佴城方言里面把痴、呆、傻一律不加分辨地叫做“朝”，但直截了当说出个朝字似乎有些伤人，于是大家就说，这人有点抗美援。

她在男人死后没几个月，生下一个遗腹子。据说这个遗腹子葱头蒜脑白白胖胖蓬松得很，看上去没有一点抗美援的迹象。但是孩子长到三个月的时候，洪照玉一天晚上翻个身，把孩子压死了都不知道。所以，她不但抗美援，还很衰。

佴城人的观念里头，抗美援不是你的错，爹妈得负主要责任。但你要是很衰，给别的人招来灾殃，那就很不是个东西了。

洪照玉就是在孩子死后发胖的，不可抑止，每天都会胖上一圈。她的食量也不大，但人硬是胖了起来，像是一团老面遭遇适宜的湿度温度，最大限度地发酵了。那时候难得有几个人胖起来，都认为胖是福相。但搁在洪照玉身上，就显得矛盾。

她能算是有福相的么？

现在，洪照玉不晓得为何事，容光焕发了。氮肥厂的职工这才发现洪照玉其实长得还不错，笑起来，两个酒窝幽深地就像是被谁剜了两刀。她的笑容提醒别人想到，这个女人，已经守寡好几年了。这几年里她总是很阴郁，想找个人说话，别人总是拿她当祥林嫂看，勉强地听一听，一脸厌弃。现在，她这个人的精神面貌发生了彻底的改观，背后肯定藏着什么事。

氮肥厂的职工很快把老苏联系上了。于是，这两人，一个是防风涂的蜡，一个是容光焕发。职工们都能很熟悉地模仿《智取威虎山》里的腔调，“防风”两个字一字一咬很是清晰，而“涂的蜡”三字像冰糖葫芦一样串起来念，又快又含糊，听着像只有一个“踏”的音。

老苏再往厂坪里走过的时候，站在厂房阴影里的男人们就会跟他嘬口哨，打招呼。老苏不敢逆了他们的意思，要不然他们会提起他的双手双腿玩打油棰的游戏。他拢过去，那些人就拍拍他的肩，暧昧说，防风踏，脸色越来越好了呀，采阴补阳吧？

老苏一脸无辜地说，你们说谁？

别跟我们装一脸抗美援的样，你其实蛮狡猾。那些人说，躺在容光焕发身上，是不是像躺在正宗的美国沙发上面？

老苏从人家兜里掏烟，嘴上仍说，你们说什么，一点都听不懂。

别人就在他后脑壳上敲一下，说，得了便宜还装乖。老苏一脸傻笑，吸着烟，移动着步子离开那伙子人。

这些都是大家口头上讲起来的，就算讲疯了，凑在一起全讲的是这回事，也查无实据。但说得多了，大家就越来越相信有这回事，仿佛既成事实了一样。于是，氮肥厂里的一帮老光棍还有些艳羡老苏。容光焕发在容光焕发以后，打扮上了，涂脂抹粉。本来厂长老陈最看不得这个，一个职工，上班时间，擦什么脂抹什么粉呐？把氮肥厂当成文工团了是不？老陈是个很严肃的人，严肃得都有些拧巴了。

一帮老光棍们不眼馋洪照玉整个人，只眼馋她胸前那几斤几两油水。一九七几年的时候，所有的书里面但凡画到女人，胸前都是一马平川的，除了《妇女保健手册》等仅有的几本书，画女人的胸部多少还有些起伏。而佴城的女人们，也印证着书上的插图，一个二个干瘪平板，一枚像章是她们胸前唯一的亮点。

洪照玉是个例外，也可能正因为她这个人比较抗美援，所以发育起来才不受革命形势的干扰，不和别的妇女整齐划一。氮肥厂的光棍都认为，谁弄了她，就像是躺在正宗的美国沙发上，就是享受苏联老大哥的待遇。

但光棍们只是说说，没有谁就真的打起她的主意来。

这种传言早晚落到了老陈的耳朵里。有一天，他趁女儿不在，把女婿小丁叫了来，问他，最近，都听见别人说什么没有？我是说，关于老苏，都听见什么说法？

呃。小丁舔舔嘴唇，欲言又止。他其实蛮喜欢过嘴巴子瘾，成天拿老苏和洪照玉打哈哈，见到洪照玉，也免不了往她胸前狠狠地杵两眼。但现在面对是岳老子，他得把这些话憋着。他说，好像是有些说话，我也不很清楚。

老陈就循循善诱地说，现在小莲不在，没关系，听到什么就跟我说说。

既然老陈这样坦诚相待，小丁也就没什么不能说的了。而且，他发现跟岳老头摆这些苟且之事，格外得来一种惬意，大是过了回嘴瘾。

哦，原来是这样。我把他照顾进来守一下门，借他身上的衰气。搞来搞去，整个厂就数他一个人活得滋润。这真是咄咄怪事。老陈听完之后，身体往后一仰，依然是一派深思熟虑状。在他面前，桌子上，摆着一摞摞的材料，都是请求关闭氮肥厂的。老陈沉默了一会，然后说，这事我看纯属造谣。你想呐……

老陈看见外孙站在门边，眊着好奇的大眼睛。小丁就说，爸，没事，这崽子什么也听不懂。小丁拿手在儿子背后掀了一把，要儿子站远一点。

于是，老陈就讲，你想呐，这两个人，老苏和洪照玉，他俩即使要搞事，怎么个搞法嘛？

小丁照岳父的思路一想，就呵呵哈哈地笑起来。还真是那么回事。老苏要跟洪照玉搞那种事的话，他们应该采用哪种姿势以及哪种体位呢？要知道，老苏只有一只手一只脚能够勉强用用，这一手一脚都位于身体同一侧，还不能很用力。他身上再也找不到第三个支撑点。这样，当他伏在上面，想干坏事都干不出来。小丁拿出自己的两只手，左手看成是老苏，而右手就成了洪照玉。小丁把两只手掌挨在一起摆来摆去，摆出各种各样的形状。

要是，洪照玉在上面呢？小丁只消这么一想，浑身就机灵灵打战。洪照玉起码也有一百大几十斤了吧，而老苏因为前几年大失血，一直都干瘦枯萎，一张面皮好几年都抻不开，皱巴巴的样子。要是洪照玉压着他，一不留神，还不得，把老苏像捂她儿子一样捂死了呀？

小丁想，这可太危险了。他跟老陈说，爹哎，你讲得在理。他们两个即使要搞事，有挺大的技术难度，可不比你要弄垮这氮肥厂更容易。

老陈点了点头说，是这样的。

蓄水池和气柜这两样东西，在氮肥厂的职工嘴里，也衍生出了性的意味。气柜是圆柱体的，顶部有二三十个平方米的面积；蓄水池套着气柜，也是圆形的。蓄水池池壁和气柜之间，只有半米的距离。造气车间开工的时候，气柜就不停地在蓄水池里上下夯动。这样的情形，哪能不在氮肥厂一帮光棍嘴里繁衍出性的意味？这着实太显形了。

氮肥厂的职工们，有时候喜欢把男人叫做气柜，把女人叫蓄水池。某些早上一上班，彼此看着对方憔悴的脸色，就会问，你这气柜，昨晚在你家蓄水池里夯了多久？

有好多词汇往往都在小范围内流行，就像菜票一样，在一个单位里能当钱使，出了这家单位，用去擦屁股都嫌小。气柜和蓄水池只在氮肥厂的职工嘴巴里才活络起来。他们每天都看着这两样东西。蓄水池高达五米，气柜升起来，最多可以升到九米高，再上去，就会脱离蓄水池。

每当看见气柜在蓄水池里有节律地、底气十足地夯动的样子，氮肥厂的那一堆光棍难免会心生一些烦躁情绪。

守蓄水池和气柜是整个厂最轻松的活，全由上些年纪的妇女干，洪照玉算是最年轻的一个。她们分成三班倒，每班八个小时。而检查、维护、保修是由小丁去干。基本上是五天一检，检查之前，要先抽干蓄水池里的水，再放个绳梯下到底部，这里敲敲那里敲敲。气柜是笨重耐磨的物件，从来都没出过问题。

那天有人跟小丁说，听见气柜夯动时的声音不对劲。小丁说，怎么个不对劲？那人说，响声没有以往那样匀称，结结巴巴的，隔一两秒钟，就会咔的响一声。你晓得的，以前没有过这样的情况。小丁回忆了一下，觉得以前似乎没有这样的情况。

造气车间生产的时候，小丁顺着蓄水池池壁梯级爬到池顶，看到气柜在近在咫尺的地方铿铿锵锵地起伏着。当天，气柜最高可以升到三米多，造气还是蛮足的。升到最高点，气柜又会回落下来，每个回合大概有半分多钟的时间。他听到了那人所说的那种声响，但用眼睛看不出什么异常。当气柜落到最低点，和蓄水池池壁顶端在一个平面的时候，小丁就跳到了气柜上去。然后，气柜顶端那二十多个平方米的平台，升了起来，把小丁托了起来。他觉得他像一个领导，环顾了整个厂区。那是造气车间。更远一点，是压缩车间，最远的那间，是合成车间。合成车间的墙上写着：每个县都得有小氮肥！那个惊叹号，被厂里某个绘画爱好者添了寥寥几笔，就呈现出男性阳具的模样，雄赳赳气昂昂，仿佛也想跨过鸭绿江去。

没有办法，谁叫氮肥厂有这么多的光棍呢？工会又不能一一解决掉他们。

在气柜上稍稍站得有一会儿，小丁就发现确实出了状况。气柜升降得并不平稳，西侧总是升得快些，使整个气柜发生倾斜。倾斜到一定程度，就卡住了，迫使东侧有个跳跃性的上升。两侧升到一个平面之后，西侧又开始抢跑似的上升。而下降的时候，也是西侧降得快一些，东侧老处在一种被动的局面。气柜过于的巨大，若不是站在顶端，不可能发现这种微小的状况。

小丁叫造气车间在换班时停工一个小时。他放干了蓄水池的水，下到底端，很快查出故障的原因。

东西各有两根定轴，轴套子焊在气柜上。当气柜上下夯动时，轴套子也就沿着定轴上下滑动。小丁发现问题出在轴套上。西侧轴套和定轴之间的垫胶调得挺松弛，而东侧的垫胶则和定轴挨得很紧。小丁三下五除二地排除了这一故障。

但过不了一个星期，又有一个职工找到他反映，那种咔咔的异响又出现了。小丁再次下到蓄水池顶部检查，发现故障和上回一样，只不过上回是左松右紧，这回反了过来，像是要找回平衡一样。小丁看得出来，这是人为制造的故障。

小丁爬出来以后，那个职工问他怎么样了。

没事，一点点异常的响动没事。小丁说，我说没事就没事。

其实，他发现了这个故障，什么也没做。当时，他脑子里突然想到了一个人，接着想到了另一个人。他恍惚间把这些事串起来，又联想到了别的什么事。

当天晚上，小丁有些不安神。他爬到离蓄水池几十米远的一只烟囱上去，潜伏在月光照不见的一侧，看向气柜顶端。小丁晓得，他的等待不会落空。他忍受了两个多小时的蚊叮虫咬，还按捺着不去抽烟，怕暴露自己的所在。终于，有两个人爬上了气柜的顶端。他们把一张席子摊开，然后就在月光下脱去了衣服，露出两副极不和谐的身躯。然后他们做爱，夯来夯去。

小丁一点也不奇怪。当那两人做起爱来，他也就抽起了烟。他晓得，那两人现在心无旁骛，不可能看向自己这个方位。

当小丁彻底弄清了是怎么回事，就不得不佩服老苏这家伙真是有头脑。现在，困扰过小丁的那个问题很轻易地解决了。老苏和洪照玉即使要搞事，又怎么个搞法嘛？

回答很简单：让气柜的轴套松紧不谐调，使整个气柜颠簸起来。借助这颠簸的力量，老苏自己不要花费力气，就能把偌大的一个洪照玉夯得死去活来。

啧啧，真他妈的聪明。小丁仍然待在烟囱上面，赞叹不已。他看了看天色，月亮亮得一塌糊涂。整个厂区，都是平房，除了小丁，没人能看得见，没人能想得到气柜上面有这样的事情正在发生。

然后，小丁又为自己的聪明而暗自得意起来。通过一些蛛丝马迹，他就洞穿了那两个人的秘密。但他一个人待在烟囱上，很寂寞，还有些无聊。他想，我得把这事情告诉谁，让他和我一起爬上来看这西洋镜。随即，小丁又想，我可不能轻易就便宜了谁，他起码要请我吃一顿饭，或者请我去看两场外国电影，才能把这事告诉他。

但小丁没把这事告诉别人，他独自守着这一秘密，一有空，就爬到烟囱上，看着那两人如痴如醉地夯动。过得不久，小丁听得出来，那咔咔的声响愈来愈大，气柜也颠簸得愈来愈厉害了。他晓得，一定是老苏把轴套上的垫胶又作了一定的调整。看样子，两人就像吸鸦片烟一样，瘾头在不断地增大，而剂量，也不得不随之加大。

小丁发现了问题，只是会心地一笑。那时候厂里的职工都还残留了一点主人翁精神，听见响声不对，会反映给小丁。小丁不断地跟那些人解释，我晓得，这没关系，我心里有数。

那一晚下着暴雨，小丁又看见老苏和洪照玉相约着往蓄水池上爬去。老苏穿着一身黑衣走在雨中，当时小丁已经下了班，在自家外面的走廊上。他抽着烟，眼并没有看见什么，但分明感觉到夜色中有老苏的迹象。小丁折转回房里，问老陈借了身雨衣，往蓄水池的方向走去。他跟老陈说，爹，我还得去查查蓄水池，最近那里老有些响动。

你去吧。老陈对女婿以厂为家，一心扑在工作上的态度蛮赞赏。

这次，小丁没有去爬烟囱，而是直接爬上蓄水池，爬到头平行于池顶的位置。那两人果然又开工了。两人在大雨里喘着大气，互相调动着情绪。黑色的雨衣很好地隐藏了小丁，当气柜落到最低位，他可以看见两人。但转眼前，气柜又升起来了，把两人隐没掉。

小丁还听见那两人说话。他们开始动起来的时候，洪照玉就说，苏哥，我想叫几声，我很憋啊。

老苏就说，玉妹子哎，想叫就叫吧，趁着下雨，想叫就叫出声来。我喜欢听你的声音，比广播里的声音还要好。

是吗？洪照玉肯定是甜美地笑了一下，小丁无法看见。然后，洪照玉像一只鸟一样高一声低一声地叫起来，无比快活。听到这样的声音，气柜仿佛都颤动得更为有力了。小丁听见那种咔咔咔的声音，在耳朵里面串连起来，余味悠长。

大雨把洪照玉的声音严严实实地盖住了，或者说，像一块海绵一样，把洪照玉的声音全部吸收了。

小丁趴在那里又听了一会，觉得自己很多余，就爬了下去。这时候，他忽然很想念自己的老婆。

有一天，小丁莫名其妙地梦见了老苏和洪照玉。这两人，在小丁的梦境里交臂叠颈合抱太极图，还讲起了情话。

前一天小丁上的是晚班，早八点下了班，就在家里补瞌睡。梦见两个人讲话的情况，还不多见，奇怪的是，他梦得很清晰，两人说出来的字字句句，都那样清晰。

他梦见老苏说，玉妹子哎，他们都说你抗美援，其实，在我看来，你是最聪明的人。那些自以为聪明的人，其实一个两个都很抗美援……

老苏又说，玉妹子哎，我晓得，他们表面上对我好，经常发我烟抽，其实骨子里是喜欢看我笑话。我跟你说，他们越是想看我的笑话，越是想看我们的笑话，我们就越要过得很快活，比谁都更快活……

老苏还说，你其实比谁都漂亮。我不骗你，你确实很漂亮。每个人看法都不一样，在我的眼里，没有谁比你更漂亮……

洪照玉什么也不说，她像一张美国沙发一样躺在老苏的身子底下，一长一短，一短一长地呻吟着。

再次梦见老苏张开口的时候，小丁听见一声巨响。小丁就醒了，醒来以后小丁万分地奇怪，他想，老苏的嗓门有这么大吗？

外面很热闹。他听见很吵闹的声音，所有的职工都聚在厂坪上。小丁晓得是发生了什么事，赶紧爬起来往外面去。怎么啦？他逢人就问。走几步，小丁看见了岳父一脸的喜色。小丁问，怎么啦？

这两个衰人，给我带来的却是福气。老陈把手中的笔狠狠一扔，兴奋地说，我不要再去写什么狗屁报告了，他妈的，氮肥厂这下是彻底完了。

小丁又问，怎么啦？

很多职工都围过来，争先恐后地告诉他怎么回事。他们说，小丁，你这个猪真划不来，错过了一场好戏……

接下来他们就说起了这场好戏。

气柜突然爆炸了，往天上笔直地冲去。他们初步估计，是气柜卡住了，但造气车间还把气源源不断地送进来，下面的调压阀，没有得到及时的调整。气浪把气柜整个掀了起来，一掀十几丈高，像火箭一样被发射了出去。

当气柜被掀到最高的点，往下回落时，底下的人们就得以看，气柜顶上还有人。

——按照自由落体的原理，要是空气阻力忽略不计的话，人应该和气柜同步往下掉才对啊。但事实上，气柜顶上的人像是被空气托了起来，浮在半空中，以很慢的速度往下坠落。

厂坪上的人们都看见了这一幕。那是个很胖的人，胖得像一个氢气球，所以才飘得起。

有人眼神好，看清楚了，就尖叫起来，喔唷，是容光焕发。

接着，洪照玉旋转了一百八十度，人们又看见了另一个人原来和洪照玉黏在一块儿。现在，那个人翻到了下面，洪照玉在上面。那个人可能比重大一点，两人抱在一起，在飘拂的过程中，自然而然就发生了翻转。

喔唷，那苏什么……眼神好的人一口叫不出老苏的名字，没几个人晓得老苏的名字，只能说，防风踏哟。

两人都光秃秃的。他们的衣裤，就像一只只风筝一样在半空抻开了，被风吹到了厂坪以外的地界。两人的腿大幅度踢蹬着，以游泳的姿势浮在气流当中，减缓了下坠的速度。再往下落一点，人们得以看清那两人的表情。洪照玉的眼神是惊惶的，无助的。老苏则很镇定，半空中，他把嘴巴嗅到洪照玉的耳根，嘁嘁喳喳地说着什么话。

他们告诉小丁，当时半空中的老苏脸上堆满了微笑，像是在吹枕头风，亲昵地都有些淫秽了。他无疑在安慰那个女人。

两人各自的重力加速度不一样，再往下落，就无可奈何地分离了。老苏坠落得快一些，洪照玉落得慢些。人们非常惊奇，若不是亲眼看见，谁又会相信这样的事呢？

人们齐刷刷地仰头望天，并惊叫着，喔唷，扯脱了，扯脱了……

现在，人们都走向那两人的残骸，七嘴八舌地讨论着应该怎么处理这件事。

小丁走在所有人的后面，燃起了一支烟。他想，刚才的梦，说不定是真的。他又猜测，在半空中，老苏定然是说，玉妹子哎，已经这样了就不要害怕，他们越是想看我们的笑话，我们就越是显得无所谓，显得快活，非常非常快活……

小丁这么想的时候，耳边真真切切地响起了老苏说话的嗓音，伴之以洪照玉汗涔涔的喘息、呻吟。

随着这样的声音，小丁忍不住抬起头往天上看去。天上是一团团的云。不需细看，小丁就知道，在所有的云里头，肯定有一团云像洪照玉，在离那团云不远的地方肯定还有另一团云，活脱脱就是老苏。

田耳

本名田永，湖南凤凰县人，1976年生。2000年开始发表小说作品。迄今已在《人民文学》《收获》《联合文学》《中国作家》《香港文学》《钟山》《花城》等文学期刊发表小说六十余篇，计两百万字。其中长篇小说三部，中篇小说二十部。作品多次被各种选刊、年选转载。曾获鲁迅文学奖等各种文学奖项十余次。现为广西大学教授、驻校作家；江苏作协合同制作家。

小白鹤不想飞走

◎周云和

梅庆林倒霉透了，大清早起床，提起锄头准备去薅包谷，刚走进院坝，一团白鹤屎，端端正正地砸在鼻梁上。

他本来戴着草帽，不抬头，白鹤屎无论如何拉不到脸上，可他觉得很精神的太阳，突然间被撕成一绺绺的碎条，好奇心牵引着他想看个明白。仰头那一瞬间，一个稀溻溻湿漉漉凉沁沁的东西，吧嗒一声打着鼻梁，还有一星儿汁液溅进右眼窝里，他成了独眼龙。

梅庆林满腹怨气，捂住右眼，用左眼跟踪那只肇事白鹤，看它飞进了屋后那一涯绿云绕绕的林子里，落脚在一棵桢楠树上的白鹤窝里。老子非收拾你不可！他发了一句毒誓，收回目光，投向灶房门喊婆娘须大瓜：给我打一盆洗脸水出来。

须大瓜打了半瓷盆温水，端来放在正屋门口洗脸架上，见向她走来的男人一脸花花遢遢的，皱着眉头问：怎么啦？

梅庆林心里梗塞着一团霉气不想答白。须大瓜以为男人在发闷性子，也没追问，垂手看着他洗脸。沉默的刹那间，林子里你飞我翔、茫茫一片的白鹤，“咕呱咕呱”的鸣叫声立即填满耳洞。须大瓜明白了，男人挨白鹤拉屎在脸上了，不禁笑道：以前拉在身上，现在敢拉在脸上了，癞蛤蟆爬床铺，硬要给你两个干嗦。

梅庆林个头偏小，性格平和，很难与人发生纠葛。白鹤拉屎在他身上，也不止十次八次了。遇上了，顶多骂两句，洗了就是，不会影响多少情绪。可今天听婆娘一说，潜藏在心室里的不满一齐跑了出来。

梅庆林住的那个地方叫白鹤林。这里风水好，周围几条大冲环绕，一山秀出，大绅梁何家世居于此。新中国成立后打土豪分田地，将何家住房分给了三户贫雇农，梅庆林的父亲分得三间正屋。这里有林盘，又好觅食，为白鹤理想的栖居之地。前辈们讲：以前这里的白鹤多得很，树上到处都住满了。白鹤林由此得名。可惜那个年代大炼钢铁，树林砍得精光，白鹤无枝可栖，一年到头，很难见到几只。土地承包到户后，村上将光山头划给梅家和另外两户人家作自留山，三家人大力植树造林，以解决烧柴问题。气候适宜，土地肥沃，树子见风猛长，几年间便封了林。白鹤飞来了，两只三只，两群三群；到现在，县林业局那个戴眼镜的陆工程师估计，至少一万只。开春了，白鹤陆续飞来，要不了多久，整个林子便白茫茫一片，“咕呱咕呱”的叫声，三五里外就能听到。当地人家说：比赶场还热闹。

白鹤乡政府有一个叫康志行的人，当林业员时把白鹤林作为他抓植树造林的先进典型来宣传，当乡长时当旅游景点来开发，白鹤林成了白鹤乡一道独特亮丽的风景线，竟然引不绝如缕的旅游和摄影爱好者。市县领导来白鹤乡检查工作，白鹤林看白鹤是必不可少的接待项目。农家乐应运而生，肖胖子那家“事事顺”最红火。

可苦了白鹤林住的三户人家。过度密集的白鹤在树上飞来蹿去，树梢刚长出一点嫩芽芽就被踩断，很多树子没有枝丫光秃秃的没精打采气息奄奄的样子，命小的竟然干枯死了。还没天亮，白鹤就“叽里呱啦”地敞开喉咙忙着安排一天的生计，你想睡一个懒觉都不行。恼人的是白鹤屎，白鹤站在树上拉不说，讨人嫌的是边飞边拉，院坝里根本不敢晾衣物晒粮食；稍不注意，就把屎拉在人的身上、头上，弄得院子里居住的人胆战心惊，出门要戴斗笠、草帽。门口李幺娘，单卖游客草帽、布帽，旺季收入每月数百元。白鹤林住的另外两家人，有钱，搬出白鹤林住去了；梅庆林经济拮据，只有在白鹤屎中生活。

往事如针，深深地扎着梅庆林的心。仿佛倒霉的事这几天都找上门来了：前天家里一只芦花大公鸡，平白无故地失踪了；昨天去卖猪，钱过手还没揣热和，就被扒手扒走；回家路过乡政府，康乡长说过的，他护林保护白鹤有功，要适当给一点补助，他卖猪的钱丢光了，想买一只小猪都没有本钱，便拐进乡政府，再找康乡长问问，说给他的经济补偿说了几年了，研究了没有。没想康乡长还是那一句老话：还没研究。这一些事纠葛梅庆林心里，他平和的心态失去了平衡，决定给那只白鹤制造一点痛苦，出一口心头的闷气。

白鹤在天上飞，在树上住，怎么才能教训到它呢？梅庆林站在屋后树下，死死盯住那个白鹤窝，一代白鹤儿已经知道从窝里伸出头来寻找吃食了。梅庆林玩弹弓很准，玩鸟枪也很内行，想打哪个部位就打哪个部位；但县乡的领导来一次指示一次，要保护好白鹤。康乡长盯得最紧，他靠白鹤当上乡长，谁敢打白鹤，如同打他的娘老子，他知道了，肯定要找你说聊斋；何况梅庆林也不想伤牲。心灵的痛苦才是最大的痛苦，梅庆林谋划着要给那只白鹤制造出心灵的痛苦。

你不去薅包谷，站在这里发啥子神？须大瓜出门到屋檐下抱柴煮饭，见梅庆林傻痴痴地站在那里望着树上白鹤窝发呆，忍不住问道。

梅庆林没答她，也没看她一眼，埋头从屋门口提起锄头走了。

整整一个早晨和一个上午，梅庆林都没想出给白鹤制造心灵痛苦的办法。下午，一件往事启发了他的思路。

去年，他的喷雾器喷头坏了，城里才有配件。他去买配件的时候，把儿子狗狗带进城看新鲜。选择配件时，狗狗不知怎么走丢了，他急得心头像火烧着一样满街乱找，大街小巷找遍了也没找到，给须大瓜打了一个电话回家，说狗狗走丢了。须大瓜听了，汪一声大哭起来，说：要是找不到，我也不活了。随即丢下手里的活路，烟熏火燎地赶车进城帮着找。两口子左打听右询问，找到天黑也没找到。梅庆林焦头烂额，须大瓜泪眼婆娑：他们怕狗狗被人捡去卖了，怕狗狗被汽车撞着了，怕狗狗有三长两短，心里比火烧着油煎着还难受百倍千倍。有好心人献言：找县报或县电视台打寻人启事吧。他们身上只有几十元钱，媒体不接待。找不到我就不活了。须大瓜再次抹着眼泪强调着自己观点。正当他们丧魂落魄、一筹莫展时，王老表喘着粗气找着了他们，说村上的洪申泰把狗狗带回家去了。洪申泰在城里办事，在车站前看见狗狗一个人在那里哭流甩滴的，问，知道走丢了。真的啊？梅庆林抽脚撵回家，从洪申泰家里见到狗狗，两口子喜极而泣，抱着狗狗放声大哭。

看来失子让人最揪心最痛苦，我何不把窝里的白鹤儿给它捉了呢？嗯，对，我哪年都要捡一些被大风雨从树上吹下地的白鹤儿喂养，等它飞得了，再把它放回林子里去。这样做既又没有伤害到白鹤儿，又惩罚了拉屎在脸上的老白鹤。

当然，不能大白天去白鹤窝里捉白鹤儿，现在正是白鹤最多的时候，每天来看白鹤的人很多，让人看见了不好。还有大门口农家乐的肖胖子、李幺娘等，他们看见了，肯定要向康乡长举告，康乡长来追究责任就不好了。

晚上没有月亮，四野黑黝黝的。青蛙、蝈蝈长一声短一声扯声巴气地嚎叫着，梅庆林悄悄地爬上那棵有碗口粗的桢楠树。“呱——”轻微的树身摇动，还是惊飞了酣然梦境中的白鹤；凄厉的一声鸣叫，梅庆林吓了一跳。梅庆林坚持不懈地接近白鹤窝，手终于触摸到毛茸茸的东西，他捉到白鹤儿了，四只，把它装进腰上的一个布袋里，满意地梭下树来。

白鹤儿开始长羽毛了，乌乌的小嘴，乌乌的长腿。它们不知道自己已经离开父母，好奇地望望屋中的电灯，望望梅庆林。有一只可能觉得不好玩，站起身，张开稚嫩的双翅扑闪起来，差一点蹿出梅庆林的掌心跌在地上。梅庆林说：放心，我不会伤害你，会让你好吃好喝。

梅庆林从柴屋里找出原来养过白鹤儿的篾笼子，刨松下面垫的杂草，把白鹤儿放进去盖上，放在屋角里，心满意足地睡觉去了：不是敢拉屎在老子脸上吗，现在你慢慢去享受失子的痛苦吧。

第二天清晨，梅庆林起床就手叉腰眼，站在院坝里看被掏了白鹤儿的白鹤。朝阳把林子涂得霜红，白鹤们熙来攘往又开始了新的一天忙碌。梅庆林看见，那棵桢楠树上白鹤窝旁的枝丫上，一只白鹤单腿站着，微微缩着脖子，头斜斜地望着地面，垂头丧气忧愁悲伤的样子。它身旁也单腿站着一只白鹤，但头仰望着天空，仿佛与垂头丧气的白鹤发生了争吵，孤傲的神态中透露着某种焦急的渴望。梅庆林认定这是白鹤夫妻，他想起那次把狗狗带进城、狗狗走丢了、他们左找右找找不到的心情，推想这时候白鹤两口子跟他们当时一样，正在大口畅饮失子的痛苦。梅庆林觉得十分解气，忙叫须大瓜出来看，炫耀着说：昨晚上我把那窝白鹤儿捉了，你看那两只白鹤在那里好痛苦哟。

须大瓜走下院坝，顺着梅庆林仰望的方向，举起手掌遮在额头前，看了一阵说：算了，等一会儿把白鹤儿给它放回窝里去。

慌啥子，老子要让它痛苦几天再说。

狗狗起床了，揉眉弄眼地来到院坝里，听爸爸说捉了白鹤儿，吵着要看。梅庆林从屋里把篾笼子提出来放在院坝左侧檐坎上。狗狗蹲下身子盯着看，又捡了一根柴棍儿伸进笼子里去逗。白鹤儿们面对陌生的环境，略略显得张皇，任狗狗怎么逗弄，一律不予理睬。但有玩伴了，狗狗很高兴。他知道白鹤儿要吃泥鳅、黄鳝、小鱼儿，丢掉手里的柴棍儿说：我去给你弄吃的。说着，跳梭梭地提了笆篓出去了。

须大瓜想到狗狗走丢了寻死觅活的心情，想到喂白鹤儿既麻烦又耽搁做活路，将一把米抛向鸡群再次对梅庆林说：把白鹤儿放回窝里去，免得它的爹妈挂念。

怕它不挂念。梅庆林说罢，提了锄头干活路去了。

初夏的阳光，明艳绵软。早饭时候，狗狗浑身水流水滴地回家了。狗狗扎田巴凼捉鱼，一身水一身泥，没留一根干纱回家。须大瓜见了，心痛地说：鬼胆胆，哪个喊你去捉嘛，整凉了就安逸了。一面烧水给狗狗洗澡，一面找衣裳裤子给狗狗换。狗狗为此着实地感冒了一场，当然这是后来的事。

狗狗捡了一条筷子头大小的鱼儿凑在一只白鹤儿嘴边，白鹤儿把头掉开不吃。狗狗揭开篾笼子，把白鹤儿捉在手里，强行掰开白鹤儿的嘴壳子硬塞进去，白鹤儿吃了。狗狗很高兴，忙喊爹妈快来看，小白鹤吃鱼儿了。用同样的方法，喂了另外三只白鹤儿的吃食。

梅庆林端着饭碗过来，指挥狗狗喂小白鹤的水。白鹤儿吃罢早餐，梅庆林又去看了那两只老白鹤。桢楠树上，两只白鹤挨着单腿站在上面，满是无奈和无助，他嘲笑道：你不是往老子脸上拉屎吗？来拉嘛。

嘴里这么说，想起狗狗走丢了找不到时的心情，心里还是泛起丝丝缕缕难以言说的情愫，觉得那两只白鹤还是怪可怜的，算了，晚上把白鹤儿给它放回窝窝里去。

后来发生的事，改变了梅庆林的想法。

中午时分，有几个人来看白鹤。梅庆林大门前那个小坝上，是看白鹤的最佳位置：头上没有树，白鹤在头上拉屎的风险小，又能把整个林子收进眼帘，近距离看到树上白鹤们男欢女爱，嬉戏打闹。梅庆林正在屋檐下搬弄一堆杂草，听见闹哄哄的，抬头一看，那几个人在肖胖子门口站了下来，一个矮墩矮墩、三十来岁光景、穿一件灰T恤的汉子，去李幺娘小店里拿出一摞草帽，每人发了一顶戴上。梅庆林扇了一下鼻翼：康乡长带人看白鹤来了。

那一行人戴好草帽往小坝上走来。一个四十岁左右的汉子走在最前面。那汉子中等个子，蓝色衬衣扎进黑色休闲裤里，双手横抱胸前。康乡长稍稍落后半步，跟在那汉子左侧。显然，汉子是今天的主角。爱凑热闹的肖胖子满脸讨好地跟在最后，梅庆林见了，心里泛起吃了一只苍蝇的味道，下意识地瞄了一眼放在院坝左侧檐坎上的篾笼子，心里莫名其妙地滋生出一丝儿张皇。那个康乡长，每次带人来看白鹤，都要到他家里来转转，指示他要保护好白鹤。在白鹤窝里捉白鹤儿，肯定不是保护行为。他想去把篾笼子提来藏起来，但行动会裸露在那行人的眼皮底下，便思谋着对策：康乡长看见了白鹤儿问，就给他说在林子里捡着的。

那一行人在小坝里没看好一会儿，便朝院坝里走来。梅庆林假装没看见，忙他手上的事情。康乡长喊住他：梅庆林，这是新调到我们县来的祝县长，他来检查工作。

你好！祝县长和蔼地微笑，向梅庆林伸出慰问的手。

梅庆林也伸出手，见搬弄柴草时弄得很脏，忙缩回来，尴尬地笑笑。祝县长幽默道：唷，你的手还化了妆啊？又往前伸了伸。梅庆林只好在身上擦擦，伸向祝县长。之后，邀请祝县长进屋坐。

祝县长没有客气，进屋主人似的拉板凳叫大家坐，自己也在一条长板凳上坐下，拍着另一端叫梅庆林坐。

梅庆林不好意思挨着祝县长坐，叫康乡长挨祝县长坐。康乡长说：祝县长让你挨着坐你就挨着坐吧。梅庆林疑疑滞滞地坐下去。狗狗来了，手里拿了一把弹弓，望了望来人，在梅庆林身旁站住。须大瓜忙提出开水瓶给客人倒开水。

祝县长面荡微笑，问梅庆林生产、生活上的事。梅庆林有一点心不在焉，总是不由自主去瞄院坝左侧檐坎上的篾笼子。肖胖子发现梅庆林老是往院坝左侧睃，顺着视线看见了那个篾笼子，以及装在篾笼子里白鹤儿。他的农家乐是靠游人来看白鹤起家的；白鹤越多，来看的人越多，他的生意越好。他用手肘顶了顶坐在一条板凳的康乡长的腰眼。康乡长的眼睛比肖胖子尖，刚走进院坝就看见了。他让梅庆林给祝县长坐一条板凳，他和县政府办公室的小王坐一条，他坐的位置刚好挡住祝县长左侧视线，不让祝县长看见那个装着白鹤儿的篾笼子。在路上，他带着炫耀的口吻向祝县长汇报，梅庆林爱白鹤如命，是他们树立的保护白鹤保护生态的典型，因而他对肖胖子的暗示不仅不予理睬，还有一点怪嗔肖胖子谗奸。

肖胖子以为康乡长没有理解到他的意思，有意踩梅庆林的痛脚，竟然去把那个篾笼子提了过来，居心叵测地对祝县长说：你看这几只白鹤儿好乖哟。

梅庆林见肖胖子起身走向篾笼子，心里就惶恐慌张得不行；见肖胖子把篾笼子提到祝县长面前，无疑与把他偷盗的赃物拿到祝县长面前无异。他窘迫地看着祝县长，又瞟了一眼康乡长，脸红筋涨地说：今早晨在屋背后树下捡着的。

狗狗抢过话头：不是捡的，是爸爸昨天晚上去树上捉的。

梅庆林顿觉浑身火烧火燎，想给狗狗一耳光，又怕说是做贼心虚，尴尬得无地自容。

与梅庆林感觉相仿的是康乡长。他正想给梅庆林解围说，通过捉来喂养，更好摸清白鹤的生活习性，以便更好地保护白鹤。这时屋角里“砰”的一声大响，大家的眼睛齐刷刷地往屋角里看去，一只温水瓶横躺在地上，肝脑涂地，水流四散。

是须大瓜绊倒的。梅庆林忙说对不起对不起，忙找扫把去扫。

祝县长淡淡一笑，起身辞行道：好吧，老梅，我们走了，今后有什么事，欢迎来找我。

好。梅庆林说。目送祝县长走出院坝，擦了一把毛毛汗；回头，见狗狗在用一根篾签子逗白鹤儿，不禁把先前狗狗实话实说的不满发泄出来，瞪着眼睛吼他道：滚开！

须大瓜不满地说：祝县长在的时候你咋不吼呢？

梅庆林说：你把温水瓶打烂了我还没找你算账哩。

须大瓜讥讽道：不是别人有意把温水瓶绊倒，有的人在那里还不晓得怎么收场哩。

梅庆林愣在了那里，心里生出些许感激。

这时肖胖子正在祝县长康乡长面前放烂药，说梅庆林是想捉白鹤儿喂来卖。

祝县长淡淡一笑，对康乡长说：你了解一下，梅庆林为什么要这样做。

康乡长连声说好。

康乡长突然对肖胖子反感透顶，本要照顾肖胖子的生意，在他的农家乐里招待祝县长，可是瞬间改变了主意，到白鹤林右边李树青农家乐招待祝县长，弄得肖胖子很不理解：康乡长每次来都在我的农家乐里招待客人，怎么今天不在我这里办招待了？

第二天，康乡长带着县电视台的记者，来找梅庆林说聊斋了。康乡长很生气，他在祝县长面前那样吹嘘梅庆林，梅庆林却不争气，让他出丑；果真像肖胖子说的那样捉白鹤儿喂来卖，丑就出得更大了。所以，他昨晚上专门请了县电视台王台长的客，叫他今天派一个记者跟他一路到白鹤林采访。他要拿出一个态度，把题目做大，显示出他的魄力，挽回在祝县长面前的负面影响。至于想给祝县长套套近乎，乡镇工作了十多年，请他关照进城谋一个职位的设想，只有骑驴看书，走着瞧了。

你捉白鹤儿，是不是想喂来卖？康乡长不转弯倒拐，见面劈头就拿肖胖子说的话问梅庆林。

梅庆林见康乡长今天说话喷着火苗子，大惑不解：你怎么这样说呢？我梅庆林穷得卖儿卖女，也不至于捉白鹤喂来卖嘛。

但梅庆林赌气道：康乡长眼睛尖，我就是这样想的。

康乡长脸一沉：梅庆林，你这样做是不是走得太远了？

须大瓜站上来说情：康乡长，你不要见怪，我等一会儿让他把白鹤儿送回白鹤窝就是了。

记者是一个二十多岁的小伙子，一条黄色短裤上到处都是包包。他的摄像机很小，拿着那玩意儿瞄着树林乱拍了一气，然后拍篾笼子里的白鹤儿，拍康乡长批评梅庆林。

须大瓜这么说，他找出康乡长道：现在就让他把白鹤儿送回白鹤窝，这条消息就完整了。

康乡长"嗯"了一句，进屋要求梅庆林马上把白鹤儿送回白鹤窝。

梅庆林心气不平。他不安逸康乡长盛气凌人的语气；也多次找过康乡长反映，白鹤林的白鹤太多了，踩得树子发不出芽芽，很多都要死不活的了，是不是把白鹤赶一部分走，或者在旁边多栽一些树。同时，他护林养白鹤，只有付出，没有收益，是不是适当给一点经济补助。每次康乡长都说研究答复，说了几年还是一锅白水。想到这里，梅庆林生硬地杵了康乡长一句：我现在没得空。起身去门背后拿起锄头做活路去了。

当天晚上，县电视台播出了梅庆林捉白鹤儿的事。还加了评论，说鸟是人类最忠诚的朋友，保护鸟类，就是保护自己；滥自捕捉，破坏生态平衡，是违法犯罪。梅庆林看到报道他的电视时，一家人在正在吃饭。狗狗一张脸扑进碗里，须大瓜正在伸出筷子夹菜，梅庆林呢，正将一截豇豆送进嘴里，听到白鹤乡最近制止了一起滥自捕捉白鹤行为的播音，一家人的动作全部僵死，盯巴巴地望小方桌上那台21英寸长虹电视。灰蒙蒙的画面上，一片茂密的树林里，成群结队的白鹤，在林子忘乎所以地或栖息或飞翔着，热闹火爆的气势，让你情不自禁地联想起集会、示威、游行等场面。镜头一拉成特写，四只被囚在篾笼子里的白鹤儿，孤独地站在那里，惹人垂怜。接着是康乡长教育梅庆林的画面。梅庆林穿着一件汗渍渍的和尚领汗衫，一条污糟糟的火腰裤，一副没睡醒的样子。康乡长则气派十足，白衬衣在日头下发光。播音员说：乡政府领导对当事人进行了严肃的批评教育，当事人认识到了自己的严重错误，表示要将白鹤儿送回白鹤窝里去。

梅庆林从来没上过电视，没想到以这样一种姿势上。老实说，他关心自己的形象超过了报道内容。他对自己猥琐的形象不很满意。他想，要是当时把双手叉在腰眼上，把腰伸直，把头昂起，拧着眉毛，形象就要受看得多，起码不让那一些受惠于白鹤的人轻看自己。

须大瓜咽下嘴里的饭，冷嘲道：这下你出名了。

梅庆林说：我怕他变一只乌龟来爬我的秧子？

须大瓜说：你还不是只有在屋里嘴硬，对的就找康乡长硬去。

梅庆林心里的气更大了。他想起六七十年代批斗人戴高帽子的场面，想起以前抓着罪犯弄来游全县的情景，即使那样，范围都比较小。他这电视一上，全国都知道了。这个康乡长，太不把人当人看待了，再要踩着人往上爬也不是这个踩法嘛。不就是捉了几只白鹤儿吗？我的意思不外乎教训教训它，然后放回去，这有好不得了嘛。哼，捉白鹤儿，我还有砍树林，让白鹤找不到地方住。

须大瓜说：算了，脚肚子硬不过大腿，气是软的，不要跟康乡长作对。

梅庆林说：作对就作对。他说的事，我们一一照办；红口白牙齿对我们说要给一点经济补偿，研究几年了还不答复，天下哪有这样的道理？

第二天上午，梅庆林从柴屋里找出了那把锈迹斑斑的斧头，准备磨了砍树子。他知道，只要他举起斧头还没有砍，事情就会捅到康乡长那里去，康乡长就会来找他。哼，来找吧，我的树子，不准我砍，等白鹤好住，你们好来看，别人好办农家乐，你好到领导面前显屁股白净，球球球！

梅庆林磨斧头的时候，康乡长正兴致勃勃地朝祝县长的办公室走去。他心里盘算着，找过祝县长，再找县政府办公室黄主任，中午在“紫丁香”吃个饭，让黄主任以县政府办公室名义，把昨晚电视播放的内容发一期简报。

祝县长很热情，亲自给他泡茶。康乡长连忙说：我来我来。起身就去抢祝县长手里的杯子。祝县长温和地说：你在我这里就是客。坚持给康乡长泡了茶。

康乡长邀功道：祝县长，白鹤林梅庆林你说荒不荒唐，竟想捉白鹤儿喂来卖。

祝县长喝了一口茶，方正的脸膛浮满笑容：那则电视新闻报道我看了。

康乡长说：还请祝县长多多批评指正。

祝县长说：你叫我批评，我就不客气了。我们要抱着善意去做群众的思想工作，不能掺杂进丝毫私心杂念。现在我们有的基层干部，工作方法十分简单，认为手中有权，趾高气扬，颐指气使。为官一方，就要让一方百姓幸福美满。我们白鹤林的那些白鹤，我回来查了有关资料，它不是国家保护动物仙鹤或丹顶鹤，是属于一般的白鹭，或者鹭鸶，没有列入保护范围。当然，列没列入无所谓，人类与自然要和谐，动物都该保护；但给我们人类带来痛苦灾难时，我们就要妥善处理好人与动物的矛盾。白鹤林的风景很好，白鹤也蔚为壮观，可苦了梅家人，房前屋后周围团转哪里不是白鹤屎啊？他们完全生活在鸟粪当中。你们乡上想没想过既要保护好那道独特的风景，又要让梅家人生活得愉快的办法？

康乡长料根没想到祝县长会这样说，脸上挂了尴尬的笑：我们一定认真贯彻落实你的指示，妥善解决好这件事情。

怎么妥善法？祝县长盯着康乡长问。

康乡长熟悉前任县长的工作套路，交办的事，只要应承下来，他不会再追问督办。没想到祝县长要他谈出解决问题的具体方法，心里有一丝儿慌张，但很快稳住阵脚撒谎道：我们已经对他进行经济补偿了。

嗯。祝县长喝了一口茶道，经济补偿不是解决问题的根本办法。只有让梅庆林迁搬开去，才能既保护那道风景不受影响，也能让梅家人有一个安宁的生活环境。还有，任何东西都过犹不及。白鹤数量过多，就成了灾害。我看那片林子，树子已经死得差不多了，不想办法解决树子枯死与白鹤密度问题，你那道风景线迟早一天会消失的。建议你们乡上好好地研究一下这个事，拿出一个切实可行的解决办法来。

康乡长惊讶地望着祝县长，怎么他一去就看出了这么多问题，而且都是要害问题？

我回去就召开一个乡行政会，研究贯彻你的指示。康乡长说。

祝县长站起身：好吧，我要去林业局参加一个会，白鹤林的事就有劳于你们了。遇到什么困难我们再研究，好吗？

康乡长跟着站起身：好。

好字刚出口，康乡长的手机响了。他一手摸出手机接听，一手跟祝县长再见往门外走。

电话是白鹤林肖胖子打来的。他说梅庆林砍树林了。

砍树林？康乡长说，他有森林砍伐证没有？

肖胖子说：不清楚。那是他的自留山，人家要砍你也没得办法。

康乡长知道这是冲他来的，肯定是电视播出后产生的负面效应：他的自留山就可以随便乱砍？自己的娃儿就可以随便把他整死？你给张村长说，不准梅庆林砍树子。我在县里，马上赶回来。

康乡长本想上午再到县财政局、林业局去走一趟，中午请县政府办公室黄主任吃午饭，下午才回乡上，接了肖胖子的电话，他立即跳上开往白鹤乡的车，撵到白鹤林去。

树子已经砍倒两棵。梅庆林主要是赌气，想砍两根就不砍了，但康乡长撵来了，梅庆林便提了刀又要砍。他要砍给康乡长看：你那道风景，是建筑在牺牲我的快乐和利益上的。

你砍树子做什么呢？康乡长反剪着双手，走在砍倒的树子前问。

一棵碗口粗的桢楠树，悲壮地躺在地上，成了梅庆林献给康乡长的祭品。新茂的树梢树丫已经被白鹤踩光了，成了光秃秃的茎，这种树，没有枝叶承接阳光雨露，不砍也会死，梅庆林早就想砍了。

烧。梅庆林边说边走到一棵树子前面，望望树身。

康乡长走过去问：经过哪一个批准的呢？

我。梅庆林说着，往手心里吐了一口唾液搓了搓，就要砍树。

康乡长上前去挡。

梅庆林眼泛血丝：我砍我的树子，关你什么事？说着便挥起了斧头。哪个敢阻拦，别怪斧头没长眼睛。

这时，围观的王老表走上来，拉住梅庆林的手说：二老表，忍一口气，算了。

梅庆林有意要做出一点颜色给康乡长看，把斧头高高地举起，“唬”一刀砍进树身里。

正在这时出现了一点意外，康乡长没注意，一只白鹤拉了一团屎在他的手膀子上。他抬起手膀子一看，白衬衣上画了一朵水墨丹青一样的花，腥臭得直钻心子。他皱起眉头，忙往裤包里摸餐巾纸揩。没有。村民们不用餐巾纸，当然也没有。肖胖子的女人说：康乡长，走，到我家打一盆水来洗洗。康乡长借机下台，被几个人簇拥着洗白鹤屎去了。

梅庆林突然觉得心里熨帖了一半。你不是那么宝贝着白鹤吗，还是要把屎拉在你身上呢？他把砍倒的树宰成截截，劈成柴块子，搬到屋檐坎上。还没堆放好，肖胖子的女人来喊梅庆林，说康乡长要找你谈话。

梅庆林继续堆放着柴块子，直戆戆地说：不去。

是好事。康乡长说，政府要出钱给你修一座新房子，让你搬出白鹤林。

梅庆林瞟了她一眼：你回他的话，我又想上电视了，你喊他又去把县电视台的记者叫来拍电视吧，他又制止了一起乱砍树木、让白鹤没地方住的行为，去祝县长那里领赏。

康乡长知道自己与梅庆林闹僵了。在祝县长面前，他交不了差，但又不愿向梅庆林下矮桩。他想回去向乡党委周书记求援，可是乡党政关系一直很紧张，多多少少才领略到以权压人的苦处。

局面僵持起来。肖胖子欲讨好康乡长，找梅庆林做一些协调工作。梅庆林一概龙灯的胡子——不理。四只小白鹤，在僵持中健康成长着。它做了人质，梅庆林在生活上并没亏待它。饲养小白鹤，是狗狗生活的全部。他每天都去抠黄鳝、捉泥鳅、逮小鱼喂它。小白鹤成了狗狗的好朋友，梅庆林和须大瓜走到篾笼子面前，小白鹤们心不在焉，虚眉闲眼，爱理不理的样子；只要狗狗走到篾笼子面前，小白鹤就眼睛放光，立即迎上来亲近他，长长的嘴壳子从篾笼子的小洞里伸出来，有食取食，无食亲昵一番，情趣盎然。狗狗还把它放在屋里耍过哩，小白鹤也没有要飞走的意思。须大瓜唠唠叨叨，几次要梅庆林把小白鹤送回窝里去。梅庆林都动心了，暗想，把白鹤折磨了这么多天已够了，再不放回去，显得我气量太狭小了。可是，想到康乡长冷硬的面孔，想到弄他在电视上出丑，想到肖胖子们幸灾乐祸的样子，瞬间便枪毙了这个念头：哼，你见不得把白鹤捉来放在篾笼子里，我偏把它装在篾笼子里，怄死你，气死你！

十天后，县上有人来找梅庆林了。

那天阳光很耀眼，梅庆林戴着草帽，蹲在院坝边上搓草绳，听见闹哄哄的，以为是游客来看白鹤，埋头专心致志地做着手上活儿。忽然有人招呼他，声音清脆，似乎很熟悉。抬起头，祝县长笑眯眯地望着他。梅庆林急忙站起身，脸上浮出笑，见康乡长站在祝县长身旁，笑容立即消失。祝县长见他手里捏着草绳，没有跟他握手，只问他草绳搓来做啥子？梅庆林说晒叶子烟。祝县长哦了一声。梅庆林忙招呼祝县长进屋去坐。祝县长说好吧。

进了屋，泡了茶。梅庆林有意寒碜康乡长，把那只装着小白鹤的篾笼子提来让祝县长看，说小白鹤在狗狗的精心饲养下，已经飞得了。还说小白鹤通人性，狗狗对它有恩，它就对狗狗有情；不像人，捡了菌子吃，忘了树桩恩。康乡长知道梅庆林影射他，但当着祝县长的面，不好发着。

祝县长蹲下身子看篾笼子里的白鹤。康乡长、陪祝县长下乡的县里有关随从人员也跟着蹲下看。祝县长夸奖把小白鹤喂养得很好，对研究白鹤的生活习性很有价值。然后站起身拍拍手，问梅庆林：你捉白鹤儿，是不是老白鹤拉屎在你脸上，你报复白鹤？

梅庆林脸红了，勉强点点头。

你砍树子，并不是真正想把树子砍了，让白鹤没有地住；而是砍几棵已经死了的树子做柴烧，顺便出出心中的怨气？

梅庆林惊疑地望住祝县长：眼睛好毒，我心里的小九九怎么被他一眼就全部看穿了呢？

梅庆林点点头表示承认。

祝县长的脸上荡起温和的笑容：有没有想改变一下居住环境的考虑？

梅庆林没有弄懂祝县长的意思，眼光茫然地望着祝县长。

祝县长补充道：就是搬出白鹤林，重新修房子住。

梅庆林搔搔头皮：手长衣袖短，作揖不方便。没有钱，再想也空想。

祝县长说：只要你愿意，没有钱，我们共同想办法，好不好？

梅庆林苦苦一笑：祝县长，有你这一句话，我搬开搭一个草棚棚住心头都高兴。

你愿意了？祝县长盯着他问。

梅庆林说：还想在这么腥臭的白鹤屎里长期生活下去，除非得脑壳进水。

那我们达成君子协定，搬！至于怎么搬？我们大力帮助你，如何？

梅庆林的目光扫了一眼康乡长，以及康乡长身后的肖胖子，心里掠过一道阴影；但当看见祝县长专注地望着他的眼睛时，顿时云开日出：好嘛。梅庆林说。

之后，梅庆林提出篾笼子，走到院坝里放下打开，把小白鹤从篾笼子里赶出来，想当众放飞小白鹤。

被赶出篾笼子里的小白鹤，或缩脖或伸颈，左望右睃，蹒跚了长腿，试着在院坝里走了几步，就站着不动了。梅庆林和肖胖子，以及康乡长张开双臂翅膀一样扇动，轰小白鹤往天上飞。两只小白鹤迈着长腿直往篾笼子里蹿，两只扑闪着翅膀往天上飞出三五米又趄转身，站在篾笼子上，睁大眼睛，一眨不眨地看着围观的人们。

大家感到奇怪：放小白鹤回大自然中去寻找爹妈，怎么不去，又飞回来了呢？

小白鹤不愿意飞走，狗狗当然高兴了，他每天就可以陪白鹤耍了。

须大瓜则冷着脸抱怨道：这下安逸了，喂家了，赖着不走，一天到晚做不完的活路，看哪有那么多时间，那么多吃食，老祖先人一样地去喂养它们。

梅庆林则哭丧着脸说：康乡长，你是亲眼看见了的，不要又去找领导汇报，说我不放小白鹤走，是小白鹤自己不愿意飞走的啊。

周云和

中国作协会员，宜宾市作家协会主席，已出版小说、报告文学多部，在《当代》《十月》《中国作家》《北京文学》《江南》《四川文学》等发表作品若干，有作品被《小说选刊》《中华文学选刊》《作品与争鸣》转载和中央人民广播电台播送。曾获十月文学特别奖、四川文学奖等多个奖项。

非虚构

倒 脱 靴

一个人的人文地理（节选）

◎王平

引子

在只能通过邮筒寄信的时代，我家信封地址的标准写法是：湖南省长沙市小古道巷南倒脱靴十号。“文革”期间曾易名为拥军巷，二十世纪八十年代初恢复旧名。门牌号在数十年里亦多有变动，此书沿用本人居住时使用时间最长之门牌号。

之所以叫南倒脱靴，是因城西区臬后街内还有个西倒脱靴。但平时南倒脱靴的居民从不理会“南”字，径呼倒脱靴，以示正宗，也就约定俗成了。并且“南”倒脱靴至今尚存，“西”倒脱靴则因城市拆建，已经灰飞烟灭。

倒脱靴是一条古老的小巷。早至清嘉庆二十三年（1818年）《善化县志》载善化县地图中，就可找到倒脱靴的基本位置了。处于小古道巷之东端，磨盘湾的南侧。

秦王政二十六年（公元前221年），长沙置郡。长沙名县始于隋文帝开皇九年（公元589年）。宋哲宗元符元年（公元1098年）划出长沙县东南部地区置善化县。此后，长沙县与善化县一直同城分治。两县的行政区划，由西往东以大西门至浏阳门为界（大致是现在的五一路），南属善化县，北属长沙县。以此，倒脱靴当属善化县。

直至民国元年（1912年），善化县又并入长沙县，实际存续了814年。民国二十二年（1933年）划设长沙市，设城东、城南、城西、城北、文艺、金盆、岳麓、会春共八区，下辖82个保、1838个甲。倒脱靴其时应属城南区，但属何保何甲，不得而知（待查）。

1950年，新政权废除保甲制。1955年，长沙市划分为东、南、西、北四区，组建306个居委会、2909个居民组，区名去掉“城”字。 1957年，新设郊区。市内四区下辖26个街道办事处，275个居委会，2766个居民小组。

1996年，长沙城区区划调整，撤销原东南西北及郊区五区，设立芙蓉、天心、岳麓、开福、雨花五区。截至2016年，长沙市区范围内，五区下辖71个街道办事处，567个街道社区。

倒脱靴的行政区划最终归属长沙市天心区城南路办事处古道巷社区。其周边街巷如小古道巷、大古道巷、晏家塘横街、流水沟、云泉里、磨盘湾、吊马庄、一步两搭桥、小乐嘉巷、大乐嘉巷、县正街、朗公街等，已经先后全部拆毁或部分拆毁，唯余倒脱靴一条孤巷，直至今日（2016年8月16日）尚存。

但令人匪夷所思的是，在湖南文艺出版社于2012年3月出版的《湖南老街》一书中，除了介绍倒脱靴的掌故之外，还登载了一张“南倒脱靴”的老照片（见该书270页），其说明居然为：“南倒脱靴（今无）”。

于是，一条现实中还存在的巷子，四年前不小心被一本书抹去了。

1

我从小在倒脱靴长大，在那里住了三十多年。虽说在这条小巷里我度过了全部的童年、少年和青年时光，却实在没有对它产生过多么深厚的感情。如果要找出其中什么原因，恐怕与我数十年在这条巷子里有太多苦不堪言、乏善可陈的灰暗生活不无关系吧。

尽管如此，随着年纪越来越大，离倒脱靴的那些岁月越来越远，这条小巷的一些人，一些事，反而时不时浮现在心里头来。有时模糊，有时清晰，有时模糊，甚至莫辨真伪，但总之是慢慢地有了一丝暖意。也可见怀旧不知不觉成了一种常态了。固然我也明白，这种怀旧亦有些许“可耻”之处。若此生至今仍穷愁潦倒，为生计伤脑筋，是断无什么心情抚今追昔的。譬如有次回倒脱靴，在巷口碰见开小卖店的杨四毛，我跟他寒暄了几句。他说早一晌有初中同学邀他搞聚会，被他一口回绝了。他对我说，聚么子卵会啰，无非去看那几个混得好的鳖形样子！老子如今每天只想赚点烟钱槟榔钱！弄得我还有几分尴尬了。

幸亏至今没有任何人叫我参加过什么同学会。不过我本来就只念过小学，没有读过初中和高中，比一般人的同学要少很多。因小学刚毕业就大病一场，待到痊愈，“文革”却开始了，从此与中学无缘。

我一年还会回几趟倒脱靴，因为我还有一个哥哥独自一人住在巷子里，如今七十好几了，身体马虎过得去，但高度近视加视网膜脱离，已近失明。近在咫尺尚只能分辨出个身影来，主要靠听声音。哥哥的一生聪明反被聪明误，及至晚年落拓不堪，与他从小顽劣、散漫、毫无责任感的个性密切相关。每次我去看他，也多少接济一下他。他现今住的那间小屋，也是我名下的，我会让他一直住下去，直到他终老。此外，近些年我喜欢上了拍照片，尤好钻小街小巷，所以倒脱靴以及附近的小街小巷，也是我拍照拍得较多的地方。我天性喜欢没落或颓废的场景。但这仅仅只是一种旁观者的兴趣。

初次听到倒脱靴这个地名的人，大都觉得古怪和新鲜。当然也有所谓传说。大意是关公战长沙时，长沙太守韩玄命守将黄忠与其应战。黄忠久战不胜，韩玄诬其有反叛之心，下令处斩黄忠。素与黄忠交谊甚好的魏延大怒，拔刀相助，要刺杀韩玄。韩玄见势不妙，窜下城楼，从城南向北逃奔。跑过小古道巷的一条小巷时，情急智生，脱下一只靴子，靴尖朝南，制造自己向南奔逃，将靴子掉落的假象。魏延识穿韩玄的把戏，继续往北紧追。韩玄跑至城西臬后街附近一条小巷岔口，又重施故技，脱下另一只靴子，靴尖朝西而掷，自己继续向北奔逃。仍被魏延识破。韩玄最终未能逃过魏延的追杀，死在其刀下。此即所谓“南倒脱靴”“西倒脱靴”之由来云云。

上述传说我想显然是喜好《三国演义》者一厢情愿的演义，难免穿凿附会。我对这类传说从来不以为然。但偶尔私下揣摸，浙江绍兴地方有一峰峦，正是状如一只倒悬之靴，遂取名倒脱靴，且成为当地一大名胜，长沙的倒脱靴是否也因巷子形状如倒脱之靴，因而得名？再细想亦觉有些勉强。因尚未听说过以平面形状而命其地名的。

其实倒脱靴还有其他说法，更有趣一些。

如《诗词曲小说词语大典》一书中，对倒脱靴的解释是赌场里的一种骗局。即先与对方建立良好的信誉，骗得其信任后，再卷款而逃。旧小说《海上花列传》第六十一回对倒脱靴也有类似记载。说某某与某某“葛拨个大流氓合仔一淘赌棍倒脱靴，三家头输脱仔十几万哚”。我不太懂此书的吴语，这里的倒脱靴，恐怕也是设骗局，出老千的一种方法吧。印象中张爱玲曾将《海上花列传》译成了国语，但此书一时难觅，待找到了再对比着看看。

对“倒脱靴”最权威的解释，我以为当属围棋术语之一种。“倒脱靴”，又称为“脱骨”“提后再断”，是围棋死活问题中的一种独特的棋形。简单说就是先弃后取，有意让对方提掉自己的数子后，再反过来叫吃，擒住对方数子。《红楼梦》八十七回对倒脱靴的着法即有生动描述：

宝玉忽然想起惜春有好几天没见，便信步走到蓼风轩来。刚到窗下，只见静悄悄一无人声。宝玉打谅他也睡午觉，不便进去。才要走时，只听屋里微微一响，不知何声。宝玉站住再听，半日又拍的一响。宝玉还未听出，只见一个人道："你在这里下了一个子儿，那里你不应么？"宝玉方知是下大棋，但只急切听不出这个人的语音是谁。底下方听见惜春道："怕什么，你这么一吃我，我这么一应，你又这么吃，我又这么应。还缓着一着儿呢，终久连得上。"那一个又道："我要这么一吃呢？"惜春道："阿嗄，还有一着'反扑'在里头呢！我倒没防备。"宝玉听了，听那一个声音很熟，却不是他们姊妹。料着惜春屋里也没外人，轻轻地掀帘进去。看时不是别人，却是那栊翠庵的槛外人妙玉。这宝玉见是妙玉，不敢惊动。妙玉和惜春正在凝思之际，也没理会。宝玉却站在旁边看他两个的手段。只见妙玉低着头问惜春道："你这个'畸角儿'不要了么？"惜春道："怎么不要。你那里头都是死子儿，我怕什么。"妙玉道："且别说满话，试试看。"惜春道："我便打了起来，看你怎么样。"妙玉却微微笑着，把边上子一接，却搭转一吃，把惜春的一个角儿都打起来了，笑着说道："这叫做'倒脱靴势'。"

为写倒脱靴重读此段，不禁拍案叫绝。

此外，多年前我曾出了一套小说集，封底用了一张倒脱靴的门牌号照片做装饰。南京友人薛冰便写了篇短评叫《倒脱靴》，借此亦可一提。薛冰君在文末这样写道，“倒脱靴”是一个围棋术语，着法高妙且潇洒，尤其是出人意料。常言道“世事如棋局”，王平小说的写法，也可以称为文学创作中的“倒脱靴”。

评价虽属溢美，也多少有些牵强，但毕竟让人受用。

2

倒脱靴是条东西走向的麻石巷子。可说是小古道巷里面的一条支巷。狭窄，也不长，加上中段往右拐进去的一截短巷（我们习惯称“横巷子”），拢共不过一百五十米左右。但因入巷约三十米处略带弧形，所以也不至于一眼可从巷头看到巷尾。整条巷子只有十六个门牌号码，一九四九年前基本上是单门独户，其中有五六家是大门紧闭的公馆，还有几家用竹篱笆围起来的小院子，余下则是几处乏善可陈的平房。但从二十世纪五十年代末起，人民政府进行私房改造，这个格局开始打破，至“文革”时期愈演愈烈，除开两三户劳动人民的私房外（这几户房子本来也小），几乎每个门牌号都住进去好几户人家。连巷名都改为“拥军巷”，“文革”结束后才基本恢复原名，叫“南倒脱靴”，仍不如最初简简单单的“倒脱靴”。门牌顺序也变了好多次，号数也多了好几个。

用长沙话讲，倒脱靴是条“死巷子”，哪头进仍从哪头出。其实不尽其然。因为巷尾处上几级台阶有张木门，看上去巷子到此为止，但进得这张木门后却曲径通幽，七上八下之后可从另一大门出去，直通晏家塘。年轻时我在城南路的一家街道工厂上班，插此近路大约可省四五分钟时间。但此门是这个大屋的后门，大屋不属倒脱靴，所以并无门牌号。并且里头的住户与倒脱靴的居民关系因种种缘由时好时坏，此门便时开时关，反正是后门。

少年时候，里面还住过一位我喜欢的细妹子，叫余志纯，现在想起来仍小有温馨。这大屋特大，多时至少住了十几户人家，楼上还空着好几间木板房，几乎终年不见阳光。有一回佘志纯带我如探险一般，吱吱呀呀登上楼梯，进了其中一间板壁上糊满旧报纸的空房间。两人靠墙坐着，忽然无话可谈，呼吸就有些急促。我便去撕板壁上的报纸，一层一层，慢慢细细撕。从简体字忽然撕出繁体字来，一则花边广告蓦然映入眼帘："七彩翡翠爱情巨片：出水芙蓉。五千美女齐出浴，万条玉腿一齐飞"。开始两人没转过神来，继而几乎魂飞魄散，逃一般跑下楼去。

我搞不清那时她为什么喜欢我。家里抄家抄得一塌糊涂，我如同孤魂野鬼，成天到晚无聊透顶，一副倒霉相。但我清清楚楚知道我为什么喜欢她。首先当然是她长得漂亮，虽然脸上有些雀斑。还喜欢她害羞的样子，喜欢看她穿那件红灯芯绒衣服。此外，她家做的包子也实在好吃。那时候我是个饿牢鬼。

3

我家于五十年代中期搬进倒脱靴十号。此栋公馆坐南朝北，离巷尾近些，离巷头远点。说是坐南朝北，但大门开得有些古怪，偏西北，而非正北。估计与风水有关。大门上方横嵌一块花岗石，上刻"心远草堂"四字，应该是意取陶渊明的"心远地自偏"吧，遒劲而清秀。

最原先的房东姓罗，是一位半路出家的医生，长相儒雅斯文，对人也很客气，家里人都称他罗先生。我家跟罗先生租下了朝北最大的一间，约有二十五六平方米的样子，开三张床，能勉强挤下一家七口，父母和五个子女。不久，祖父与姑妈（我父亲的姐姐）也搬进来了，租住在与我们房间相连的南房。因姑父原是一位国民党军官，二十世纪四十年代初就去了台湾，给姑妈留下一个刚满三个月的儿子，再杳无音讯。姑妈从此独身，一直随祖父居住。

房东罗先生也有好几个小孩，其中一个与我一般大小。后来都就读于小古道巷小学，不过他甲班，我乙班。小学毕业后几十年再不曾见过面，但都还记得对方。早些年一个偶然的机会又恢复了联系，后来彼此还加了微信，在朋友圈里经常有些呼应。因为这栋公馆原本是他家的私产，我曾特意在微信里给他留言，看他能不能跟我讲讲有关“心远草堂”最初的故事，后来什么原因卖掉了，背后有何缘由等等。罗同学的回信颇令人感慨。

他告诉我“心远草堂”曾“藏书无数”。文化大革命破四旧时，盖有“心远草堂”方章的古籍图书、名人字画、碑帖藏本全部当废品贱卖或付之一炬以求平安。至于倒脱靴的房子之所以卖掉，“是因为要支援国家建设（买公债），房子卖给谁了后人不清楚”。这我倒比他清楚，房子卖给了一个做南货生意的资本家，号称长沙市的南货大王，叫李福荫。即我家的第二个房东。

此外，罗同学的父亲之所以半路出家学医，是因为大女儿出生不久即死于缺医少药的日本人犯湘逃难时期，故其祖父痛定思痛，嘱其务必弃商从医。所拜名医周执中即住在倒脱靴四号，即十号的斜对门。一九四七年祖父在倒脱靴建成“心远草堂”后，还购得黄兴南路一栋临街房屋为后来罗同学的父亲行医开办诊所作准备。而这美好的愿望后来因众所周知的原因化为泡影。

4

我们家搬进倒脱靴十号的头几年，公馆还显得比较新，也干净、整洁。我家兄弟姊妹虽说有好几个，但加上房东，祖父及姑妈，最初也只有三户人家。这栋公馆只有一层，所以房间比一般房屋高出许多，且每个房间的天花板中央还有图案各不相同的西洋风格圆形浮雕，于中心处悬下一盏带碗形乳白玻璃灯罩的电灯来。但多年后无一房间幸免，均先后破损。房间朝南或朝北的窗户既宽又高，几乎占去整个墙面，显得非常大气。后来我结婚，在自己房里搭了层阁楼，把床和书桌都搬了上去，伸个懒腰还碰不到天花板，可见空间之辽阔。

倒脱靴十号的整体格局也算讲究。进去先是一个阔大的门厅，斜朝着院子。院子左右各种了一棵玉兰花树。每年四五月份便开满碗盏大小的、洁白的花朵，这时节，一院子都是似有若无的幽香。穿过院子往里走，上五六级麻石阶基，就是堂屋了。堂屋有四扇高大的玻璃门，中间两扇双开，左右各一单开，铸铜把手，颇为气派。堂屋甚为宽敞，不同时期还派上了不同用场。

正房并不多，一共只有五间。以堂屋为中心，左右各两间，中间偏右一间。左边两间相通（即我们家与祖父租住的两间），偏右那间与右边两间成L形相通，则是房东罗先生一家人住，在当时还算宽绰有余。从堂屋左边的走道往里走，就到后头院子了。后院由中间走廊分开，形成低于房屋地面一尺有余的两个方池，我们习惯称为当池。左侧有口水井，两眼，麻石井盖。年轻时用它代替石锁锻炼身体，单手能举数十下。右边当池中间砌了个花坛，种了一株茶花树，到初春时节开满树红花，特别好看。待到花谢，则满地落红，又观之凄然。迎面有两间杂屋，亦可住人，后来也租给了胡娭毑一家。靠右则是厨房。从厨房再拐一小弯，便是厕所了。顶当是一张后门，打开即是倒脱靴横巷子的末端，专供淘粪工人出入。

最重要的地方最后说。倒脱靴十号前头院子的两间杂屋上面，还有个别致的晒楼。面朝堂屋，隔院临街，面积约二十多平方米，有红砖砌就的栏杆。伸手即可触及玉兰花树的枝叶。这个晒楼是我几乎整个苦涩的青少年时期，尚可借此逃避现实，独自伤心又独自排遣的地方。固然不少时候亦给我带来不小的快乐。譬如夏天傍晚，先从后院井里扯一桶井水，摇摇晃晃提上晒楼，将地面泼凉，到夜里再摊张席子，摆开大字睡个通宵；冬天若下雪，则在晒楼上堆雪菩萨，或用雪球偷袭在晒楼下经过的细妹子；初春时节，常常用开杈的竹竿摘玉兰花。晒楼上也短暂留下过我和佘志纯如玉兰花香气一般似有若无的情感时光。

当时在晒楼上还可以朝东远眺天心阁。可以看见天心阁下的旧城墙。是少年时候最喜欢的去处，离倒脱靴不太远。那时进天心阁就已经要收两分钱门票了，我们往往是爬围墙进去。每次登上天心阁的城墙，必然要坐在城墙垛上，放眼寻找倒脱靴。天心阁是长沙城南地势最高的地方，每每居高临下，俯瞰长沙城区，满眼是一大片一大片的黑瓦屋顶，各色树木参差于其间，且常有鸽群从眼底呼哨掠过，一位瘦小少年的胸襟，顿时明亮而开阔。且因为看得多，倒脱靴的大致方位很快就能找到。而赖以精确定位的标志，则是倒脱靴十号院子里的那棵高大的玉兰花树了。那棵树的形态与周围其他黑瓦屋间冒出的树木迥然有别，气质完全不同，绿得尤其浓郁。枝干和叶子不像其他树木散漫而无规矩，一眼便可看出。找到之后，街邻同伴照例要雀跃一番。

“文革”时期，大概是一九七一年吧，天心阁上起过一次大火。我们都跑到晒楼上去看。远远只见城墙上火光冲天。渐渐的，天心阁在大火中毫无声响地坍塌了，像极了无声电影里的慢镜头。起火原因不明。最近我试图在网上搜索一下看是否有此事的记载，结果令人失望。只有抗战期间长沙文夕大火的文章连篇累牍，天心阁曾在那次大火中付之一炬。而据了解，天心阁重建竣工，已经是一九八三年的事了。那么，“文革”时期天心阁大火烧掉的是什么建筑，为什么毫无记载？还真是个不大不小的谜团。

5

对倒脱靴十号最早的印象，似乎已介于虚构与非虚构之间。因为其时我不过四五岁。大约是院子里正下着纷纷扬扬的大雪，很冷。堂屋搁了一盆炭火，时不时毕剥一声，蹿出来几簇火星。房东罗先生穿一件蓝布棉袍，手捧一卷线装书在堂房里踱步，嘴里还念念有词。那时应该正是他拜斜对门四号的老中医周执中为师，在诵读什么汤头歌诀之类吧。我跟罗同学站在阶基上朝院子里屙尿，比谁屙得远。洁白厚软、尚无一只脚印的雪地上，顿时被两道小小的抛物线浇得一片金黄。还听见结了冰的玉兰花树叶发出悄悄的脆裂声。罗同学那个疯子姑姑（叫巧姑子）则在她的小屋里蓦然发出一声清籁："巧姑子要呷茶哒咧……"

巧姑子是罗先生唯一的妹妹。听大人说过，她是在大学里念书时，因失恋致疯的。

罗同学小时候脑壳很大，是个显而易见的特征。一般人都认为大脑壳愚蠢，罗同学用自己的大脑壳不声不响地推翻了这种偏见。很可惜，如今要具体地回想小学里跟他有关的某件事，很难。因为他家早已搬离倒脱靴，在小古道巷小学我们也不同班，交往当然更少。倒是一些没有什么意义的片断却浮现在脑际。比如说有一次，为了准备一组以做好人好事为题目的宣传专栏，学校组织五甲五乙两班几个会画画的，包括我跟罗同学，集中在甲班的教室里画画。记得我画的是一位少先队员帮助淘粪工人推粪车。罗同学画的什么我当然忘了。忽然窗户外面飘进来一股似有若无的槐花的香味。我说："好香！"罗同学连忙把铅笔搁在纸上，大脑壳转了一圈，很响亮地缩了一下鼻子，说："闻不出。"

罗同学身上显然有他父亲的遗传因素。读书聪明得很。而且他们姊妹兄弟，个个都会读书。个个性格好。从不跟人吵架，谦和而且沉静。这便应该与他们母亲的熏陶有极大关系。罗同学的母亲，给人的印象瘦弱，甚至有点弱不禁风。穿着朴素但显得精致，干干净净的样子。说话声音细小温和，给我的印象十分深刻。幼时叫他罗娭娭。罗同学父亲卖掉倒脱靴十号后，即搬进了黄兴南路他们家另外那处临街的房子，铺面则租给了伟业茶叶店。我间或还在街上碰见过罗婶婶。挽一个菜篮子。只是苍老多了，恐怕她早也认不出我来。

某年，罗同学的父亲死了。丧事料理完后，罗同学的姐姐代表他们全家，来到倒脱靴巷子里给几位送了花圈祭幛的老街坊敬烟，表示感谢。刚好我走出倒脱靴十号大门，她也递给我一支。很陌生地笑笑。我忽然想，她现在面对是她的祖传基业，心里会作何感想呢？何况，她的童年就是在这栋房子里度过的。

这样想的时候，罗同学的姐姐正站在门口跟几位老人应酬。当时她已经是个地道的年轻妇人了。她连看也没朝大门里看一眼。她的上方，即是“心远草堂”四个大字。但即便她是这样一种态度，也并未使我失望。我无端觉得，她绝非那种愚钝的女人，只是不愿将内心的情感轻易外露罢了。

罗同学的姐姐，比我大两年级。曾经是小古道巷小学的大队文体。个子像她母亲，消瘦而白净。我心里忽地浮现起她站在队旗下行队礼的形象。红领巾在白衬衣前飘动。队鼓咚咚。天空当然是湛蓝的。

我已分不清楚这情景究竟是出于某种想象，还是多年前确曾有过。

那时候，我在我们班画画画得最好。罗同学在他们班画画画得最好。我擅长画马，他擅长画人。各有千秋。但罗同学是大队长，我却仅仅是个小队长。当时还颇有几分沮丧。班主任段老师却偷偷对我说：“不当大队长也好。管事太多，耽搁学习。”如今回想起来，段老师可说是第一个告诫我不要“为官”的人吧。并且我曾有一篇作文《我的理想》得了全校作文比赛第一名，也令我神气了好多天。当时《我的理想》是什么呢？是“长大了要当一个像时传祥伯伯一样的淘粪工人”。这篇作文有一段被画了好多红圈圈的句子，用现在的话来讲堪称金句，似可一提：“如果你也不愿当淘粪工人，他也不愿当淘粪工人，那么，全世界的粪坑满了，怎么办？”

6

小时候我确实喜欢画马。主要是用铅笔画，家里的墙壁上不能说万马奔腾，至少也有百马奔腾吧。父母倒也并未有太多指责，有时甚或还略带默许。

说起小时候画马，还有一个至今仍有些许遗憾的故事。但话会先扯得稍远一点。其时罗同学一家已搬离倒脱靴多年，大约是我读四年级的时候吧，母亲干了一桩大事情。缘起于当时南区政府某主要领导的忽发奇想。他打算办一所特殊学校，将长沙市一些连民办中学都考不取的差生尽可能招进去，好歹让他们也有书读，其实主要目的是为了稳定社会治安。那时候青少年犯罪现象已很突出，少年扒手、小偷尤其多。但一直无人敢接这个烫手山芋。最后这位区领导想到了我母亲。因我母亲当任过小古道巷的街道主任（那时此职务并无工资，纯属义务），有一定的组织能力，同时兼任南区夜校的扫盲老师，在扫盲工作中有突出的成绩。于是这位区领导亲自上门来做母亲的工作。可能此前碰过不少壁，这位领导还认为此事会有相当难度。殊不料母亲听完其办学设想后，几乎未加考虑，一口接受。道理非常简单，说这些孩子如果不读书，“都会变社会流渣”。这位区领导喜出望外，连夸母亲敢于勇挑重担，思想进步。

母亲于是雄心勃勃，扎起袖子准备大干一场。区里开始非常配合，校址也很快落实，在城南妙高峰上一个废弃的小工厂里。母亲便因此命名“妙高峰中学”。先期打算招收四个班，还聘请了三男二女五个年轻人做老师，分别让他们教语文和数学，音乐和美术。这几个年轻人都因出身问题，成绩很好却未考取大学。

然而在招生基本完成，即将打算修缮学校之时，南区政府忽然变卦，出尔反尔。说妙高峰的校址已被某领导安排改作他用，要母亲另行择址。这下母亲慌了手脚。因为她不可能在短短一两个月内找到合适的新校址。眼看开学时间一天天迫近，区政府上上下下对此却装聋作哑，避之惟恐不及。母亲只得决定，尽可能劝退已经招收的学生，并退还预交的学费。但最终仍有三十几名家长不愿退费，声称校方不能将此等大事当成儿戏，坚持要求子女入学。否则他们要闹到市里去。

母亲被逼无奈，竟做出一个惊扰整个倒脱靴巷子的决定。她决定把倒脱靴十号当做学校，将自己家唯一的住房腾出来做教室，接纳那几十位学生读书。这恐怕是古今中外绝无仅有的一所学校了吧。

幸亏那时倒脱靴十号的住户虽已有五家，即第二任房东李福爹一家，我们一家，祖父与姑妈一家，后头院子胡娭毑一家，还有住在晒楼底下杂屋里的单身女人刘佩君，但都住得规矩，很少占用公共地方。除开祖父及姑妈不同意也得同意之外，母亲与其他几家住户做了大量的思想工作，晓之以理，动之以情，最终获得他们无奈的理解，但底线是绝不能用堂屋做教室。这倒本来母亲也无此意。堂屋是几家住户每天出进无数的地方，做教室显然不合适。只能拼几张课桌权当办公室，晚上我们兄弟几个便在堂屋搭铺睡觉。我们家的那间房子，便顺理成章，变成所谓教室了。每天晚上，母亲则在教室里利用课桌开临时铺（父亲当时在坪塘石灰厂上班，每周只回家一次）。此外，晒楼底下还有一间小杂屋原是我家的厨房。母亲也将厨房腾出，安排姐姐妹妹住下，在通向晒楼的楼梯弯里搭了个临时厨房。

那真是一段令人啼笑皆非、不堪回首的往事。三十几个学生，原本就是调皮捣蛋得无以复加，连民办中学也考不取的差生。此番进得这所不伦不类，名不正言不顺的所谓中学，一个个全都肆无忌惮，把倒脱靴里里外外搅得天翻地覆，民不聊生。尤其是倒脱靴十号的晒楼，简直成了这群学生的空中操场。到后来竟然由最胆大的学生带头，十几个人从晒楼边沿围墙爬上倒脱靴十号正房的屋脊，再由此屋脊顺势爬往左右隔壁两家屋顶，直踩得黑瓦屋顶格嘟嘟一片碎响。底下的人则看得惊心动魄。并且倒脱靴本来就是条小巷子，每天有几十个顽劣少年打打闹闹进进出出，使得白天的巷子里几无一刻安宁。后来甚至又传出来赵家被偷了鸡，李家被偷了鸭的消息，邻居们更是怨声载“巷”，母亲也因此深深得罪了几乎全体倒脱靴的居民。

7

再说到与我画马有关的故事上来。当时母亲聘请的老师当中，有个叫章嘉政的，会画画，负责教美术。也许是他觉得我画马多少还有些灵性，便跟母亲说带我去拜个师傅，母亲当然说好。于是某天，章嘉政忙里偷闲，带我去五一路中苏友好馆拜师。那天我特意将自己的破胶鞋抹得干干净净，书包里装着一大摞神态各异的马，试图第一眼给师傅留下良好印象。却不料那师傅不在家，令我大失所望。章嘉政也有些不好意思，说张老师一般都在家啊。下次吧下次吧。那段时间，倒脱靴十号这所古怪学校的教务太繁杂，搞得我母亲和章嘉政们焦头烂额，于是，便再也没有了下次。

后来我才知道，当时章嘉政打算介绍给我的师傅，即人称“马迷”的著名画家张一尊，曾任湖南省美协主席。多少年以后，我多次想过，要是那天张一尊在家，他看了我画的马打算收我为徒的话（我那时才十一岁啊），我此生的命运会不会迥然不同如今天呢?

为了纪念我缘悭一面的师傅，特录其简介存念。

张一尊，学名耀定，曾用名铁湘，1902年1月出生，湖南省乾城县（今吉首市）太平乡人。自幼爱马，经常默立马旁如痴如醉观看，并喜用木棍在沙滩、院坝画马，人称“马迷”。

张在作画中潜心研究古法，尤擅推陈出新，不落前人窠臼。画马时屡屡一反常规，先画马尾，再画马身，后画马头，顷刻成画，神形兼备。其代表作有《三骏图》《八骏图》《万马奔腾》等，并出版有《张一尊画集》，被誉为中国画马“四杰”之一，有“北徐（徐悲鸿）南张”之称。

1973年3月病逝于长沙，享年72岁。

而母亲美好理想中的“妙高峰中学”，在被坚硬的现实碰得头破血流之后，黯然散场。她硬着头皮坚持了一个学期，经无数次与区政府软硬兼施地磋商，最终将这批调皮捣蛋得无以复加的学生，分别转入了其他数所民办中学。

“妙高峰中学”的几位年轻老师也各散四方。章嘉政成了五一路上银星电影院的美工，专画巨幅的电影广告。《小兵张嘎》画得尤其传神。我一直觉得，长沙市所有电影院的广告，包括学院街里面的文化电影院，数他画得最好。未曾想“文革”期间，章嘉政却成了造反派组织“湘江风雷”的总头目，因多次打砸抢抄，被判处二十年徒刑。

就在母亲九十二岁去世前不久，她回忆此段往事仍耿耿于怀。说当领导的怎么能讲话不算数呢。要不然，她会把妙高峰中学办得几多好。

我只能苦笑。

8

二十世纪八十年代中期，我曾写过一个短篇小说，题目叫做《烟云》，发表在《上海文学》，背景就是倒脱靴。里头就写到了母亲办学校时请来做老师的几个年轻人，有一定的虚构，但人物大致真实，当然都有原型。在倒脱靴的学校尚未正式开学之前，他们便每天在倒脱靴十号集中，尚有过一段短暂的闲暇。其中两个女的，长得漂亮的叫孙毓其，负责教数学，长得不漂亮的叫宾万珠，负责教音乐。那时候我常暗想，长得漂亮的才应该教音乐，长得不漂亮的才应该教数学呀。还有令人不可思议的是，请来教语文的解续磊，偏偏比请来教音乐的宾万珠更喜欢唱歌。而宾万珠呢，反而更喜欢谈文学。尤其喜欢泰戈尔，把《飞鸟集》《园丁集》整整齐齐都抄在日记本子里。所以打小起我就觉得世界上的事情很难说，就因为有诸如此类一些事情。

还有教美术的章嘉政，整日黑着一张国字脸，不苟言笑，说话又低又沉。画出来的人清一色表情严峻苦大仇深。不管男的还是女的，一人分配两道剑眉。对我倒还热心。虽然后来领我去拜师之事终究未遂，但也抽空告诉过我如何画马。可能由于那时候国家正处于三年困难时期，章嘉政笔下的马无论或立或卧或跳或跑，一律的骨瘦如柴。以至如今我偶尔胡乱画几匹马，仍旧一如既往的瘦，想胖也胖不起来。还有一个叫胡国荣的，下巴上生一粒硕大的痣还不算，痣上面还要长毛。我便喊他做“一撮毛”。因为当时长篇小说《林海雪原》正风靡一时。胡国荣于是无可奈何地生气。不过那粒长毛的痣并不妨碍他会拉手风琴。虽然我的印象只是觉得他劲很大，可以毫不费力地把琴箱扯得那样长。我却一点也扯不动。特别活泼的一个叫做程华甫。明明是长沙人偏偏喜欢讲普通话。把“没有”说成“妹有”。从来不搭理我。不过有回他跟母亲义愤填膺地告哪个的状，说，哼，他还想把我拖下水呢。我便在旁边不知轻重地插了句嘴，说，那你就下水跟他去游泳啊。他听了大吃一惊。从此对我刮目相看。

热爱唱歌然而是教语文的解续磊则最喜欢调排我。他没有事就唱。

虽然从未听他唱完过哪怕一首歌。具体地说是哪首歌里的哪一句拖腔或颤音最长，他就喜欢唱哪一句。而且往往两拍被他拖成四拍，四拍被他拖成八拍仍意犹未尽。将“马儿啊……你慢些走”唱成“马儿啊……啊……啊……啊……你慢些走”。

他很想去考歌剧团。那时候长沙有个实验歌剧团。这是他对我姐姐讲的。他说他的音色好、音域广、音量大。姐姐就很认真地点头。我不懂得音色和音域，但是懂得音量。因为深有体会。他常常打发我，首先要我站到倒脱靴十号大门口去。他则在教室里唱（其实是我家住房）。把手按在耳朵背后唱，他有一对很大的招风耳朵：

然后跑出来问我听不听得见。我说听得见。他又派遣我站到巷口去。自己回到房里再唱。手仍旧按在耳朵背后：

我跑步回来报告说还是听得见。他于是非常的高兴。姐姐也非常的高兴。而且我晓得了他为什么非要把手按在耳朵背后唱。他告诉我说那里是他的共鸣点。还告诉我说每一个歌唱家都有自己的共鸣点。有的在胸脯上有的在肚脐眼上。唱歌时扪住那地方，音量就大，而且像从坛子里发出来一样有回声。问题是找到共鸣点很不容易。不过当时我想的是，假如这个什么共鸣点生在屁股上呢？岂不要捂着屁股唱？

然而有一回，我无意听见解续磊很认真地对姐姐说，他想找出他们两人身上的共鸣点。令少时的我百思不解。共鸣点怎么可以两人共一个呢？

多年以后却听说解续磊做钢材生意发了财。他利用当时计划经济与市场经济双轨制之间的价差，倒腾批文，主要是圆钢和六码丝，赚了不少钱。当然这已是二十世纪八十年代初期的事了。且竟然花钱买下了倒脱靴六号汤婆婆的一栋业已破败的老屋（即对门五号的贴隔壁，我家的斜对门），并将其拆毁，在原址重新盖了一栋两层楼房，摇身一变成了我家的邻居。有时碰见我母亲，必定恭恭敬敬地叫声“喻校长”。当然还认得我，且装做漫不经心的样子问过我，你姐姐还好不好？我说还好吧，女儿都十五六岁了。他哦了一声，从此再未问过。

大约两三年后，解续磊又将这栋屋子转手卖了。此房迄今犹在，只不过早已数易其主。

9

“文革”初期，倒脱靴十号的堂屋又成了巷子里居民小组开会学习、早请示晚汇报，堂客们跳忠字舞的地方。堂屋正面挂了张毛泽东的画像，还做了个忠字台。记得还开过几次小型批斗会。后来更不成体统，街道织布厂竟然搬进来一架庞大的老式织布机，叫人在堂屋里织布。这种织布机一只手推一只手敲，左右穿梭，从早到晚发出巨大而单调的噪声，让做三班白天要睡觉的我痛苦不堪。幸而不到两年又搬出去了。

倒脱靴十号最早有两张门，一大一小，均为两扇对开。两张门紧挨着。外面是小门，里面是大门。大门既高且宽，极为厚重，一对铜门环甚为威武。大小门之间的距离不过寸许，因此小门必得在大门打开后才能开开或关上。用途还算明白，即主人可能觉得白天关大门不方便，敞开也不合适，便来个权宜之策，贴着大门做张小门。白天只关小门不关大门，到晚上大门小门一起关。多年之后，这张小门却派上了其他一些用场，原主人应当始料未及。小门宽度与大门相差至少两尺，高度几乎矮去一半，门框横梁则成了我与巷子里的小伙伴锻炼身体的单杠。我至今尚存两块二头肌，与我青少年时代在这横梁上做的无数引体向上应该多少有些关系吧。

在门框左右两侧，还有我深深浅浅、高高低低刻下的成长的印迹，从一米二几到一米六几。还有我歪歪扭扭刻下的或励志，或抒情的诗句，诸如“燕雀安知鸿鹄之志”，“问君能有几多愁，恰似一江春水向东流”之类。两扇可装上卸下的门板更具实用价值。白天卸下来，架两张板凳便成了乒乓球桌，夜里则成了家里哥哥姐姐的临时铺板。睡觉前将小门卸下搬进屋内，搭就两张临时床，早上起来卷铺盖归原。还可以搁在堂屋的方桌上缝被子。

“文革”前后，又有人家陆陆续续搬进搬出，人多且杂，小门不翼而飞，门框便完全形同虚设了。

后来为了方便各户人家的夜归者，大门也进行了改造。由大屋内各家凑份请木匠在左扇大门的合适位置挖一长方形小孔，再用取下的门块装上铰链安把乒锁，成了一个七八寸见方的小门。各家配钥匙若干把，深夜归家先用钥匙开开小门，再伸手进去拨开门闩，打开大门。从此再也不用半夜下班大呼小叫拼命擂门而惊扰四邻。这种对公馆大门的绝妙改造，堪称那个伟大时代极富中国特色的发明，在那个年代，长沙城里许多公馆和老屋的大门都进行了类似的改造。我想中国的其他城市也应该差不多吧。这种小门的始作俑者，这个天才的发明家是谁，恐怕永远是个解不开的谜。

10

李福荫于五十年代中期买下倒脱靴十号后，吃了个大亏。房东还未当上两年，政府便开始私房改造了，整栋公馆仅给李福荫三间“留房”（也属最富中国特色的专有名词），李福爹如哑巴吃了黄连。人民政府最终理所当然变成了我家的第三个房东。房租也由房地局派专人每月上门收缴。当然，与我们家挤做一团相比，李福爹有三间房子还算宽绰。他一人住朝北最大的那一间，已经中风的太太住朝南一间，另一间小房则由保姆张娭毑住了。这三间房均有房门相通，但过路房是张娭毑住的那一小间。虽然李福爹住的那间也有一张门通堂屋，但除了迎送客人，一般不开。所以小时候在我眼里，那间房就显得极为神秘。尤其夏天，李福爹喜欢给三间房子的大玻璃窗糊上绿纸。所以偶尔李福爹打开那间房门，看见屋内映满宁静的绿色，更令人产生一窥究竟的冲动。

邻居习惯叫李福荫“李福爹”，是个颇为富态的老头，矮且胖，夏天爱穿一件香芸纱开襟短袖衫，喜欢敞怀，一对奶子如女人一般。他话不多，但为人开明。且尚能自宽自解，顺应形势。譬如一九五八年大炼钢铁，政府要求家家户户献铜献铁，李福爹将家中所有铜器如铜炭盆、铜火钳、铜火锅、铜手炉等等，记得还有一支数尺长的灭火用铜杆唧筒悉数捐出，甚至将大门上那对铜门环也卸下来捐了出去。倒脱靴居民集资在巷口建自来水站，他一个人出大头。

李福爹有三个儿子，均在外地工作，一个北京一个武汉一个保定。每年都会带小孩回来几次，短住几天。但三兄弟几乎没有同时回来过。“文革”之前，李福爹的日子在我们眼里当然算非常好过的。譬如那时候谁家订了一份牛奶就已令其他人家非常羡慕，而李福爹一人就订了两份。早上喝一瓶，晚上喝一瓶。骑自行车送奶的人，每天拎两瓶牛奶走进倒脱靴九号大门，又拎两只空瓶子走出来，是巷子里司空见惯的一道风景。

倒脱靴九号对门是五号，里头还真住得有几户背景复杂的人家。但五号的房屋建筑谈不上好。虽有两层，但是老式的木板楼。最多时楼上住了四户，底下住了三户。有一胡姓人家，据说丈夫在解放初被镇压，胡妈妈独自养大两男两女四个孩子，可见其艰难。偏生一九六一年过苦日子时候老二又得了肺结核。其时张娭毑与胡妈妈走得密切，便将此事讲给李福爹听。李福爹也没多说什么，要张娭毑每天送一瓶牛奶给胡妈妈儿子喝，自己每天只喝一瓶了。

据说十三岁时李福爹就只身从江西来长沙，在一家远房亲戚开的南货铺做学徒。少时的李福爹做事眼眨眉毛动，极灵泛。二十几岁便自立门户，后来成了长沙市的南货大王。长沙先前有俗语云："江西老表真正恶（音wo），跑到长沙占拐角（音guo）"，意指江西人做生意会占码头，铺子大都开在拐角处，生意当然好，此言果然不虚。李福爹的南货铺就开在中山路和黄兴路的拐角，号称"百福斋"。

买下倒脱靴十号时，李福爹应该有六十出头了，同时搬进来两口专为自己和太太准备的棺材，一时惊动四邻。这两口棺材独特而巨大，型制极为罕见。稍小的一口系用金丝楠木做成，两侧及棺盖为圆弧形，尤为古朴；另一口材质虽为杉木，但是四个头（即整口棺材只用四根木料），可见体形之威武。正面还刻有描金的福禄寿喜浮雕，做工极精。且两口棺材均有内棺，更显豪华。

两口棺材最终只有先他而去的太太享用了一口。"文革"初期武斗，长沙市一位造反派司令中弹身亡，同伙准备召开盛大追悼会并予以厚葬。有人打听到倒脱靴九号有口巨棺，立即派人将其征用，十六个人差点还未抬起。

李福爹的太太去世后，他可能觉得一人住两间太奢侈，便又将朝北那间大房腾出来给了政府。很快，就有一户根红苗正的工人阶级家庭搬了进来。男人姓刘，我们叫他刘伯伯，有三个女儿，堂客姓罗。说实话，我不喜欢他家的二女儿和三女儿，但喜欢他家的大女儿。

"文革"末期李福爹去世。三个外地工作的儿子，只有保定的老三只身匆匆赶回长沙，将其火葬草草了事。仅有保姆张娭毑哭得真正悲伤。张娭毑十八九岁就从河西乡里到李家里做保姆。侍候他们两口子几十年，又给他们带崽，最后带孙。两间房子，李家老三给了一间小的给张媖驰，另外一间则又被房地局以极低廉的价格买走。并旋即由刘伯伯家理所当然地租下。于是，他家便有了一南一北两间房。两夫妇，三个女儿。也不算太挤了。

倒脱靴九号的私房从此不再。

11

我已搬离倒脱靴二十多年。倒脱靴九号、十号公馆二〇〇二年被房地局拆掉，在原址盖了一栋质量低劣的四层居民楼。因符合所谓政策条件，我用较低的价格买下了一个单间一个套间，由母亲和哥哥居住。母亲早几年已离世，只剩下哥哥独居在此。就个人而言，我算是这栋公馆拆建的受惠者吧。我对如今过分强调保护所谓老公馆也不以为然，甚至觉得有些矫情。姑且终于保存下来了，这零零星星的几栋旧公馆，对整个长沙城的建筑形态，到底有多大的意义？

长沙老城区在将近八十年前的文夕大火中几乎化为灰烬。记得什么时候看过一篇资料，说是第二次世界大战中毁坏最严重的城市有四个：长沙、斯大林格勒、广岛、长崎。其中长沙三千年古文化历史毁于一旦。现今长沙仅存的百余栋旧式公馆，绝大多数都是抗战之后盖起来的，最长的历史也就七八十年。超过此年限的还剩几栋，我不得而知。我多次到这些地方拍照片，与一些老公馆里的居民也有过交谈。他们几乎都对自己居住环境的恶劣多有抱怨。显然，这些房屋已绝不宜居，对此我感同身受。

比如倒脱靴巷内的几家公馆都有先天性的毛病，且无法根治，以我家为最。倒脱靴九号左右两家都是公馆，虽然均为“本宅私墙私脚并无寄缝”，格局各有千秋，但由于双方私墙挨得太近，中间夹缝宽不过半尺，又被两头砌死，极其阴暗而潮湿。两家屋顶的天沟又几乎挨在一起，年长日久，下雨时无可避免地开始漏雨。这种状态愈演愈烈，到二十世纪七八十年代，只要下雨，我们全家所有的脸盆提桶脚盆全部上阵还顾此失彼，搞得狼狈不堪。天花板、地板也由于长期雨水浸泡和渗漏，多次发生剥落和塌陷的惊险事件，有一回我刚刚下床，一块不小于两平方米的天花板哗啦一声砸下。仅数以秒计的时间差，使我幸免于难。此外就是方便不易。原来巷子里每家公馆均有私厕。但在私房改造后全部拆除，这亦属资产阶级生活方式。乃至每日方便必得去巷外磨盘湾的公厕，排队“伦敦”（轮蹲）。当然几乎每家都有马桶，但白天使用公厕的人仍然很多。

依我看，长沙早就没有真正意义上的旧城区，只有地道的破城区。“旧”跟“破”的概念完全不同。“旧”的可以保护，“破”的但拆无妨。除非有重要历史价值的古迹。长沙能不能产生新的建筑形态，对此我毫不乐观。

倒脱靴至今尚有三栋公馆残存，已是地地道道的危房。而附近的街巷如吊马庄（仅巷口一家叫予园的公馆仍在坚守，事迹多次见诸报端）、一步两搭桥、流水沟、云泉里已全部拆毁，小古道巷、晏家塘横街、磨盘湾均已拆掉一半。倒脱靴成了完完全全的一条孤巷。但巷口倒脱靴一号公馆的墙壁上，近年被钉上了一块“长沙市不可移动文物点”的铝牌牌。

王平

湖南长沙人。湖南出版投资控股集团编审，中国作家协会会员。主编、策划及编辑出版了人文社科类图书两百余种，《书屋》杂志创始人之一。业余摄影师，偏好社会纪实摄影。主要著作为小说集《雨打风吹去》（作家出版社）、《王平小说》（湖南文艺出版社）。

自然纪事（组章）

◎吉布鹰升

绝境逃生

高原宁静的天空。

一只黑鹰从一块岩石上猛然起飞，扑扇着巨翅，凌空飞翔。风声呼呼，鹰从高空高傲地俯视大地上的一切，风吹草动逃不过它深邃的眼睛。

它是天空的王，自由飞翔、盘旋，人的身体不凭借飞机是不可企及的高度和神性。

在辽远的蓝天上，大地在它的掌控下。它的巨翅和长风搏击，和云朵追赶，练就了有力的翅膀、肌肉、骨骼和健康活力的血液。

它高空飞翔觅食，从来不会像那些爬行动物在地上伏击。居高临下的姿态，锋利的喙，钢刀一样尖锐的爪，划破长空的尖锐的鸣叫，令大地上的飞禽不寒而栗。

一声尖叫，又划破长空，它的目光已经锁定目标，义无反顾的勇气。

鹰在悬崖上空俯冲而下，悬崖之下陡峭的岩壁上几只黑色的岩羊在安静觅食。

风一样的速度，它扑扇的翅膀发出呼呼的声响。几只岩羊还未反应过来，它的影子落在大地上，一个巨影从天而降，几乎逮住那只体形稍小的了。然而，岩羊天性在陡峭的悬崖上爬行，在广阔的草地上奔跑，同样有着强健的身骨，和敏捷的四肢。它一躲闪，鹰扑了空，打了个趔趄，又以掩耳不及地起飞要骑在那只岩羊背上了。

刹那，岩羊抬起头，勇敢地迎战，伸出前腿去踢打，用头去顶撞，使出它自卫的武器力量。但是，鹰已经抓住了它的背，那锋利的爪子像尖锐的刀子，一阵疼痛闪电般流过全身，又因为求生的欲望、挣扎而很快消失。岩羊的本能告诉它只有不顾命地逃窜，甩掉背上的鹰，它才有机会从死亡线上逃离。旁边的一只岩羊，是母亲，或是兄弟姐妹，见状，马上蹿出帮忙助阵，昂起头，伸出前腿去踢打鹰，时而用头去顶撞。

鹰骑在羊背上，奋力腾空，却未得逞。四五十斤重的岩羊，并不轻易到手。岩羊背着鹰，拼命往四处撞去，想要甩掉鹰。鹰小瞧了它的猎物，原来，它是那么强大勇敢。岩羊背着鹰，进进退退，然后往下方的一块灰色的岩石上撞去。它摔打、滚落，岩石发出撞击的声音响彻天空。鹰被岩羊狠狠地撞在了巨石上，以为伤了翅膀筋骨。岩羊又起身，鹰依然骑在羊背上，不知道爪子不能拔出，还是不想放掉这个猎物。

岩羊又那么决绝地奔向山下的石头，滚落，鹰随之滚落，岩石上发出巨响声，腾起一阵阵灰尘。岩羊似乎打算和鹰同归于尽，又爬起，奔跑着滚落而下，尘烟四起。也许，它们都命丧悬崖了？

那场面，让人揪心，两个生命，一场惊心动魄、不顾生死的战斗，响声回荡在上空。

高处观战的岩羊见状，一只只傻了。

它们滚落着，忽而鹰在上，忽而岩羊在上。一块巨石挡住了。一会儿，那只岩羊起身了，往那边慢慢跑去，鹰回过神来，放弃了猎物，有些沮丧。

它们最终谁也没有赢，一场杀戮结束了。

鹰和岩羊都是多么英勇。鹰依然在辽远的蓝天上盘旋，岩羊在广阔的大地上奔跑。

高原的天空又恢复了平静。然而，大地上其他动物的战争随时都会发生，比如狐狸对老鼠、野兔的攻击，鹞鹰对小鸟的攻击。绝境逃生。

安详的天空！

绝版的夏日

那蔚蓝色的天空，仿佛是绸缎那样舒展又轻柔，天边飘拂了一绺一绺淡淡的白云，分明是风和气流在无时无刻变化着。

蓝色的天空下，远处是草木覆盖着绵亘的山。近处是金黄湿润的苦荞收割后，一束束如金黄的斗笠立在那里，飘散着苦荞清香的气息。然后，一片如丝绸般的燕麦正在抽穗灌浆，收获后的洋芋地、金色的苦荞、青色的燕麦缀着山坡。

谁要是来到那里，立刻惊喜地赞叹道："多么舒服的地方！"的确，那蓝色的天空和金色的苦荞、青色的燕麦，是绝版的夏日。

白云在蓝天上悄悄然变化着，幻化为朵状、片状、丝状，天之蓝色也在不断地变化着，那么明净又深邃。

无论你走向何处，青青的燕麦、金色的苦荞散发的清香气息扑鼻而来，身边发出了刷刷的声响。如果走上了刚收获的洋芋地也不错，衰败的洋芋茎叶混合着泥土的新鲜气息，让你呼吸了泥土好闻的气息。

在苦荞地，在燕麦地走走看看，惊起了鸟儿。三道眉草鹀吱吱啼叫，飞入了不远处。云雀鸣啭了几声，又飞落在对面的燕麦地里。

树莓散发出浓郁的气息，熏得游蜂浪蝶留恋不已。风儿习习吹，什么时候那遥远的天边聚集了云山、云峦。云影笼罩了一大块山地，送来了凉爽的风。那葱茏的树林下方，一道白烟在袅袅升腾。

草地上蕨草、菖蒲等一派润绿，火绒草盛开着白花，散发馥郁的清香气息。

一位农人右手撑着一把蓝色的阳伞，左手拿着披毡，朝着这边慢慢走来。他的身边是两个孩子，一个三四岁，面朝他若有所思的样子；一个八九岁，跟着他后面，稍微侧过身去望着远处。他们的旁边是几头牛在寂静地啃草。

远处绿绿的山冈上，几个牧人坐在那里，悠然地说着话，晒着太阳。

天边云卷云舒，周围是明净深邃的蓝色。在明晃晃的阳光照耀下，大地的金色、绿色、蓝色和蓝天白云形成了一幅绝妙的夏日风景画。

那低洼地带，几个农人，妇女的头上包着蓝色围巾，男人戴着草帽，在挖洋芋。他们的旁边是一个小孩在玩耍，几匹马儿在吃草，马背上架着马鞍。

那金色的苦荞地尽头，一棵绿树葱郁，树冠如一朵绿云。阳光照耀下来，树阴和四周的草木相映成趣。

无论你走到哪里，到处是草木葱茏，苦荞、燕麦如绸缎般舒展开来。

山林里

一条小径通向树林，旁边水渠里的水缓缓流淌，白杨树叶一片淡绿色，谷底的河流潺潺流淌。

一只黄嘴黑羽的乌鸫鸟寂静地从地上起飞，落在一棵白杨树上，忽而张开尾巴和翅膀，忽而收敛翅膀，忽而东张西望。

刺玫盛开了小小的白花，青绿色的叶子衬托着，极为鲜艳夺目。一种不知名的树木枝上黄花灿烂。草莓开着小小的雪白的花朵，仿佛向路过的人露出灿烂的微笑。

柳莺、山雀等鸟儿在竞相鸣啭，为暖和的阳光欢呼，为心仪的异性歌唱，为新春的气象赞美。

一棵刺玫树下的土坡挖了一个可以容纳一人的洞穴，周围由劈下的树枝围着。也许，农人晚上蹲守这里守护庄稼，听说山里的野猪和人不断在抢粮食。

对岸坡地上坐落了一个村子，洋芋地旁边挂着稻草人，或是塑料，是为了吓唬野猪的。由于野猪猖獗，村人还把狗也牵来附近看守，每到黄昏的时候，狗吠声阵阵。

一脉溪流涓涓流淌，和鸟鸣声相映成趣。

蕨草长出了羽状叶子，或是伸出了细长的茎，或是仿佛手握拳头，或是亭亭玉立，情态各异美妙。

灰色林莺、黑顶林莺、伯劳、柳莺，和更多不知名的鸟语声传来，山林里喧闹又寂静。

每一条溪流的声音又是不同的，涓涓、潺潺、叮咚作响。我蹚过了几条溪流，翻过几道弯，欣赏着路边的草木绿叶。

每一枚绿叶都是情态各异，披针形、椭圆形、卵形等。大自然是无与伦比的艺术家，不仅让草木绣出精妙的绿叶，也绽放美丽的花朵，并散发迷人的气息。

草坡上一小片草莓盛开了白花，一片片鲜绿的蕨草随风摇曳。胡颓子树木盛开了淡白色的花儿，一朵朵倒垂着。

树林里开着一种紫白色的花朵，望去如轻柔的丝绸披挂着。粉色、雪白的索玛花开放了，凑近嗅闻，一股浓郁的清香扑鼻而来，令人醉。不过，更多的索玛花在寂静等待着五月。那时候，它们绽放在树林里，在山冈上，犹如一群群白羊在漫游，又如天上的朵朵白云散落在那里。

一只柳莺，在我前方几步之遥的树上欢快地啼鸣，声音尖细清脆。它忽然飞到我上方的树上，张嘴望着远方不住地鸣啭。在山冈，在树林里，每只鸟儿都按捺不住激情，发出各自的声音，彼此呼应。

太阳时而躲在云后，时而露出了。大地上的光和云影相映成趣，一边是阳光灿烂，一边是云影悄然浮动。

忽然，我左手方的那片树林里传来野鸡的啼叫声，几近咳嗽，就那么短暂的几秒钟。虽然显得十分内敛，却宣告那里是自己的领地。若有别处的雄野鸡来冒犯，它会拼命捍卫的。到了五月，它们的声音会不顾暴露自己而那么张扬。

“瑟瑟洛”鸟儿在那里鸣唱，先是低吟，声音渐渐变得高亢激越，又有穿透力，远远的对岸都能听见。

山林里又传来杜鹃的啼鸣，“布谷——布谷——”的声音，在方圆几公里内都能听见。

“其阿哦”鸟儿在密林里啼鸣，山雀在吱吱啼叫。更多不知名的鸟躲在树林里鸣啭，只闻其声，仿佛竞赛着各自美妙的歌喉。若要寻见它们，是并不容易的事情。未等你前去，它飞离了。

我一步步踏上去，一边聆听四面传来的鸟啼声，好像我是踏着鸟语声爬坡的。这是多么有趣又浪漫的事情呢！

忽然，一只红腹小鸟啁啾叫着，在前方的树上飞翔穿梭。它让我想起了少年，三十多年前，我在山里看见过它。它漂亮的羽毛，灵巧的身影，让人见人爱。倏忽，它飞离消失了。

每只鸟儿发出的声音都是不同的，有的像是从喉咙里发出，有的像是从舌尖上发出，有的像是从肚子里发出，有的像是从灵魂里发出，有的像是从嘴里发出……现在，一只陌生鸟在发出“叶——”的声音，仿佛一个人张着圆圆的嘴巴把气流从舌上缓缓地发出来。

沿着一条山梁走去，登上另外一座山，我的视野变得开阔起来。

天空云雾在飘拂，这里那里露出一片蓝天。风吹来，使人觉得有点冷。

鸟语声包围着大地，包围着我。

我俯卧草地上，懒洋洋地沐浴着阳光。我的身上顿时比刚才站着的时候暖和了许多，不过随着天上的云影投在我上空的时候，又冷起来了。

太阳时而露出来，时而躲在云后。

一只灰色的小蜘蛛在我眼前的草茎上攀爬，它忽而从一根草爬到另外一根草，忽而从草尖上转身又往下爬去。它从一根草迅速地顺着那根看不见的丝线滑到另外一根草了。它动作的迅速敏捷令人不得不敬佩。有时，它忽然坠下，是在一边吐丝，一边沿着那根丝线下来的。我用一根枯草轻轻夺了一下它，它便立马佯死不动了。另外，一只黑色的虫子在前面慢慢爬着。于是，我担心我躺着的那块草地上会不会有其他虫子。如果我压倒了它们，甚至它们死了。那么，我又是多么对不住它们！

我又仰卧着寂静地沐浴暖阳，鸟儿的啼鸣声依然从四面八方传来。有好多未曾听见的鸟儿在鸣叫，其中的一只发出近似猫叫又似婴儿啼哭的声音，但它分明不是猫声雀。

我在那里静卧着一个多小时，又起身，走到山脊上坐下。

明媚的阳光照耀下来，我打着阳伞，把鞋子和袜子脱下。蚂蚱悄悄然好奇地爬上了我的鞋子。我正要用伞轻轻地触摸它，它却立即跳得很远了。我闭目聆听鸟语声声，刚又睁眼的时候，另外一只小蚂蚱又爬上我的袜子了。

我对面的山，一会儿阳光照耀变得明朗了，一会儿又被云影罩住了。远处，不时传来牧人的声音和羊儿的咩咩声，然而又很快消融在空旷的大山里。

一条洁白如练的溪流潺潺声响在谷底，它不分昼夜地流淌着，为过往的飞禽走兽提供了饮用水。它的一条源泉，在那遥远的山顶上。从前的泉水，不知流到了何处？听过、饮过泉水的人，很多都已经如烟消失了。你就知晓了人不过是大地上匆匆的过客，那些名利、权力金钱都是身外之物，什么都不是而已。那么，何不与先哲那样，乐于山水，过着世外桃源的隐居生活呢？

在现代文明的冲击下，很多人都随着移民浪潮流入了城市和外地。我面对的三座山，各有一个村落和五六座房子，然而留下来的只有几家了，甚至我的对岸和上方的村子各剩下了一家人。他们是经济窘迫，或是习惯了祖辈半农半牧的生活才未搬走的。然而，这些年来随着草木覆盖面积增加，生态的改善，野猪又猖獗了。它们糟蹋洋芋、苦荞、燕麦地，与人争着庄稼。我不知道，留下来的那几户人家还能守住多久呢？

天空渐渐地露出了广阔的蓝色，天边群山上白云似乎凝固，又似乎慢慢飘散着。

远处，又隐隐约约飘来牧人和羊儿的声音，又立即消失了。

我赤着脚，踩上草和沙砾在慢慢徜徉。我的脚底下分明感到石头的炽热，和草的抚摸时候的舒适快意。很久没有这样接地气了，让我感到是那样美妙和踏实。

几头牛在谷底溪流旁吃草，几个人在那里悠然地晒着太阳。

一只鸟儿低低地飞过，落入我对面的树林里。那里，密林深处，只有鸟儿才能有幸造访。遥想从前，这里的荒野原始林木参天，狼、虎、熊、鹿等出没，上空有苍鹰在盘旋。想到它们早已消失，不禁让人悲伤起来。

山林里，不仅是人们的家园，也是其他动、植物的家园。现在，各种鸟儿在争鸣，草木在争夺阳光，相互竞争，大地却以慈母般的胸怀无私包容着它们。

鸟儿依恋树林，树林依恋山冈。我呢，依恋草木、鸟儿、蓝天白云。空气里带着淡淡的草木清香的气息，让人心清神静。

时间到了下午两三点，鸟鸣声比起上午显得有些寂寥了。

我走上一片树林。那里，并非像远处观望的景象那样茂密，甚至显得稀疏。可以想象，很多天然的树木消失了。如果整个树林消失了，鸟儿也会飞离消失，大山会变得荒凉。

我想去拜访留守下来的那家人，走进他们的生活。然而，我的突然到来，会令他们感到惊讶吗？我们似乎隔着一道山，我无法走近他们的灵魂。

村子下方，生长了一片桤木林和漆树。树下，散落了村人废弃的鞋、破烂的塑料袋、酒瓶等。这些垃圾让我想到了这里的生态环保，我又希望他们也搬迁了，从而避免山林遭受破坏。果真如此，将来这里必将成为荒野。

忽然，又隐隐约约飘来人语声。可是，举目望去，不见人影。夕阳西下，我又一次想留宿下来，和那家人畅谈，聆听大山，体验山里寂静的夜晚。然而，我最终放弃了。

白云又悄悄然遮住了蓝天，太阳隐没了。

风送来了一阵阵凉爽的气息，鸟儿在鸣叫。

几头牛、那匹马在慢慢朝着村子方向归来。

我要尽情享受着这天山林里的风光，寂静呼吸。那个村子上方笼罩了一团乌云，看似要下雨。黄昏的鸟儿，没有上午那样喧闹。“其阿哦”鸟在密林里鸣叫，呼唤着晚归的伴侣。

雨点稀稀疏疏飘落，我不得不转身下山。

彩色的湿地

天上的白云似乎在飘拂，又似乎凝固了，云朵间露出湛蓝的天。

大地上阳光的照耀和云影的流动，形成了明暗交织的画卷。那片湿地里的草鲜绿欲滴，灌木杜鹃绽放了紫色的花朵，一条溪流静静地流淌着，浅浅的水里倒映着白云和蓝天。四山生长的是郁郁葱葱的草木。鸟儿不住地啼鸣，把美妙的歌声献给天空和大地。一群羊在湿地漫游觅食，偶尔抬头发出咩咩的叫声。几个摄影师手握照相机在不同的地方拍照，想把最美丽的风景留住。

那条溪流里有一处蓝天白云的倒影，显得十分清晰明朗。于是，水里的天空，紫色的杜鹃花，鲜绿的草，宛如成了一幅彩色的油画。

人们陶醉于那美丽的油画里。

我担心他们的脚步破坏了湿地的美。人人向往徜徉在宁静的湿地，呼吸湿润的空气，看蓝天白云，让灵魂受到净化。

要是人与人之间的交往，和人在自然里那样纯净，那么社会就变得更美好了。为什么在自然面前，我们的思想才像蓝天一样明净呢？

森林里的乐曲

六点四十分钟，东山太阳喷薄欲出。它比三月初我看见的日出提前了一个小时。六点五十五分钟，我已经走上草坡，回过头来的时候，它早已跳出了东山一大截了。

那片洼地里的绿草湿润清新，一个牧人已在那里放牧。他听见鸟儿的第一支歌声，便在黎明起身，呼吸着新鲜的空气，听着树林里鸟儿的晨曲，赶着羊群往西山放牧。他想，趁着五月的茵茵绿草和晴日，让羊儿肥壮起来。经过了一夜，草又悄悄然生长了一点点，羊儿啃食到最新鲜的嫩绿的草。他赶着羊群来到这里的时候，大地寂静，蟋蟀在弹着琴，杜鹃在远处啼鸣，雉鸡发出了叫声，“瑟瑟洛”鸟儿在急促地鸣叫，伯劳在鸣啭。随着晨光照耀在草坡一隅，狗吠声、人语声让大地开始喧闹了。他好奇地望了我，又默默然看着羊群。

我慢慢爬上坡，登上垭口，开始气喘吁吁，背上的汗水渗出。于是，想到这几十分钟的山路，也让我感到吃力起来，也许是我身体虚弱，也许是坡陡的原因。微风习习，我坐在一块石上休憩，感受到了一阵阵凉爽清新的气息袭来。杜鹃、雉鸡、林莺等鸟儿在啼鸣，然而很多鸟儿只能闻其声，难以见其踪迹。“阿嘿——阿嘿——”又似“阿嚯——阿嚯——”的声音响起，听牧人说，这是啄木鸟在啼叫。很多鸟儿在初秋销声匿迹，现在又归来了，立夏后它们的声音此起彼伏，共同演奏着森林里的乐曲。

树林里、草坡上，散发着清新湿润的空气，我寂静呼吸，一边聆听鸟语声声。清晨，山林里清新的空气是多么宜人，在洗涤净化着我的身心。我更感到奇妙的是我的鼻炎忽然好了，这又是多么神奇。人天天在这样没有污染的林间草地上生活，寿命也会延长的。难怪那些归来的鸟儿，是如此欢快地啼叫，它们不仅为呼朋唤友，也是为了绿色山林欢歌。

我又起身，踏上湿润的沼泽地，来到一片桤木林下，捡了一块石头坐下。太阳悄悄然已经来到了我身后的树林上空。山林里杜鹃、山雀、红嘴蓝鹊、柳莺、伯劳、雉鸡等鸟儿在寂静地演奏各自的乐曲。闭目倾听，这森林里的乐曲，有不同的曲调，其声高亢激越、急促嘹亮、清脆悦耳、低回婉转、尖锐刺耳、优雅舒缓，每个乐手都尽显才华，毫不掩饰。忽然，我想到从前像此刻聆听森林里的乐曲的日子去了哪里呢？能够有幸聆听这些不同的乐曲，又是多么幸运。大自然才是最伟大的天才，让不同的歌手聚集在森林里共同演唱。它们的音乐是天籁，没有人能够领会，但是让人人为之感动。

我又想到，大自然才是最伟大神圣的教师，孩子们应该放下书包，寂静呼吸新鲜的空气，欣赏聆听森林里的乐曲，接受自然的教育，是多么快乐和美好的事情。忽然，几个山里的孩子背着书包来到了草地上，他们陆续聚在一起，蹲坐着，高兴地说着话，玩着什么。他们虽然在乡村读书，过着清贫的日子，却日日呼吸新鲜的空气，听着鸟语声声，看着草木绿叶葱郁，也是城里的孩子无法享受的幸福。

五针松开出了褐红色的花穗，马尾松树枝尖端冒出了紫色的小球果。桤木枝上坠着绿色的毛虫似的花穗。一只细长腿的蜘蛛爬上了树，我摘下一枚树叶刚要去轻轻碰它，它便立马躲到那边的树干上，不一会儿就爬上了高过我的树梢上了。

一只红嘴蓝鹊从那边飞来，鸣叫着穿过我下方的树林。一只灰色的鸟，和鹞鹰大，从地上起飞，落在一棵树干上，好奇地看着我一阵子。一只伯劳在我前方几米远处鸣啭，沉浸在它的歌声里。一只陌生的鸟儿，发出近似婴儿啼哭的声音，却无法见到它的尊容。

我沿着林间小径走去。林下的草莓开出了雪白的花朵，紫菀朝着天空露出灿烂的微笑，蕨草生长出了鲜绿的羽状叶子。树林里，有时飘来一股隐隐约约的难闻的气息，不知是哪种树散发出来的。忽然，鸟儿的啼鸣，不再是那么激越亢奋，似乎在停歇一段，有的又开始演奏了，有的沉寂下来。

我一边聆听它们的歌声，一边寻找它们的身影。然而，除了一群山雀在树林里穿梭以外，它们都不愿显露真容。我刚来到林间草地，一只不知名的鸟发出的声音，如魂在游荡，大概它飞翔的时候在叫着。

若是在林间建造一座房子，倾听森林里的乐曲，是多么美好的事情！

大地黄昏曲

天空飘拂云彩，云影投在大地，送来了阵阵凉爽的气息。几只喜鹊喳喳叫嚷着，从山脊的马桑树上起飞，低低地落在草坡，一会儿，一两只又起飞落在电线上。它们不怕高压线，栖息那里喳喳叫嚷。前段时间，我路过此地，大概是几只白颈鸦，它们的脖子羽毛是白色的，腹羽也是白色，和喜鹊一起在茵茵绿草地上觅食。一会儿，一只衔着枯草飞向空中，落在那根电杆上端，也许在筑巢。如果它把巢穴建在那里，我觉得是并不聪明的。虽然高高的电线杆无人会爬上去，但是雨天没有什么可以遮蔽而巢穴会被灌上水。让我更困惑和好奇的是又有几只喜鹊飞来，有的衔着枯草，落在电线上，或是电杆上，喳喳叫嚷，好像也要在那里筑巢。一只三道眉草鹀在清脆地鸣叫，如泉水喷涌，如竹子划开发出清响。马桑树开着淡绿褐红的花穗，桤木林生长出来的绿叶一派鲜活。一位农妇背着背篼弯腰挖着草药，我走过去的时候，问“这种草药多少钱一斤？”她回过头来，说“四元一斤。”我想，挖多少草药才够一斤呀！不过，她的背篼里已经装了不少。看见被挖的土地已经伤痕累累，令人心痛。这个时节，大地无私贡献出鱼腥草、香椿芽等鲜美的野菜，还有满目是养心养眼的各种绿色，令人多么愉悦。远处，一群羊在漫游。一位牧羊人坐在小山头上，缄默如石头。天空的云彩在不断变幻着，这里那里露出了一片蔚蓝色。风呼呼呼吹来，它们从哪里来，又到哪里去？我走下坡去，风又静了。草坡上的羊在低头啃草，有几只好奇地望着我。四月的草还是薄薄的，并不丰茂，但是呈现出不可抗拒的生长态势，新鲜的嫩草和温暖的天气令羊儿不再担心饥寒了。太阳若隐若现，躲在了铅灰色的云后，一会儿又露出，一会儿又沉下云堆里，大概再过些时间就要落下山了。大地是暗淡的云影罩住，羊群里羊儿发出晚归的咩咩叫声，尤其是才几个月的羊羔在急切地呼唤寻找母羊。细细的雨点飘落下来，看似要落下一场急雨，凉爽湿润的风一阵阵吹来，西山上空聚集了一团乌云。过一会儿，稀稀落落的雨点停下了，银色、铅灰色的云彩交织着，在西山上空演绎一曲黄昏恋，明晃晃的太阳又露出了脸。我从山坡走下来，沿着土埂走去，荒地上蒲公英白色的毛茸茸的冠毛已经随风飘逝，仿佛脱了帽子在向大地致敬。我绕过小山包，爬上一片草地，回望身后，那个牧人依然如缄默的石头坐在那里。几只喜鹊在我前面几十米处叫嚷着，几只白颈鸦、几只小乌鸦混杂其间，它们相安无事，各自悠然踱步觅食。喜鹊喳喳叫嚷着陆续起飞了，白颈鸦和乌鸦并没有跟随着起飞，而是依然在那里觅食。不久，几只白颈鸦起飞了，消失在那边。乌鸦发出一阵尖锐的声音，起飞又落在草坡上大摇大摆地觅食。我上前走了几步，大概惊动了它们。它们叫嚷着飞向远处了，把大地的寂静留给了我。天空露出了一片蔚蓝色，我掏出手机不住地拍照着西山的云彩和那蓝色的天空。忽然，远处的树林里传来了几声杜鹃的啼鸣，多么令人兴奋。从去年秋天以来，它的声音沉寂了，它飞向了哪里？我听见的这只，是不是去年的那只呢？我记得很清楚，四月初，每到美丽的鸽子花开始绽放的时候，它们就在远处啼叫了。五月，它们会拼命地啼叫，不知为什么，快乐者听见了更愉悦，伤心者听见了更伤心。六月，它们的声音开始沉寂，仿佛过着隐士般的生活。几天前，我已听见了杜鹃的啼叫。它带来了新春的问候，带来了远方的问候，让我欣喜不已。我正要录音的时候，它的声音又消失了。我在欣赏着落日和云彩的时候，杜鹃声又响起了。它啼鸣了几声，那么短暂的几秒钟的时间，就停止了声音。我在等待着它的声音又一次响起，同时悠然地欣赏着天空流云。夕阳在我上方投下了一束束牛奶般白净的光芒。杜鹃啼叫声又开始了，我正要录音，它又停止了，仿佛躲着我。后来，我几次都失败了。杜鹃，就像欲言又止、羞羞答答的姑娘，不肯露脸。羊群往村子方向归去，树林里晚归的鸟儿在啼叫。荒地上的蛐蛐在低吟，驻足聆听，声音是那么稀疏，又那么微弱，仿佛一粒粒磷火在闪现。这是今年立春以来在高山地区我听见蛐蛐的第一声鸣叫。以我的观察，它们从四月初开始鸣叫，到十一月初寒霜降临了才隐居洞穴里。不过，在温暖的低洼地方，譬如西昌，蛐蛐一年四季不分白昼黑夜都在尽情歌唱着。天气暖和和寒冷的变化，对于鸟儿，对于昆虫，对于植物都会有重要的影响。据我们这里的人说，杜鹃的故乡在一个遥远的人迹罕至的暖和的地方，冬天它们就在那里生活。它们歌唱自然，歌唱生命。这些卑微的生灵，为春日的大地增添了无限魅力。太阳就要很快落山了，鸟儿在呼唤伴侣。我沿着山间小道走着，晚风习习吹来。羊儿早已归到棚舍，那个乡村响起了狗吠声、鸡鸣声、人语声、鸟语声。尤其是晚归的鸟儿叫嚷着，呼朋唤友，急切地叫着，夕阳匆匆的脚步让它们骚动不安。我兴奋地走在路上，一边聆听，一边用手机录音这动人的黄昏曲。我是它们最忠实的听众，在安静的小径上聆听着。它们把歌声献给大地，献给黄昏，谁要是听见了，不禁赞美着春天的美好。我沉浸在那动听的歌声里，久久不愿归去。

大地的声音

眼看夕阳余晖即将消失，我踏着青草爬上山去。过了十几分钟，我登上山垭口，夕阳沉入了西山。

几个八九岁的孩子在我上方的山脊上说笑着。我朝着蜿蜒山径慢慢走去。那几个孩子远远地望着我，说“你到哪里去呢？”也许，他们觉得太阳落下去了，一个人朝着远方走去是很奇怪的。

风呼呼呼吹着，一轮明月悄悄然挂在了淡蓝的天空，点点的灰黑色的云衬着，一小碎片白云往那里飘去。东山上空，除却淡淡的一抹墨云和片状的灰云，仿佛是蓝色的丝绸铺展着，那么柔和。北方和南方蓝色的天空点缀着白云、墨云，随着风向气流在不停地变化着。

那几个孩子依然在那里说笑着。也许，它们是附近村子的孩子。

我在草地上踱步，呼吸着新鲜的空气，观赏着天空流云。

羊儿已经回到棚舍，狗儿在吠叫，鸟儿在鸣叫。

我没有朝着远处走去，而是踏着稀疏的草悠然踱步。很久没有体验了这久违的春日乡间黄昏，青草、泥土新鲜的气息，空旷的天空和山地，让人神清气爽，怡然自得。

天空的蓝色在悄悄然变化着，淡蓝、靛蓝、蔚蓝都是那么纯净柔和。

此刻，没有忧虑，没有欲望，是放下一切的轻松时刻。我在聆听着大地的声音。

风呼呼在吹，远处的杜鹃在啼鸣，“瑟瑟洛”鸟在鸣叫，近处是三道眉草鹀、山雀在啼叫。

时间不觉过了四十多分钟了，那几个孩子早已走下山了。

一只柳莺飞落在我面前一棵灌木上，又吱吱叫着惊飞了。

暮色苍茫，羊儿早已安静了，鸟儿在急切地叫着，仿佛在呼唤着伴侣。远处，杜鹃不时在啼叫，“瑟瑟洛”鸟在不安分地啼鸣，还有不知名的鸟儿叫声阵阵。

前几日，杜鹃才刚回到这里。它们的声音欲说还休，显得内敛羞怯，然而现在却不顾一切地张扬着，激昂高亢，又有穿透力，方圆几公里都能听见它阵阵叫声。已经是晚上七点五十几分钟了，它们还在鸣叫。

“瑟瑟洛”鸟的声音更加急切，彼此呼应着。秋天，它们的声音沉寂了。也许，它们迁徙到温暖的南方，也许过着隐士的生活。这是今春我初次听见它们的歌声，先是低吟，然后渐渐急切高亢，仿佛在告诉你一件很急的事情。

蛐蛐的声音稀疏，但是随着大地进入黑夜变为清晰了。

一只伯劳在我附近山头灌木林里鸣啭，也许，是在急切地呼唤伴侣。三道眉草鹀依然在附近的树林、草地上发出尖细清脆的声音。

大地将要融入苍茫夜色，路变得模糊了。

我披着夜色往回走去。每走一步，都踉踉跄跄，似乎酒醉了思路不清新。也许，春日的夜色也醉人。

山间的夜透出的荒野气息，是那么神秘。

几只鸟儿在漆黑的树林里啼叫着，一只蛐蛐儿在我一步之远的地方鸣叫，突然被我惊吓了。

吉布鹰升

彝族，作家，曾用笔名流水，在《人民文学》《儿童文学》《中国校园文学》《湖南文学》《广西文学》《山东文学》《滇池》《绿叶》《绿色中国》《当代中国生态文学读本》《星星》《创作与评论》《散文诗》《散文选刊》《小溪流》《海南日报》《四川日报》等刊物发表作品，已经出版《智慧心语》《有一种感觉叫思念》《美丽的瞬间与永恒》《隐匿山间》《彝人族语》《游牧凉山》等书，其中《彝人族语》走向了国际，被美国俄亥俄州立大学图书馆收藏和日本东京、名古屋亚东书店销售。曾获首届中国西部散文奖，冰心儿童文学奖，孙犁散文奖，第二届全国十佳教师作家奖，第五六届四川省少数民族文学奖，中国徐霞客游记文学奖，四川省报纸副刊一等奖，首届四川散文奖等。

大梅沙的风铃

◎王国华

2011年4月，我在网上看到招聘启事后，给深圳一家媒体投了简历。

其实那两三年我一直在向珠三角一带投简历。在东北生活了十几年，娶妻生女，生活安定，在圈内也有点小名气。一个朋友告诉说，某年他去参加全国副刊年会，上百家报纸的副刊部主任，提到我，多半说打过交道，未到场的我反而成了他们之间的黏合剂。但我内心一直蠢蠢欲动着，越到后来越按捺不住。四十岁之前不离开，就没有机会了。我的目的地很明确——珠三角。深圳最好，广州、东莞、珠海、中山、佛山之类也可以考虑。一是对岭南风光充满向往，二是离得远。既然离开，越远越好。还有一点，就是冥冥之中感觉珠三角与漂泊有那么一点联系，少年之梦想可以借此与现实有个交接点。

很快，我接到面试的通知。那年五一，我乘飞机从遥远的东北到了宝安机场，然后打车赶往后来所在的单位。老总放弃休息接待了我。整整一个下午，我们都在谈如何改造版面，让内容更上层楼。这是一位很有事业心的老总，他对我表示满意，但也提醒我慎重考虑，这么大年龄背井离乡，要全面衡量。而我当即暗下决心，回去就办离职手续。机会难得，稍纵即逝。能有人欣赏你，这是缘分。

这些年，东北地区人才外流现象严重。其实何止是东北，全国各地都如此，三四线城市人口普遍外流。一线城市的繁荣有他们不可或缺的功劳。这说明他们欠缺的不是能力，而是机会。他们当初的出走，也许每个人都有一个曲折的故事。

梁实秋说过：八年抗战，最大的感受是，即使吃糠咽菜，全家人也要在一起。

人到中年，生活轨迹发生改变，其实还是有阵痛的，这便是分离之苦。

我和妻子从恋爱到结婚，十多年几乎天天在一起，彼此已经习惯了这种状态。偶尔出差，每天都要打电话，有点小别胜新婚的意思。我写过一篇文章，名为《不分离》（收入我的散文集《中年奴》中），里面提到自己有一次到外地面试归来，夫妻二人去小饭馆庆祝应聘失败（有点奇怪吧？）。妻子说，长春的日子这不挺好嘛，想吃什么都有，物价还低。和妻子去买东西，很重的一件物什，我扛到楼上，又扛下来。妻子说，平时看你没用，关键的时候，有还是比没有好。话里话外都希望我打消去外地的念头。

这次去深圳面试，妻子基本也是抱着“你去转悠一圈回来就死心了”的心态，没想到我这么快就做了决定。其实这个决定也不是完全的武断。我跟两个最亲密的朋友沟通了一下，获得了支持。此外还问了父亲和岳父，他们都没什么文化，我平时跟他们也没什么话可说，但到了这个年纪，在人生重大问题上，非得问一下老人，心里才踏实。他们的意见也许没什么实质效果，更多的是心灵上的依靠。如果他们都不同意，也许我真的就打退堂鼓了。

我决定买票去深圳时，遭到了妻子激烈的反对。临行前三天，她每天晚上都哭一场，说着说着就哭起来。我心里乱糟糟的，随时都有退掉机票的冲动，仿佛在悬崖边上走路，一不小心就掉下去。当时若回心转意了，今天也许是另外一种状况。这里没有好坏之分，想来却都是生活的歧路。妻子埋怨我最多的一句话是，咱们结婚这么多年，什么事都是商量着来。你这次却连商量都不肯商量。

如火的骄阳，潮湿的阵雨，林立的高楼，凌乱而充满生活气息的城中村，随处可见的蒲葵，以及林荫下扑鼻的花香，带着一个简单的皮箱，深圳，我来了。

刚开始那段时间，我和妻子每天都要视频通话。我经常添油加醋地给她讲这边的见闻，水果啦，热带植物啦，尽量生动一些，好玩一些，她则有一搭没一搭地听着。我知道她是听不进去的，她最关心的是我到底决定留下还是回去。如果回去，什么时候回去？

有一天刚打开电脑，彼此对视片刻，妻子突然哭了，眼泪哗哗地流。我无语凝噎，一个劲儿向她道歉。但她还是关了视频，打下一行字："我不想再说什么了。你早点休息吧。"

一个来深圳多年的朋友说，背井离乡，前三个月最难过，各种煎熬。这三个月一定要想方设法见次面。此话应为经验之谈。也巧，一个多月后，辽宁教育电视台要搞一个二人转论辩会，邀请我去当嘉宾。沈阳和长春两个省会之间的距离非常近，正好可以见个面。我赶紧告诉妻子，约定在沈阳相聚的时间。

到达沈阳的那天晚上，正赶上妻子上夜班。她下班后乘火车赶到沈阳。一路上我们不断互相打电话，询问车到哪儿了，计算还有多长时间到站。等她从出站口熙熙攘攘的人群里出现时，已是凌晨两点多。一个多月的漫长分离，那种感觉非旁人可以理解。我们紧紧拉着手，仿佛怕失去彼此。

第二天参加节目录制，第三天晚上又要分开。短暂的相聚后又是一个漫长的分离。在沈阳火车站，妻子说，干脆咱不回深圳了，一起回长春吧。

唉，也只能这么说说而已，生活推进到这一步，岂能轻易调头？

九月份的一个早晨，妻子打电话来，直接大哭，怎么问都不回答，只是哭。着实把我吓一跳，以为发生了什么事。后来才知道是跟孩子生气了。我理解妻子的无助。我在身边，哪怕一句话都不说，起码也是支撑和分担，现在她的崩溃，就是这种无助的集中爆发。

暑假期间，妻子带着女儿来深圳住了一周。为了给她们留下美好的印象，我带她们去了东部华侨城、大梅沙、世界之窗、海上田园等，都是深圳最好的地方，还品尝了岭南特有的早茶。

我写过一篇文章，名为《大梅沙的风铃》，记录下了这段经历。摘录其中几段，可管窥当时的心态：

妻子女儿来了。我们特意避开周末，挑选周四这天逛大梅沙。东部华侨城中浓郁的异域风情、随处可见的鲜花、眼花缭乱的游乐设施，让我们流连忘返。夕阳渐沉时，我们回到了旅店。换了泳衣，带着泳圈，兴冲冲地向沙滩走去。本来湛蓝的天空此时忽然变脸，阴沉沉，凄惨惨，零星的雨点随着疾风一起怒吼。到了海边，见沙滩上已扯起一条红色的绳子，把游人和大海分开。每隔几十米站一个救生员，一副如临大敌的样子。高音喇叭在一遍遍播放如下提醒：鉴于风大浪急，为安全起见，游泳场暂时关闭，谢谢您的配合。不断有游客像我们一样，站在一边等待。但风越来越大，雨越来越急。下海无望了。我们只好先找个饭店，点了三只烤乳鸽，一边慢悠悠地吃，一边隔着落地的玻璃窗欣赏外面的风景。

回到宾馆时已大雨如注，风也一阵烈似一阵。我们一家三口却睡得特别香。分别虽然只有三个月，但于我们来讲比三年还要漫长。幸福的家庭，家人需要天天在一起，哪怕各忙各的，谁也不看谁一眼，彼此什么都不说。我为了所谓的理想远赴深圳，其实是有点自私的。在分离的日子里，都很煎熬。我们团聚在这万里之外的大梅沙，大梅沙便是我们临时的家。

第二天早晨，风雨稍微停歇。我们怀着侥幸心理带着游泳器具来到海边碰运气。一看，红线依然醒目地拦在那里。我们今天必须返回，看来是没机会亲水了。我心里有一股说不出的滋味。我知道，是否亲近海水，对妻女是否愿意定居深圳起不了决定作用。能让她们做出抉择的，还是我的态度。但我拿不出其他，就把大梅沙当成自己最好的东西献给她们。但这样的愿望也无法实现。

此时游人很少，有穿着工装的打工妹，有背着双肩挎包的年轻人，都躲在沙滩上一个临时搭建的小店里。那个小店中有各种各样的挂饰，色彩艳丽，琳琅满目。晨风飕飕，游刃有余地穿梭在人与物品之间。

我们失望地往回走。叮铃铃，叮铃铃，一种奇怪的声响渐渐穿过我的耳膜，进入我的内心，其实它一直在响，只是我没有听到。现在它响了，仿佛忽然之间，整个空气里都弥漫着那个声响。哦，那是用贝壳做成的风铃，被风唤醒了生命。女儿开心地笑了，妻子也开心地笑了。那么清亮的风铃声，笼罩了我们一家三口。

过惯油瓶倒了不扶的生活，到深圳后，什么都要从头开始。最简单的像使用银行卡，使用洗衣机等都要学习。深圳蚊子多，还要买蚊帐，搭蚊帐。倒不是生活弱智，而是在家中这些活儿根本用不着我，现在自己都磕磕绊绊地学会了。自力更生，也是一个新世界。

有一天晚上做噩梦。感觉到自己是做梦，但就是醒不过来，只能跟着梦走下去，进入梦魇状态。我和妻子都是经常做噩梦的人，半夜喊起来，旁边的人会拍拍对方，轻轻安抚，让其逐渐平静下来。现在我几度在梦中喊醒，醒来满头大汗，怅然若失。

最大的伤害还是来自身体上的。

因为要认识和结交一些人，进入新的圈子，喝酒时便缺少节制。有几次，跟陌生人喝酒，人家说，你是东北来的，肯定能喝，那就喝一点吧。结果喝得呕吐不止，人事不省。想来完全没必要，那几个人我甚至都不知道叫什么名字了。真正关心你的人怎么忍心你喝成那个样子。所以，凡是逼你或者怂恿你喝大酒的，必不值得深交，装豪爽的后果只是害了自己。此为一种心得。

在家人来深圳之前的一年半时间里，我一个人住在出租屋里，心基本在空中飘着，没落过地。跟朋友聚会时灯红酒绿热闹非凡，一回到租住的房子里，心又飘起来。“一颗飘着的心”，这不是一句文学语言，而是一种非常现实的存在，这种存在会侵略身体，让身体不舒服，时间长了就会形成伤害。简单概括，就是心情影响到心脏。

那一年年末，《齐鲁晚报》向我约稿，让我总结一下这一年的生活，我的标题是《2011年，我离死亡如此切近》。里面引用了我在当年7月18日写的日记：

昨天轮到我值班“一读”，即凌晨两点半到印刷厂看大样。工作刚刚开展，我一直忙到晚上十一点才休息。闹表上到两点，但辗转反侧睡不着，心脏越来越难受，仰面躺着感觉心脏非常压迫，只能侧躺着。

两点起床到印刷厂，看完大样，回家躺在床上，继续辗转，一直到凌晨六点多。吃速效救心丸数粒，无果。担心睡着就再也醒不过来。身上冒虚汗，有一种随时猝死的感觉，赶紧起来打车去宝安区医院。

担心身上钱不够，路上给一好友发短信，让他起床后带钱来医院。

进急诊室，简单检查，打吊瓶。我对医生说，让我安静睡一觉就会好的。迷迷糊糊中，睡了一个小时左右。挪到二楼点滴厅，继续打，小孩儿哭、病人呻吟，乱作一团。

十点左右，点滴打完，好友赶来，打车陪我回家，接着睡。路上给老婆发一短信，说昨夜失眠，白天补觉，别打电话打扰我。

下午两点多醒来，到单位，填表格，看版面，看本周的稿子，交表格，领单据，很琐碎，像一个没病的人……

那段时间，经常心脏不舒服，自己也不懂得保护。有一个晚上，朋友请我去喝咖啡，边喝边聊，不由多喝了两杯。店主说，自己每晚都要喝点咖啡，否则睡不着。而我似乎正相反，那天晚上回到家，心脏又难受起来，躺着也不行，坐着也不行，只能把后背垫高，靠着被子睡。有个成语叫“高枕无忧”，最早提出这个说法的，一定心脏不好。

那天晚上我告诉一个朋友，第二天上午一定记着给我打电话。一个人孤零零地住着，死了都没人知道，这实在太可怕了。

后来还发生过几次这样的事情。每当孤枕难眠时，我都产生打道回府的冲动。十月份，我写下这样一首诗：

我终于不再强大
不再睿智
像一个随遇而安的孩子
像一条随波逐流的溪水
听从命运的调度

我终于感觉到了软弱和无力

暗夜里抚摸渐慢的心跳
想象自己将要死去
我死之后
最伤心的是父母妻子女儿以及我的兄弟姐妹
趁我还活在世上
我要认真地去爱他们

我不再固执己见
如果墙壁可以躲开
我为什么要坚持选择碰壁
让亲人为我担心　彻夜难眠

我终于不再被欲望牵引着故作强大
我要回归乃至退缩
我要回归温暖和爱
与亲人一起吃饭　睡觉　起床

我知道，那段时间对妻子更是个折磨，对她身体上的伤害要远远大于我。人生中这短暂的分离，我们的付出不算小啊。

我能迅速在深圳产生融入感，一方面是深圳不排外，“来了就是深圳人”，一方面是在很短的时间内交了一批朋友。

我首先给本地作协主席打了电话，这是一位和蔼可亲的老大哥。他当时正在外地出差，让我先联系一下他的助手、副主席兼秘书长老高。跟老高联系上以后，他把我引荐到几个饭局上，认识了本地文坛的一干人等，这就算进入了圈子。

那段时间，混得最熟的是诗人老昌。我很久以前读过老昌的诗歌，觉得他的诗歌很牛逼，先就有了亲切感。此外，别人都有家有业，要按时回家，他反正老哥儿一个，相当于光棍汉，没牵挂，一起混的时候没负担。

其实他也不是一个人在战斗。另一个写诗的小兄弟天蝎一起跟他合伙开了个公司，利用深圳的产业优势和地缘优势倒买倒卖，大概就是帮人家跑腿，低买高出，每天都能有点进项。员工只有一个，后来还成了天蝎的老婆。

好多个周末，我都乘坐晃晃悠悠的公交车来到新圳路上那座被称为“孵化器”的办公楼。老昌的公司就在这里。新圳路其实是一条河，名为新圳河，上面加了个盖子，修成马路，还建了一个停车场。路边是高大的榕树，浓浓的绿阴，十分清爽。现在一经过那里，看到浓浓的绿阴，就会想到那段日子。

所谓的公司，只有三间房子，一间办公，一间给天蝎小两口住，一间给老昌住。

老昌好抽烟，每天一两包，一根接着一根地抽。老昌嗜酒，早晨起来都要拿一瓶啤酒漱漱口。他的公司里收藏着各种真真假假的“名酒”，每次老昌都说：“我这是珍品，比茅台（或者五粮液）不差”，一副不容置疑的神情。以老昌为代表的一班文友，并没什么显赫的社会地位，也为别人办不了什么大事，不过总能收到各种各样的赠品，这些酒到他们饭桌上，也不知倒几遍手了。喝酒不花自己的钱，终究是件好事。

总体上说，老昌是个非常粗糙的人，喜欢大谈特谈怎么挣钱拉关系，抽冷子还吐一口痰。我说你的诗写得那么干净，生活是这个样子，粉丝见到不会失望吧。他说失望个屁，某某（一个更出名的诗人）比我还俗，打麻将吹牛逼，但人家诗歌写得好啊。

也对，能吃能喝能玩是幸福。

老昌他们明着是开公司，实则更像开流水席。每天从早晨开始就一大堆人坐这里吃饭，中午换了一拨人接着吃，晚上又换了另外一拨人。各式各样的人纷至沓来，有的特意来蹭饭，有的聊得兴起，也留下一起吃。老昌喜欢做饭，炒菜水平一流，或许是常年在外修炼出来的。有时候人多，还到下面的饭馆去吃大餐。老昌说，我们挣点钱都他妈吃饭了。

老昌的场子如果没有文学这个线牵着，也搞不起来，共同的兴趣和价值取向把大家凑到一起。文友们在一起很少谈文学，而是打扑克，喝酒，喝茶，闲扯淡，但必须有文学做背景和衬底。

那时经常去的还有雁盟酒店产业文化园，诗人奇志（江苏人，打牌水平不错）在那里开了个名为“私语咖啡”的小店，墙壁上写满诗人的签名和赠言，好多港台诗人、本地文人都留下了笔迹，有那么一点另类的感觉。但这地方太偏了，生意不怎么好，经常看到奇志无聊地坐在那里翻书。他同时在做大理石生意，似乎不指着这个挣点钱。不过后来还是挺不住了，把店铺兑给了别人。

私语咖啡馆关门后，我失落了好一阵。初到一地，最先接触的那些人和事物在心上刻下烙印，显得最为宝贵。但深圳是个神奇的地方，民间的力量生生不息。不久在同一地方，一帮文化人又搞了个叫“打铁文艺社”的活动场所，热热闹闹地折腾到现在，看样子能活到天荒地老。

唯一不属于圈内同仁的人是刚哥。在一个饭局上见过一次面后，很投脾气。他时不时打电话来说，中午一起吃饭啊。反正我一个人，就说好啊。于是一起去吃。他厨艺好，擅长炖鸡。一整只鸡，几乎不放什么佐料，炖好后端出来，喷香。他会享受生活，给我讲解红酒的喝法，把自己做的一些手工制品展示给我看。一个破旧的轮胎，他居然能改成一个小资味道的茶台。

我很长时间内都不知道他是干什么的，也没有问。深圳移民来自五湖四海，背景复杂，如果人家自己不说，很多东西都不便问。他不上班，也不缺花销，不晓得到底哪里来的钱。后来才发现，深圳这样的人还不少。原来，有些人来深圳早，攒了些家底便不再工作，一心一意享受早些年的成果。我认识这么一位，把钱投到一个电子厂，每年以股东身份拿分红。老婆没事到香港购物，丈夫则跟文友们一起写诗玩，也是其乐融融。

这些都是知道进退的人。外地人眼中，深圳节奏快、贴着“紧张”“励志”“奋斗”等标签。殊不知，这个地方懂得“停下来”的人也不少。他们是深圳的另一面。

刚哥喜欢研究各类经济大势。2011年末，他劝我赶紧买房子，说这是最低点，可以出手了。那时深圳房价正处于盘整期，很多人持币观望，有人判断会继续下跌，连房地产中介都这么认为，结果一年后房价大涨。因为我还没决定是否在深圳定居，甚至犹疑着要回去，所以没有买房。两年后再买时多花了七八十万。

刚哥做事非常靠谱。我晚上心脏不舒服的时候，都是让他第二天某个时间给我打电话，他肯定会按时打过来。

那段时间很多朋友帮助过我。他们并不热情似火。大家都很忙，有的一年也聚不上几次，但心里彼此认对方为朋友。这种散漫的方式，挺好。

在深圳，我最早学会的一门技艺是斗地主。老昌他们几乎天天都在斗地主，大呼小叫，啤酒香茶。斗地主跟东北的打百分差不多，只是稍微复杂一些，更讲究配合，我一个下午就学会了。到了傍晚，我居然鬼使神差地给老婆打电话说，自己打了一下午牌感觉心情放松多了。老婆在电话里怒斥我，你出去是干事业，还是去赌博？什么周末啊，周末也不行，你打牌就是不学好！

价值观绝对正确。可那时还没有微信，很少上微博，总得排解周末的孤寂和无聊啊。我业余时间基本就是读书，读了大量的书。有一个周末，在家中看中央电视台戏曲频道播放的京剧《锁麟囊》。演到薛湘灵流落异乡，三次对着胡婆的背影说“胡婆，你可要回来看我”的时候，居然看得落泪了。也许是触景生情吧。人到中年，早过了多愁善感的时候，发生这样的状况，应是一个人独处的结果。

所以业余时间还是经常斗地主。人多，热闹。

我租了一个三室两厅的房子，有人问，你一个人要这么大房子干什么？我说大房子舒服嘛，老婆孩子来的时候也够住。我还买了好多啤酒，把冰箱塞得满满的。周末经常有朋友或者同事到我的住处斗地主，有时甚至两三桌同时开战。客厅里一伙，卧室里一伙，从白天打到天黑，吃完饭接着战斗。我困了先睡，他们后半夜才走。我第二天早晨起来还得收拾他们的残局。

一天晚上，几个人打牌，半夜饿了找吃的，把我一盒打开的饼干吃完。当时正值回南天，饼干发霉了，他们立竿见影地闹起肚子。我睡在屋里迷迷糊糊地听到厕所门咣当打开，咣当关上。外面的人喊，你快点好不好，我憋不住了。还有人气急败坏地问，这怎么回事？饼干不是有毒吧。后来他们问我，我说我这两天一直在吃那盒饼干，没什么事。也许是你们点儿背，正赶上那个时候变质。

朋友们跟我也真不客气，吃我的食品，喝我的啤酒，抽我的烟，然后赢我的钱。我们玩得不大，都是五元起，一个晚上三五百元的输赢足够了。有一次到一个朋友处，饭后打牌，那些人打牌都是一百元起，一场下来，输赢可达几万块。我说算了，你们玩得太大，我不玩了。他们说，就是玩玩啦。我这人不扛劝，只好凑局。还好，一个下午只输了几百块钱，但此后见到这样的局坚决不再上前。打牌本来就是玩玩而已，消磨时间，斗斗智力，不为赢钱。好在我有记性，输到一定程度，就自动熔断，避免更大损伤。

这样的局面持续下去其实是很可怕的，总有一天要出事。内心惶惶，斗地主是麻醉药和精神依托。这个精神寄托很容易走火入魔，误入歧途。等妻子女儿都来到深圳后，生活进入正规，对斗地主的兴趣逐渐变淡。虽然有时候也玩一玩，但不再沉迷。

有必要补充几句。那一年，我在工作上相当着力、用心，每天基本是最早坐在办公室，最晚走人。其他人按部就班，我则小心翼翼，绞尽脑汁创新。我名为部门主任，实则光杆司令，一个人首先搭起架子，设计各种方案，然后根据需要隔一段时间进一个人，半年时间终于把一个部门及相关工作像模像样地开展起来。印象比较深的一次是处理突发事件得到领导肯定，在中层会议上公开表扬我。

但奇怪的是，我们每天大部分工作时间是无法记录的，记录的似乎都是边角料，是非正常生活，正常的部分被忽略了。大而扩之地想，所有的历史，记录的都是非正常的生活，我们看到的历史是一部偏见史，是一部残缺的、忽略了正常生活的历史。秦朝的人怎么吃喝拉撒，每天怎样迎来日出送走晚霞？没有人知道。我们记录的是相互征伐，金戈铁马。朴素的工作、平庸的生活完全没有被记录。

哪个才是真正的生活？不知道。

我记录下这些，是想留下一点记忆，然而，也是一个小小的非正常生活的记录。

而我喜欢、享受现在的不值得记录的平庸生活。

王国华

笔名易水寒，七〇后，中国作协会员、深圳市杂文学会副会长，现供职于深圳报业集团。已出版《书中风骨》《等待是另一种形式的行走》《学林碎话》等十六部作品。在《南方周末》《深圳商报》《羊城晚报》《齐鲁晚报》等几十余家报刊开过专栏。

翻译

塞弗尔特回忆录

【捷克】雅罗斯拉夫·塞弗尔特
远洋　译

雅罗斯拉夫·塞弗尔特（JaroslavSeifert，1901—1986），捷克著名诗人、1984年度诺贝尔文学奖获得者。出版过《泪城》《无线电波》《母亲》《岛上音乐会》《哈雷彗星》《皮卡迪利的伞》《避瘟柱》等三十多部诗集。晚年，写出回忆录《世界美如斯》，以诗意的文字回顾了自己一生的文学生涯。

由于家庭贫困，塞弗尔特没有受过多少正规教育。是布拉格浓郁的艺术氛围培育了他的艺术细胞，让他迷恋上了艺术，迷恋上了诗歌。他曾与捷克诗人奈兹瓦尔和捷克理论家泰格共同提出诗歌主义。泰格的一段话说出了诗歌主义的要点："新艺术的美来源于我们这个世界。艺术的任务就是创造出可以与一切世间之美相比拟的美，用令人目眩神迷的画面和奇妙的诗的韵律展示世界美如斯。"显然，诗歌主义注重想象力，注重内心感受，要求诗歌展示世界的美和人生的欢乐。可以说，诗歌主义的部分主张影响并贯串了塞弗尔特整个一生的生活和创作，他决意要写尽世上一切的美。在这些文章和访谈中，他饱含深情地回忆了他青少年时期的往事以及与泰格等人的交往。

以下文章依据英文版《雅罗斯拉夫·塞弗尔特诗选》（凯特博迪出版社，1998年出版，英译者：埃瓦德·欧瑟斯）翻译。

我的父母

很明显，我知道无人要问起这事，但归根结底，倘若有人对此感兴趣，他就会问我父母的婚姻，我不得不用当时那个年代的措辞来描述他们的婚姻结合：那是两个有不同世界观的人的共同生活。我父亲是社会民主党员，而我母亲是安静的、感情丰富的天主教徒，她尽可能服从牧师和教会法。她喜欢去教堂。那是从她的工作日例行公事、从日常工作的机械顺序中的一种转移。那是她的诗歌。她极少领圣餐——多半是当不幸发生时才领取。她把不幸看作上帝的惩罚，因此她想要安抚天国。

我的父母对生活做出的反应有分别，但和谐无间，不无自我牺牲，而且在战争期间，并不是没有挨饿。我清楚地记得我的肚子常常咕咕叫。当我妈妈跪倒在济之科夫教堂地面冰冷潮湿的石头上，向圣母玛丽亚坦陈她的苦恼时，肯定找到了她心满意足的时刻；试图，也许是徒劳，在圣母玛丽亚修长、美丽的双手上挂上一串用泪水做成的念珠。而我成天到晚来回奔走在它们之间，从“红旗集会”到“我们千倍地欢迎您”……

假如说我抱怨，那就是撒谎。他们不同的世界观没有给我带来特别的困难。我喜欢跟着父亲去参加政治会议和大众集会，也同样喜欢跟着妈妈站在她坐的长椅旁边，唱关于圣母玛丽亚的长篇赞美诗……

今天我站在父母的骨灰瓮之上时，我必须承认我更爱我父亲。我父亲在性格构成上跟我更接近。当然我爱我妈妈，可我忍不住想，实际上我觉得我同情她痛苦的命运。

学童与妓女

一个在学校里坐我旁边的同学告诉我关于布拉格小城区一条小街的事情，那里有几家妓院。人们叫它“尸体街”。他说，根本不准许姑娘们出屋，她们被严格监视着。到那儿去大多是喝得醉醺醺的匈牙利士兵。姑娘们衣着不整，坐在士兵的膝上，而士兵们随心所欲地亲吻她们。这就是他知道的一切。我握一下他的手，答应不告诉任何人。

那是第一次世界大战最后几个月，布拉格街上满是匈牙利士兵。

第二天，我尽快跑到了小城区，一半出于好奇心，一半由于另一种原因。那是离济之科夫很长的一段路。我的心怦怦狂跳。市场里几个蔬菜水果摊还在那儿摆着。屠夫也在经营，在街上店铺卖肉：他的肉案就在那儿。几只淡白色羔羊挂在小橱窗里，它们被撕开的咽喉上系着粉红蝴蝶结。我在市场里这些店铺中间闲逛了一会儿，有点犹豫不决。之后我当机立断，朝尸体街的方向走去，只有几步之遥。我有一种知道它是哪条街的感觉，我对了。金属街牌上写着“布拉迪斯拉发街”，但正如我后来知道的，没人叫它这个名字。它被叫做尸体街，因为送葬队伍以前常常经过这里去往约翰山上的公墓。很久以后公墓不存在了，这条街却落下了这个名字，这是一条又短又窄的小街。

而且被废弃了，空无一人。我走上靠近那房屋的小街，好奇地朝落地窗里张望。脏兮兮的窗帘一动不动。显然，午后不是一天中的做爱时间。午餐后姑娘们或许正在睡觉。在约翰山麓，我失望地转身，走回去。当我到了下面最后一栋房屋时，我听见一面窗上响起一记轻柔的敲击声。我只好朝里看。窗帘分开了，窗旁站着的是一位姑娘，一条乌黑的发辫垂到肩上。惊讶地，我一动不动。

当她看见我惊慌的神色时，她对我笑了并说着什么，但隔着窗，我听不见她的声音。街道是那么窄，两步足矣，我在街道另一边。可以很轻易地跳过去。此外，这时候更安静，我盯着窗内。那姑娘很好看，至少我认为如此。她对我那么亲切地微笑着，让某种恐惧离我而去。她一意识到我害怕和迟疑，就一把解开她的白衬衣。我觉得自己因为惊恐而变得面色苍白，于是血液立刻猛烈地又冲上了头脑。我吓坏了，窥视着窗里那裸露的少女乳房。我站在那儿糊涂了，仿佛闪电击中我身边的人行道。姑娘继续朝我微笑着，而我颤抖着。这样持续了仅仅几秒钟。姑娘开始扣上她的衬衣，她招手让我进去。于是窗帘又合拢了。

我狼狈逃窜。

我想一个人待着。我冲过意大利街，正好在神学院公园里的台阶底下站住。花园满是鲜花。多么幸运，恰逢当时树木开花。在鲜花覆盖的树枝下我觉得舒适。美让我们觉得是在与世界和谐相处。在蜜蜂悦耳的嗡嗡声中，我理一理思绪，平静下来。我强迫我的心保持安宁。

从青春时代起，甚至在我很清楚地意识到它之前，我属于世界上一个最美丽神话的忠实信徒。我相信关于女人的爱情神话。如今很难找到。女人们已经抛弃她们无形的光环，因此把头发梳得各种各样。令人遗憾。

世界上没有什么比裸露的花朵和一个裸露的女人更美。我知道人们熟谙这些美，对于我们，它们永远神秘莫测，而我们一次又一次地想要去发现它们。

在那落满灰尘的窗旁，我的心像一颗定时炸弹偷偷溜进去，女人身体的景象第一次对我展现。我留下它的形象，在我眼前，熠熠生辉。它常常伴随着我，眼下它是我最渴望的东西；第一次，我真正开始乞求爱情。

多么纯洁，处女般的红晕，在我看来，是两朵浑圆的花朵，当童年时期正临近成年女人可移动的边界时，姑娘的身体为了爱情而渐渐绽开。我仅仅渴望把我的头放在它们之间，把我的嘴唇压到那快乐和芳香上。但恐惧用一条无形绳索捆住我的双脚……我不敢进入通往那姑娘的黑暗门厅，不管我曾怎样强迫自己去试试。我下决心必须迈出重大的几步。欲望在驱使着我。在我聚集勇气并按下门把手后，一切会变得容易。只有几步。我将闭上眼睛咬紧牙关。只需几秒钟。怀着这样的决心，我返回房屋。可是，在门厅里，我发现了一个老太婆。她立刻注意到我的恐惧和犹豫，并抓住我的衣袖。她龇牙咧嘴，低声咕哝着关于美丽姑娘们的淫秽的话，说她们在屋里等待着我去挑选其中的一个。我从她手里挣扎开来，又一次夺路而逃。

好几天我没去小城区。然后我发了又一个誓，我要征服自己虚弱的恐惧，我的怯懦。可是这次，当我到达那街道时，屋前方人行道右边出现一只肥胖的老鼠。它正用嘴巴拖着脏东西。它马上注意到我，便停下，用它粉红的眼睛静静地、慢慢地看着我。过了一会儿，它偷偷溜过石头门槛，消失在我正要进入的门廊里。我厌恶地掉转身，从此不再返回那条街。长期以来，我确信这一生决不会再有这等乐事等着我，我看见的一切决不会再这样奇迹般地令人惊讶，正如那美好的一天我在小城区在悲哀的尸体街在落满灰尘的窗户里所看见的一样，当时四月古老的高中公园里几乎所有的树木都在开花，而且天气是那么晴朗。

我真是个傻瓜！

常常我回忆起那次冒险，我叹息——我怎么能犯这样的错误，我怎么能犯这样的错误呢。

成为诗人

伊万·苏克的诗歌处女作〔刊登于S.K.诺伊曼捷克诗人。生于布拉格。父亲是律师、议员。年轻时由于参加反对奥匈帝国的斗争，曾被捕入狱。出狱后一度受过无政府主义思潮的影响。后因接近工人群众，思想有所转变。在俄国十月革命的影响下，他参加了捷克共产党，是捷共早期的党员之一。他办的《六月》（1918—1921）《无产阶级文化》（1922—1923）《共产主义评论》（1924）等刊物，在当时捷克文化政治生活中有很大的影响。德国法西斯占领期间，他在国内同人民一道抗击敌人。诺伊曼曾是捷克立体派、未来派等的先锋，在《生活万岁》（1920）一书中集中阐明了他的艺术观。他的早期诗作常用象征主义手法写个人的反抗情绪。1914年出版的《森林、河流、山坡》摒弃了象征主义。1918年出版的《新歌集》，开始歌颂现代的物质文明和现代技术。俄国十月革命以后出版的《红色的歌》（1923），是一部洋溢着无产阶级感情的政治诗集。小说《金色的云》（1932）和诗集《爱情》（1933），描写一种新的、志同道合的爱情关系。暴露帝国主义和法西斯主义罪恶的作品有《心和乌云》（1935）《无底的年代》（1945）以及《有毒的年代》（1946）等。办的《六月》）〕把我从梦中唤醒——在梦中，我渴望和决心成为一个被哄着入睡的诗人。嫉妒攫住了我。我们从未想到我们的小诗会刊载《六月》杂志上。

当苏克携带着一本杂志到达、甚至向我们炫耀他的稿酬时，我几乎不能克制地表露出虚弱的嫉妒。好几天我独自一人四处走动，满含泪水，绝望地对自己演讲。上百次，我拾起纸笔，上百次我又丢下它们，败于软弱无能。

当苏克在《人民权利报》增刊、霍拉的《星期六》发表更多的诗歌时，我的悲哀和无力感更进一步增加了。过了一阵子，当内梅克创作的第一组诙谐有趣的诗歌也出现于《六月》上时，我决定无论多大代价，我必须不顾一切地写一些诗。

那是一个漫长的夜晚。我把许多纸张撕成碎屑，全都扔进火炉，以摆脱我写下的废话。我写关于每一个可能的事物的诗歌：爱情，布拉格，公墓的生活——一些快乐，另一些悲伤，一些悲剧的，一些喜剧的——但它们眨眼之间全都被烧掉了。最后，我再也想不出任何东西，我写眼前之物：窗户，火炉，床。那首关于床的诗居然那么好，所以我就把它寄给了霍拉。我把我的床与一头在内华达山中朝着星星走上一条狭窄小径的骡子相比。

霍拉用邮件回复我说，我是一个笨蛋，我必须立刻停止写作。我完全给毁了。我爬进了一个看不见别的出口的洞，就一头扑在教科书上，直到那时，我还在做着诗人的梦，我以轻蔑的微笑将书本弃于一边。

我决定成为学者：数学家或历史学家。甚或生物学家？其结果是我想到自己像一个丑陋的驼背——爱上一位王后，永远是在梦中看见她，而且哭了。其间，内梅克和苏克接二连三取得成功。苏克已经给米纳里克出版社编好他的第一本书，而诗歌青嫩而真实的月桂枝盘绕着内梅克落满灰尘的帽子。

在放弃的药膏差不多治愈伤口之后，我在代数和几何课中找到了安慰。并不是说我非常了解那些知识领域；我不了解，但它们是那些最少使我想起我悲哀的惨败的科目。我怎么能选希腊语或拉丁文，因为卡图鲁斯[卡图卢斯：（公元前约87—约54），古罗马诗人。出生于意大利北部的维罗那，青年时期赴罗马，殷实的家境使他在首都过着闲适的生活，并很快地诗才出了名。他传下一百一十六首诗，包括神话诗、爱情诗、时评短诗和各种幽默小诗。]令人愉悦的诗歌总是让我想起那不顾一切的夜晚，我倔强地用抒情的陈词滥调浪费了涂抹的张张白纸。甚至动物学课本里的飞燕和天鹅绒似的蝙蝠，花朵连同种子截面、花瓣的图片都是那么抒情，它们使我想起诗意的一切，以及眼前光芒和芳香充满整个城镇的春天。

那时我常常拖着一根笨重的拐杖，我开始抽起了雪茄，因为这两种装模作样都是我们数学老师的做派。我走路无精打采，我不修边幅，因为这也是那位马虎老师的特点。

你见过佩特林山的春天吗？它几乎不令人惊奇，当斯特拉霍夫街区花园里的樱桃树开花时，雪已消融，雪水沿着通往陡峭山坡的小路急匆匆地汩汩奔流。在美好的一天，一边在公园中间漫步，一边固执地思索方程式的原理，在我看来，就是对我所憎恨的诗歌很合适的抗议。女孩们坐在树枝上读玛查的《五月》，在她们的衣衫后，金雨树的花朵从低矮的枝丫上倾泻，但这不能动摇我爱的信念，它那么紧密地与抒情的渴望连接在一起，必须用一个秘鲁刽子手得意扬扬的、高超傲慢的玩世不恭来反抗。

布拉格看起来像一副博弈刚刚开始时的棋盘。国王和王后站在那边，这里是金色的车。公寓和别墅是兵卒。微弱的雪茄烟渐渐使我的眼睛麻醉了。不知道这是怎么发生的，我发现自己站在饥饿之墙上的小观察台上。眼前，棋盘上的棋子缓慢而谨慎地移动。地平线上耸立着济之科夫教堂冷若冰霜的塔。钟盘凛冽地闪着寒光。

角度的阿尔法、贝它、伽马、德耳塔，无穷的循环，代数模式的字母表失去了几分紧迫性。似乎那些响亮地鼓动翅膀到处飞的鸽子，已经吃掉我手里微不足道的字母。我在一块圆溜溜的石头上坐下，它上面用金色镶嵌着指南针的四个方位和欧洲城市的名字。巴黎以西，接着是伦敦，不来梅，汉堡，莱比锡，柏林，布加勒斯特，布达佩斯，米兰，热那亚，蒙特卡洛，尼斯。

那是欧洲的玫瑰。

在那一刻我觉得我手中握着欧洲，我把它举到我的嘴唇和鼻孔，我闻着远方的芳香：世界的芳香。云，令人惊叹的美丽的云，在布拉格上空飘拂，春天的芳香令我的思想兴奋。城镇的荣誉放在我的脚边。在这张地势图上，如同系着一个绳结，看起来像巨大的石头道具，我彻底地尽情享受这戏剧性的一天。黄金和亲吻。镜前的女人们。背叛与爱情。英雄行为与玫瑰花。激情与死亡。

不，成为一个数学家是不可能的。

很好，小子，再一次把钢笔蘸进天空的蔚蓝并且书写，虽然只是即兴，再试一次去成为诗人，当你躺在这块石头上，让你感觉到至今尚未觉察的世界之美时，写下掠过你眼前的美好事物。在你的作品上撒播星尘，并让它们干燥，看看会发生什么。

那天晚上我写了一首诗，而且，揣着怦怦跳的心，把它寄给霍拉。

第二天，他刊登了它。

我的诗在我面前的桌上，我以不可思议的轻松写了另一首，寄给诺伊曼。《六月》的下期预告里有它。

当诺伊曼向我伸出手，我却害怕去握。对于我，似乎是太大的喜悦。而当他甚至邀请我共进午餐时，我的双膝颤抖，吞不下食物。

诺伊曼亲切的接待给了我勇气。我决定去看望霍拉，带着一首用出色书法写下的新的小诗。戴着眼镜，迟钝地，他的双眼永远呆滞，霍拉相当冷漠地接见了我。他似乎认为一首小诗不是什么大事，尤其是一个二十岁的人写的。

在取得这些成绩后，我抬起头来看内梅克和苏克。我现在能用眼睛平静地望着他们。我跟他们一起走进布拉格中心，举步轻盈，谈论诗歌。

学年结束时，我绝望于数学考砸了。

第三本书的出版

那是半个多世纪以前，为了给瓦茨拉夫·切赫提供我的第三本书《无线电波》的手稿，卡雷尔·泰格不无犹豫地敲响了小出版社的门。那时候我们国家还没有无线电，甚至没有用于它的一个词，我们用法文缩写来称呼它。

我们的犹豫并非没有理由。在那些日子这本书真的很不寻常。例如，标题。它是宣告忠诚于艺术新方向的第一批书之一。我作为其作者和设计版样的泰格——我们俩所做的一切是用我们的力量，用刺激性的古怪方式去，在书页上大声宣告诗歌主义精神。有些诗歌包含着对严肃事物的轻微亵渎，除了严肃诗歌之外，还有另一些诗歌以颠覆玛查的格言为标志：

在脸上光悲伤，深深地
在心里笑。

假如出版人不完全甘心情愿出版这样一本不同寻常的书，我们希望他至少会感到惊讶。他令我们惊讶。他看了看手稿，全都赞同，全都接受，两三个月后，书出版了，我们如愿以偿。

泰格对一切都很关注。奥布兹纳在维斯克的印刷厂必须用他们差不多所有的字体来给这本书排版，他们也必须抛弃曾一直继承并完善的从古腾伯格时代到现代标准书籍装帧设计的所有传统排印规则。每一首排版都不同。有些页是水平排版，另一些则是垂直的。维斯克的老印刷工对这种排版方式大摇其头，但他让我们自行其是。今天，年轻人会把泰格的设计称之为排版上的竞技表演。

读者们被《算盘》那首短诗逗乐了：

算盘

你的一个乳房，
像一个澳大利亚苹果，
你的两个乳房，
像两个澳大利亚苹果，
我多么喜欢这爱的算盘！——

这首诗，假如人们还能称之为诗，被用一个儿童算盘的印刷形象排版。但我必须对这些诗歌加以简短说明。在那些日子里，食品店卖澳大利亚冬天的苹果。这些苹果没有很明显的味道，因为在被运来的时候熟了。但它们很美。每个苹果都被包裹在精美的丝质纸里，鲍克尔特先生在民族大街上有一家美食店，把它们放在商店橱窗里的一个大盘子上，每个解开一点点，以让人们看见它们不寻常的艳丽色彩。它们稀有而昂贵。但与我的诗歌毫不相干。

那本书，今天已属于历史，不久前本应该用复制版再版，它不行了。遗憾。

因此，彼得先生，跨过时间和生命的悬崖，我向你伸出我的手。我俩如今都老了。但想起那些时光是多么愉快——年轻的时候，喜欢一切新事物，没想过死亡，也不害怕任何东西。

《好兵帅克》的作者哈谢克

战争结束不久之后，他带着第二位妻子归来，她是他从俄罗斯带来的。雅罗斯拉夫·哈谢克搬进来跟索尔斯一起住。这位永远的神秘论者把他的妻子假扮成公爵夫人。她看上去不像。我们能够直接看到窗里，我们能够看见他们早晨起得很晚，后来她的济之科夫邻居苏拉夫人叫醒她，她喜欢观察我们闹市里的生活……

雅罗斯拉夫·哈谢克偶尔来我们的酒馆。他不会待很久。那儿离他的妻子很近，她徒劳地试图让哈谢克待在家里。有人曾经问他为什么不来金色天使，他回答说那儿有台阶。实际上，进入酒馆只有三级小台阶。

一个夏天晚上，他走进我们的酒馆，衣着打扮就像在他的公寓里。他穿着短袖，趿着拖鞋，用手提着裤子。他承认苏拉把他的鞋子、吊裤带和外套锁了。他在去药房的路上。他的妻子病了，医生给她开了一个药方。为了不白跑一趟，他带了个水壶。在酒馆老板灌满他的壶之前，在他在柜台喝完一杯啤酒之前：他跟我们打台球。他打得很糟糕。他喝完第三杯时，决定最好去取药。他的妻子在等着：而他说在从药房返回的路上他会顺便来拿壶。他没来拿。

两天后，有人急促地敲我们公寓的门，一个狂暴的苏拉站在门口愤怒地查问：

"我的雅罗斯拉夫在哪儿？"

接着她哭了一两声，对我妈妈诉说，然后抹着眼泪，离开了。

不，哈谢克未曾遇见任何一个兰坡，也没去过国外。一周后他回来了，携带着一壶啤酒，没带任何药。终究，药是不再需要了。他的妻子康复了。太过分了，他笑道。

在他漫长的旅行期间，在夏天的布拉格穿着短袖，趿着拖鞋，到各种各样的酒馆，在无人试图对他的作品表示尊重的朋友和同伴当中，哈谢克写下一整部《好兵帅克》。他会坐在桌角，而当他写完几页时，一个伙伴会马上把手稿拿给出版商西内克，后者会按工作量支付适当金额。当然，一顶王冠也不多。因此一天一夜有招待；于是第二天他就再写，假如他不想坐在一个空杯子那边的话。

鉴于这样的写作方式，当然一个人必定问，假如他在桌子旁平静而舒适地写下它，这部书怎么会问世呢。但那是永恒的、决定性的"假如"。也许如果不是因为他需要几张十克朗钞票买啤酒，哈谢克就不会在啤酒溅污的桌子上、在酒馆闲聊的嘈杂声里、在渴望的朋友们中间写下它，也许这部书永远不会被写出来，而哈谢克也不成其为在整个欧洲出名的哈谢克。如你所知，哈谢克没过多久就逝世了，苏拉夫人也逝世了，哈谢克忠实的朋友和耐心的同伴弗兰齐谢克·绍尔也是如此。只有帅克，这个矮胖的、性格外向的人，带着一种对朴素的现实绝对的理念，如同万卓菲克教授断定他——继续愉快地活着，不只是在这部书的胡言乱语里，而且在全世界，在他从来没有想去的地方。

乡下一日

那是六月。农民们在割草。前一天晚上，我们在纳霍德。在比萨作演讲的地方，当地演员们朗诵诗歌。早上我们乘公共汽车去山谷，如你所知，很遥远。

我是城市人，我出生在城市，我已在城市耗尽了一生。我生病在克鲁什内山麓一座叫做杜比的温泉小镇治疗时，几乎每天乘电车去特普利斯一家咖啡馆喝黑咖啡。“不是你想要的咖啡，”比萨以前笑道，“你在杜比有过那种咖啡，但你没闻过下水道的味道。”

比萨是乡下人。他出生于南波希米亚的一座小镇，他在田地里和树下曾经很快乐。他喜欢布拉格的金斯基公园。公园开花时，他每天设法至少看几分钟。只要他有机会，他就去康帕岛散步，而且他把那条穿过安静的康帕的很短路线称之为“比萨路”。我消磨了很多春天和夏日时光的咖啡馆，他只是晚上去，有时是在夜场演出之后。

无论如何，在祖母谷，实际上我度过了少许眼花缭乱的时刻，显然，这只能在这片因我们敬畏的现实和喜爱的传说而变得神圣的乡村和地区才能体验到。

那天早上，令人愉悦的一天将它自己奉献给我们。远处，小小的城堡闪耀着那么灿烂的艺术光彩，令我们想起文森特·墨特施塔特先生最优秀的雕刻——他颇为熟练，不省略每一个美丽的细节。在遥远的山谷，人们割着草，当暖风温柔地吹拂时，我们闻到混合了干草、新割的青草和成熟的草地的芳香，太阳啜饮着草地上的晨露和所有隐藏的花蜜。当我们沿着草地上的小路缓缓漫步时，我们的眼睛无法吸收所有的颜色，白的黄的雏菊，鼠尾草的青纱帐，以及红罂粟。且不说温柔的粉红的红豆草，更不用说时常变换和颤抖的绿地。

草地上的小路它本身就是一条杂草丛生的草垫，由野生百里香和默默哭泣的深红色泪珠镶边，没有泪珠，夏日就不存在……

我们瞥见一个娇小的女孩，用晒黑的双脚，跑过高高的草丛。她在奔跑，她急匆匆，她的辫子在肩膀上甩来甩去，她闪亮的眼睛充满着在孩子眼睛里才能看到的光芒。她从我们身边跑过——也许她在自言自语——她经过我们，仿佛我们不在路上一样。我们觉得像轻轻掠过因她的意外出现所搅动的芳香空气，我们想去抚摸她跑过的草地，她小巧的脚丫踩过的小路。我们真切地看见了她飞奔而过时的小脚丫和不慎勾挂的一朵菊苣花——被夹在她的两个脚趾之间，看起来像古代公主甚至会放在秀美脚趾上的一块宝石。

远洋

1962年生，武汉大学毕业。中国作家协会会员。1980年开始创作并发表作品，入选《河南新文学大系》《广东省作家协会五十年（1953—2003）文选》（诗歌卷）《跨越：纪念中国改革开放三十年诗选（1978—2008）》《十年诗选》（2000—2010）等选集。出版诗集《青春树》《村姑》《大别山情》《空心村》等多部。诗《鹤仙子》、诗剧《以南丁格尔的名义》2003年3月、6月先后在中央电视台播出。获河南省“骏马奖”“牡丹杯”奖，湖北省“神州杯”奖，深圳青年文学奖，河南诗人年度大奖，红岩文学“外国诗歌奖”等。翻译过获得诺贝尔文学奖、普利策诗歌奖、艾略特诗歌奖诗集20多部，刊登于《世界文学》《诗刊》《译林》《红岩》等30多家刊物600多首，并发表了大量评论文章。译诗集《亚当的苹果园》江苏文艺出版社出版发行，荣登数十家媒体推荐榜单，入选“2014年中国好书榜”；《夜舞——西尔维亚·普拉斯诗选》2016年6月由漓江出版社出版发行，《重建伊甸园——莎朗·奥兹诗选》2016年8月由江苏凤凰文艺出版社出版发行。

史页

马蹄下的边疆：河西走廊往事

◎聂作平

大汉朝的噩梦

这一年，刘邦五十六岁了。从沛县起兵至今，十个年头过去了。十年的起落沉浮如同一柄锋利的刻刀，把这位年轻时以“好酒及色”著称的小吏，雕刻成一位成熟大气的政治家。两年前，在和强敌项羽的经年角逐中，他已取得最终的胜利。之后两个月，汜水之阳，刘邦称帝，建国号汉，史称西汉。

两千多年前，人类平均寿命只有三四十岁，五十六岁无疑已是风烛之年。但是，这位农民出身的西汉帝国的缔造者却老骥伏枥，志在千里。他挟歼灭项羽之余威，企图一劳永逸地解决一个数百年来一直威胁中原王朝的劲敌，那就是游牧北方的匈奴。

当匈奴又一次骚扰边疆时，刘邦集结数十万久经沙场的军队抵达边境晋阳。然而，刘邦遭遇的是一个强悍狡猾的对手：当他派出多批探子深入匈奴了解情况时，匈奴领袖冒顿单于把精锐部队和肥壮牛马故意隐藏起来，探子看到的都是老弱残兵和羸牛病马。这先后派出的十多支侦察小队，回来报告时都一致认为："匈奴可击。"

为了进一步探究虚实，刘邦又派刘敬出使匈奴。但刘敬还没回来，刘邦已经急不可待地下达了进攻命令。这时，刘敬赶回来了，他力劝刘邦说："两个国家打仗，按常理都要炫耀自己的强大。但我在匈奴看到的，却都是老弱残兵。这肯定是匈奴故意示弱，引诱我们深入，以便用奇兵突袭我们。我认为万万不可轻率进攻。"然而箭在弦上，汉军业已成行，对刘敬的忠告，刘邦勃然大怒，以涣散军心为由把他关起来。

当刘邦率先头部队急行军到达平城时，冒顿的四十万精锐之师像从地下冒出来一样，把刘邦驻扎的白登山围得水泄不通，而汉军的后援部队却根本突破不了匈奴的包围圈。这次白登山之围持续了七天七夜，汉军坐困弹丸之地，兵疲粮寡，进退失据。加上天寒地冻，轻装以进的汉军衣被不足，如同掉进了一个巨大的冰窖，多达十分之二三的将士冻掉了手指。大汉开国皇帝竟面临成为异族俘虏的危险。

绝境中，谋士陈平想出了一个不是办法的办法：向冒顿单于的阏氏（即皇后）重金行贿。重金驱动下，阏氏劝冒顿说："两主不相困。现在即便占领汉地，也不是我们能长久居留的。况且我听说汉朝皇帝也有神灵，请您仔细考虑。"勇武的冒顿十分宠爱这位阏氏，阏氏的劝说，让他变得犹豫起来。恰好天降大雾，刘邦才得以突出重围。

白登山之围证明了刘敬的正确，同时也让刘邦对匈奴深感头痛。为此，他向刘敬问计，刘敬提出了汉家历史上著名的和亲政策。刘敬说："现在天下初定，将士厌战，没法以武力征服匈奴。冒顿杀父自立，把父亲的侍妾娶做老婆，以力为威，是个野蛮人，也不能用仁义打动他。唯一可能长久的办法，就是让他子子孙孙都做大汉的臣子。但只怕陛下不愿意。"刘邦急忙问具体怎么办？刘敬说："陛下如果能把鲁元公主嫁给冒顿，并向他赠送厚礼，那就可以换得和平。冒顿在世，他就是您的女婿；冒顿死了，那您的外孙就是单于，哪里听说过外孙敢攻打外公的呢？”

这种和敌人结成姻亲以免祸的鸵鸟政策，得到了刘邦的认可。但吕后舍不得女儿远嫁异族。事情拖到第二年，刘邦不得已，只得从家族中选了一名适龄女子，冒称公主，把她嫁给冒顿单于，并让刘敬负责送亲以及缔结和约。

和敌人结亲并没有使敌人放下屠刀立地成佛，边境争端仍不时发生，只不过双方不再殊死相搏。刘邦死后不久，名义上是刘邦和吕后女婿的冒顿单于给他的岳母吕后写了一封信，信中说，听说你死了男人，而我恰巧也死了女人，我可以收你为小老婆，从此匈奴和中国就成为一家了。吕后羞愤交加，召集大臣们开会，大将樊哙表示愿领兵讨伐，但遭到了众多大臣的反对。不得已，吕后只得给他的女婿回了一封低三下四的信：我已经老了，不能侍奉你，愿意用年轻的公主代替。

大汉朝用女人换取和平的妥协，显然有其重要历史原因，那就是草创的帝国没有足够的力量对付强大的敌人。但这种妥协遭到了后人的耻笑，唐代诗人戎昱就在一首咏史诗里写道：

汉家青史上，计拙是和亲。
社稷依明主，江山托妇人。
岂能将玉貌，便拟静胡尘。
地下千年骨，谁为辅佐臣？

对峙的巨人

匈奴是一个对中国历史产生过重要影响的民族。早在战国时期，它就活跃于北中国，为此，秦、燕、赵不得不筑起了最早的长城；秦始皇更是不得不派出爱将蒙恬率三十万大军长期卫边。此后西汉年间，匈奴就像一座频繁爆发的活火山，让西汉帝国上下为之头痛不已。

总之，自从匈奴崛起之后，中国以后两千年间的外患，差不多都固定地来自北方。就像日耳曼蛮族锲而不舍地侵略罗马帝国一样，南方的富庶对那些寒冷荒凉地带的游牧民族来说，闪烁出一种难以抗拒的诱惑之光。西汉以后，匈奴分为南北两部。入西晋，先后进入中原建立起赵、夏、北凉等寿命短暂的小王朝。

冒顿单于是匈奴历史上最杰出的军事领袖，他的人生充满传奇色彩。起初，他被父亲头曼单于立为太子，但后来头曼宠爱冒顿的弟弟，打算废长立幼——这是大多数宠爱小女人的糊涂老爹最爱干的糊涂事，几乎没有一个不把事情弄得糟糕透顶。为了实现这一计划，头曼把冒顿作为人质派往大月氏。等冒顿到达后，这位狠毒的父亲下令攻打大月氏，希望大月氏一怒之下把他的大儿子杀掉，以便顺理成章地立小儿子。但是，冒顿在生死攸关之际却从大月氏逃回本国。头曼大概也有些羞愧，同时觉得大儿子还算个人物，于是分给他一万余骑人马。

死里逃生的冒顿无法原谅他的父亲，他发明了一种能发出声音的响箭，即史书中所说的鸣镝。他对部属下令说，他的响箭射向哪一个目标，其他人必须跟着射，否则一律处死。为了检验部属的忠诚程度，一次，他用响箭射向他心爱的宝马，部属中有少数不敢射的，立即砍头。下一次，他用响箭射向他最宠爱的小老婆，部属中又有少数不敢射的，冒顿同样将他们毫不犹豫地砍头。从此，所有部属均不敢再违反他的命令。

冒顿看到时机已成熟，趁他父亲出行时，向他射出了响箭，这位老单于立即被射成一只痛苦的老刺猬。就这样，冒顿踏着父亲的尸骨坐上了单于宝座，在他的统治下，匈奴迅速崛起。趁着楚汉相争，中原无力北顾之际，他将蒙恬所夺去的匈奴故地悉数恢复，并占领了河套地区。是时，匈奴版图东至辽东，西到西域，比西汉的疆域更为广大。到刘邦时，冒顿拥有控弦之士三十万，是一支当时世界上最强大的武装力量。

作为一个优秀的军事统帅，冒顿懂得如何充分调动部下攻城略地的积极性：“其攻战，斩首虏赐一卮酒，而所得掳获因以予之，得人以为奴婢。”在这种物质奖励下，他的军队每遇战事，“人人自为趣利，善为诱兵以冒敌，故其见敌则逐利，如鸟之集。”就是说，这个可怕的暴力民族已然把战争当作一场利润丰厚的刀头舔血的生意。

与此相比，多年战乱废墟上建立起来的西汉王朝却积贫积弱，面对的是一个一塌糊涂的烂摊子。举例来说，当时米价高达每石五千钱，“人相食，死者过半。”作为天子，要找四匹同颜色的马竟然也不是一件容易办到的事，至于将相级别的高级官员，只能牛车代步。

对大汉帝国来说，唯有发展，唯有积累，唯有整军经武，才有复仇雪恨的机会。平城之围四年后，年过六旬的刘邦最后一次回到了他毕生热爱的故乡江苏沛县，在和当地父老的联欢宴会上，这位自知来日无多的枭雄击节而歌，唱出了心中的苍凉与不安，帝国边疆的安危仍是他心头挥之不去的阴影：

大风起兮云飞扬，
威加海内兮归故乡。
安得猛士兮守四方？

次年，刘邦驾崩。他的复仇之梦只能寄托给子孙了。

刘邦建汉后，鉴于秦朝滥用民力、二世而亡的惨痛教训，采取了与民休息的政策。具体说就是减轻农民的徭役赋税，注重发展农业生产。他“约法省禁，轻田租，什五而税一。”按孟子的说法，只要“什一而税”，便属于“王者之政”了。刘邦的税率比这王者之政还要低（与此相比，秦始皇时代的税率高达惊人的百分之五十以上）。

到了文帝和景帝时，这种与民休息的政策更加宽大无边，政府的税率长年都维持在三十税一的比例；更有甚者，文帝在位时，其中有十一年之久曾免收全部田租，并把算赋（即向成年人征收的人头税，也称口赋）从每年一百二十钱减少到每年四十钱，徭役则减至每三年服一次。工商业方面，文帝下令驰山泽之禁，即开放国有的所有山林湖泊，任由农民砍柴捕鱼，发展副业；以前向来往商人征收的关税，也统统废除，以促进商品流通。

汉文帝同时也是一个以节约著称的明君。有一次，他想建造一所露台，预算后发现需要一百金，大概相当于当时十户中等人家的家产，用现在的数字估计，大概也就两千万左右。这位富有四海的皇帝一听，以为数额巨大，太过奢侈，于是修建露台之事告吹。从某种意义上讲，文、景之治时期，西汉乃是小政府大社会模式。在无为而治的黄老之术作为指导思想下，秦末多年战乱给这个国家带来的创伤正在慢慢愈合，帝国重现生机。

经过从刘邦晚年到汉武帝继位之初约七十年间几代人的努力，当汉武帝接手帝国基业时，他面对的是祖先留下的丰厚遗产：人民有充足的粮食供应，国库中的钱币多得无法计算，串钱的绳子因多年未使用而散断；官仓里的储备粮陈陈相因，腐烂不可食；城乡到处都能看到成群的马匹，聚会时，如果骑母马赴会，竟会遭到别人嘲笑。

国力的强弱乃外交政策的决定性因素之一，当西汉王朝日益富庶强盛，它的对外政策自然为之一变：对于之前一直小心翼翼如履薄冰的北方强敌匈奴，西汉帝国的态度已经来了个一百八十度的大转弯。用《剑桥中国秦汉史》的话说：“这时，帝国已强大得完全能够发动深入亚洲的远征；并能重新建立、重新装备和延长北方的防线；在新进入的领土设郡；向海外派远征军；以及在以后称之为丝绸之路的路线上促进贸易的发展。”

张骞的西行

文景之治打下的良好经济基础，使西汉已有本钱和匈奴一较短长，加上年少即位的汉武帝雄心勃勃，一洗祖先屈辱的时代终于来临。

如同参天大树的源头只是一苗嫩芽，万里长河的源头只是一线浅水一样，许多重大历史事件的滥觞，也不过是一些毫不起眼的琐碎小事。

就在汉武帝打算对匈奴用兵之际，汉军边防部队抓获了一名匈奴军官。这名匈奴军官透露了一些汉朝君臣此前闻所未闻的情报：由帝国首都长安向西，是一个叫河西走廊的狭长地带，这里曾经游牧着众多部落，其中较大的是大月氏和乌孙。后来，大月氏赶走了乌孙；再后来，匈奴又赶走了大月氏，甚至把大月氏王的脑袋砍下来做成酒器。那是一个强凌弱、众暴寡的丛林法则时代，大月氏不是匈奴的对手，只得含恨西迁。从此，河西走廊被匈奴占据，由匈奴右贤王部的浑邪王和休屠王统治。

这些情报令汉武帝脑洞大开：如果能派人前往西域，寻求与大月氏合作，双方夹击匈奴，岂不就能使匈奴两面受敌，从而事半功倍吗？后来的故事我们已经知道：陕西人张骞脱颖而出，成为出使大月氏的使者。他的历尽磨难的西行，开创了绵延两千多年的丝绸之路。

张骞西行的脚步，离开汉朝地盘后踏入的第一个地区就是河西走廊。细看今天的甘肃地图，它东西极为狭长，状如两头大中间小的如意。自兰州以西至嘉峪关，即甘肃中部，是一条自然形成的地理大通道，它东西长一千二百公里，南北宽从几公里到近百公里不等，东起乌鞘岭，西至星星峡，南依祁连山，北至龙首山、合黎山，这就是河西走廊。

对中国气候、环境和地貌影响最大的地质构造体系，无疑是地球上最高、最大的高原：青藏高原。如果没有青藏高原，西北地区将会是如同江南的鱼米之乡，而江南地区反而会成为干旱少雨的荒漠。但是，由于青藏高原高高隆起，阻挡了从印度洋北上的暖湿气流，西北地区便形成了大片戈壁和荒漠。

不过，似乎是作为一种补偿，青藏高原边缘的祁连山脉终年覆盖着厚厚的冰雪，这些冰雪融水形成了一条条涓涓细流，当它们流出祁连山时，终于汇成一些足以改变地表面貌的内流河，如中国第二大内流河黑河及其两大支流石羊河和疏勒河。当这些冰雪融水形成的河流从荒漠深处潺潺流过时，一个个孕育生命与文明的绿洲应运而生。在连绵千里的河西走廊，隔三差五的绿洲就像一块块与荒漠对峙的飞地，成为宜于农牧的风水宝地。

汉朝的疆域很古怪。这一点，从地图上可以一目了然地看出来。它的国都长安位于整个帝国偏北一些的关中，以长安为中轴，它的东部和南部是广大的中原和南方，而河西走廊像一条细长的颈脖，将中原和西域链接在一起。这条细细的河西走廊对帝国而言，正好如同人的脖子那样重要而又脆弱。只有通过它，帝国的中央才能对遥远的西域进行有效管理。

所以，河西走廊对帝国异常重要。失去河西走廊，西汉帝国就失去了西部防线，长安顿时暴露在匈奴铁蹄的直接打击下；而要维持内地与西域的联系，保持丝绸之路的畅通，首要条件就是将河西走廊牢牢地把控在自己手中。

公元前126年，出使大月氏的张骞带着仅有的一名随从回到长安，这时距他持节走出长安城已经音讯渺无十三载了。在张骞带回有关河西走廊和西域的情报之前三年，急不可耐的汉武帝已经发动了对匈奴的大规模战争。不过，张骞的归来和他有关匈奴、大月氏等国的情况汇报，仍然令汉武帝兴奋得踌躇满志。

河西走廊的征战

如果把漫长的中国历史比作一个人的一生，那么，各种制度初步确立的商周，是一个人天真烂漫的童年时代；百家争鸣的春秋战国，是一个人好学上进的少年时代；而汉朝，无疑是一个人充满进取精神并蓬勃生长的青春期。

那是一个少年得志的时代。在古人短暂的生命里，青春都一饷，生命也只一饷，一生只能干一件事。我们今天甚至很难相信，当卫青和霍去病这样的名将在沙场上建功立业时，竟然年轻得如此不可思议。

公元前123年，大将军卫青以统帅身份率十万大军进攻匈奴，虽然由于资料欠缺，卫青的具体年龄已不可考，但根据各方面的旁证，他应该三十岁左右；至于他的侄子霍去病，竟然只有区区十七岁。

这一次征战，卫青的主力部队铩羽而归，初出茅庐的霍去病却以八百骑偏师孤军深入并大获全胜。为此，这位放到今天还是高三学生的小青年被汉武帝封为冠军侯。

两年后，霍去病已经独当一面。这一年春天，他率领一万精锐骑兵翻越了风雪交加的乌鞘岭，挺进河西走廊。在河西走廊，这支行动疾速的骑兵横扫匈奴五个部落，包括折兰王、卢胡王在内的匈奴将士阵亡近万人，原本控制河西走廊的休屠王和浑邪王只得狼狈西窜。

三个月后，乌鞘岭的积雪刚刚融化，绿洲才长出浅浅的青草，大汉军队兵分三路再次进入河西走廊。这一回，霍去病再建奇功：他在友军未能如期到达预定地点会合的不利条件下，从匈奴人完全没有意料到的侧翼发动奇袭。从匈奴人手里，他夺取了祁连山的支脉焉支山。这里水草肥美，从当时到现在，都是得天独厚的优良牧场。为此，损失惨重的匈奴人编唱了一首歌谣，聊以寄托内心的哀伤：

亡我祁连山，使我六畜不蕃息；
失我焉支山，使我妇女无颜色。

又一次惨败的浑邪王和休屠王担心单于追责，走投无路之际，率部向霍去病投降。至此，经过三次史称河西之战的大战，汉朝军队终于打通了河西走廊。也就是说，这条从中原通往西域的咽喉要道，已然完全掌握在汉军手中。这一年，西汉中央政府在河西走廊设置了武威郡和酒泉郡。

又是两年后，霍去病和他的舅舅卫青各率一路大军，发动了漠北之战。这一战，匈奴主力几被全歼，霍去病一直进抵匈奴人的圣地狼居胥山（即今天的蒙古肯特山），并举行了声势浩大的祭天活动，史称“封狼居胥”。从那以后，封狼居胥便成为历代武将至高无上的荣誉。封狼居胥后，霍去病继续挥师追击，汉朝军队第一次到达了遥远的瀚海，也就是今天的贝加尔湖，这里距首都长安的直线距离已经超过四千公里。

漠北之战的结果是匈奴从此失去了与汉朝抗衡的有生力量，史称：“匈奴远遁，而漠南无王庭”。

像一颗流星那样急速划过天空，带来天庭的骚动与明亮，漠北之战后仅两年，二十三岁的霍去病突然病逝。也就是说，这个名垂史册的一代战将，他的所有事业都是在十七岁到二十三岁的六年时间里完成的。他的一生是马背上的一生，也是加速度的一生。

在卫青和霍去病这些大名鼎鼎、战功赫赫的名将之外，更多的，是无数沉默无名的普通将士。当帝国的边疆在马蹄之下向外延伸，马背上浴血冲锋的军人，他们绝大多数都不可能留下姓名和事迹，他们惊天的呐喊和激越的马蹄一起，早已消失于岁月的虚空。

如今的酒泉是河西走廊西端的一座重要城市，关于它的得名，有一个意味深长的传说，这个传说就和年轻的统帅霍去病有关。据说，汉武帝派人带御酒犒赏霍去病，酒少人多，霍去病不愿独享，下令把酒倾入一眼泉水中，与将士们取而共饮。酒泉由此得名。如果说酒泉得名的由来只是一个民间传说，用以证明霍去病与将士同甘共苦的话；那么，设置于前111年的河西四郡的另外两郡，即张掖和敦煌，其名字，则直接表达了汉朝对占据河西走廊的发自内心的喜悦：张掖，意为断匈奴之臂，张汉朝之腋；敦煌，意为盛大辉煌。

狭长的河西走廊尽管荒漠遍布，但星星点点的绿洲却是最好的金牧场，《汉书》称，“自武威以西……地广民稀，水草宜畜牧，故凉州之畜为天下饶。”为了拓边实土，汉朝向河西四郡大量移民。葛剑雄先生认为，“河西四郡毕竟处于汉朝的边疆，与匈奴、羌、西域诸族为邻，也是汉朝隔断匈奴与羌人的联系，保持与西域的联系的战略要地。出于边防和安全的需要，居民与士兵也以集中居住为宜。”大量移民以及屯垦的结果是，原本属于游牧之地的河西走廊，到西汉末年，已经有三十万人定居。后来，以这些定居点为中心，渐渐形成了一系列大大小小的城镇。

为了控制好不容易从匈奴手中夺取的河西走廊，在河西设郡移民之外，西汉政府还设置了两个著名的军事要塞，那就是玉门关和阳关，并将秦长城向西延伸，东起永登，西至玉门关。

公元前60年，在卫青、霍去病、张骞和汉武帝等人都已作古多年后，汉朝在今天的新疆设立了西域都护府，这意味着西域众多方国都已并入大汉版图，而由张骞凿空的丝绸之路，至此，方才全线贯通。对其重要意义，明末清初学者顾祖禹的说法是：“欲保秦陇，必稳固河西；欲固河西，必开拓西域。”

公元前113年，四十四岁的汉武帝到河东郡汾阳县祭祀后土，其间，他乘坐楼船游宴汾河，这里离他的曾祖父刘邦北击匈奴的边境重镇晋阳近在咫尺。可以肯定地说，他一定想起了当年祖宗遭受的来自异族的威胁与屈辱。现在，这些威胁与屈辱都是浮云。这位后来誉满天下也谤满天下的强势君主，此刻担忧的不再是边疆的安全、民生的艰危以及因经年战争而亏空的国库，他感叹的是乐极生悲，人生易老，盛年难再。为此，他写下了一首文辞忧伤的《秋风辞》：

秋风起兮白云飞，草木黄落兮雁南归。
兰有秀兮菊有芳，怀佳人兮不能忘。
泛楼船兮济汾河，横中流兮扬素波。
箫鼓鸣兮发棹歌，欢乐极兮哀情多。
少壮几时兮奈老何！

那些曾经的咽喉要地

由于特殊的地理位置，由于两三千年间拉锯战般的你征我伐，河西走廊有着难以计数的关塞，这些曾收纳了铁马金戈的关塞如今都已残破，但它们独立夕阳下的孤独身影，还能让人依稀回想起当年的流水往事。

古浪峡关。气势雄伟的祁连山到了古浪境内，已经进入了它的东支余脉乌鞘岭，这里也是河西走廊的东端。在这里，青藏高原、蒙古高原和黄土高原交汇。西行的人由此进入河西走廊，而古浪峡的存在，仿佛就是为了向行人证实河西走廊的险要。

古浪峡南连乌鞘岭，北接古浪县城，形成了一条南北向的高山峡谷，峡谷长约三十公里，最宽处不过五百米，最窄处只有几十米。峡谷壁立千仞，危岩耸立，宛如刀砍斧削。

重要的地理位置和险要的地理环境，决定了古浪峡自古就是兵家必争之地。历史上，这里曾发生过多次大大小小的战争。丝绸之路、汉长城、明长城都从这里通过，由于它扼河西走廊之入口，通兰州，控武威，因而被称为金关银锁之地。

1936年冬，长征结束后不久，数万红军西渡黄河，计划打通经河西走廊到新疆的通道，以便接受苏联援助——这也是汉朝一直倾全国之力保证畅通的大通道。但是，西路军所遭遇的敌人远比匈奴更残酷，古浪峡一带，红军浴血三战，牺牲将士达两千四百多人。

乌鞘岭。东亚季风是影响我国气候的主要因素。由于海陆热力性质差异，每年夏天，从副热带海洋吹向大陆深处的偏南风带来丰沛的降水。当偏南风经过上千公里的长驱直入后，渐成强弩之末。在甘肃，当它抵达祁连山东端的一座三千多米的山脉时，终于偃旗息鼓。这座山，就是乌鞘岭。

乌鞘岭长不过二十千米，宽只有十千米，但高达三千五百多米的海拔，使它成为中国的一条重要界山：它既是我国第一级与第二级阶梯的边界，也是季风区和非季风区的分野；既是半干旱区向干旱区的过渡，也是陇中高原和河西走廊的缓冲。

这些自然地理特性，决定了它在人文地理上的重要。它既是兰州的门户，也是河西走廊第一险关。当张骞手持符节，向着茫茫西域寻找大月氏时，乌鞘岭是他离开长安后翻越的第一座险峻大山。这里也曾是匈奴的游牧之地，直到河西四郡设置以后，这里才成为汉家的草场。这种有着两千多年历史的畜牧，至今还能找到当年的影子：乌鞘岭所在的天祝县，水草丰茂，仍是甘肃主要牧区之一。这里出产的岔口驿马，以善走对侧快步而闻名，骑乘时步伐平稳轻快。这里还是全球白牦牛的唯一产地。

在乌鞘岭，至今还能看到汉长城。这是霍去病当年出陇西收复河西后，修筑了一段从令居（今永登县西北）以西，经庄浪河谷跨越乌鞘岭的长城。他希望把长城与乌鞘岭融为一体，形成一个牢不可破的边防要塞。两千多年的风霜雪雨之后，这些夯土板筑的长城大多倒塌，只能辨识出依稀的痕迹，而山岭上偶尔能找到的馒头状土石堆，那便是霍去病所筑的沿长城分布的烽墩。

在与漫长时光的对抗中，这些曾经抵挡过匈奴铁骑潮水般进攻的烽墩已经败下阵来。唯有时光有着所向披靡的穿透力。

八卦营古城。民乐地处祁连山北麓，河西走廊中段。在该县下辖的永固乡东南，有一座被称为紫营台的古城遗址。这是一片荒草丛生的河滩，抬眼望去，四周群山连绵：西南是海拔在五千米以上的祁连山，东北是匈奴视为家园象征的焉支山。

这就是八卦营古城。古城呈内、外两城结构。通过残存的高达四米的夯土城垣和分别宽八米和十米的内外两重护城河，还可以看出它当年雄镇一方的气势。

据考证，八卦城的营造者是匈奴，时间是西汉之前。汉武帝年间，霍去病大破匈奴时占据此地。从此，这座匈奴重镇成为汉朝手里的一枚重要棋子。

八卦城附近，古墓密集，这些古墓和古建筑遗址中，出土了大量陶器、兵器、青铜器和钱币。以钱币而言，包括了从汉半两到武帝五铢、新莽刀直到魏晋五铢的诸多各代货币，时间跨度达五百余年。这从另一个侧面证明，这座建于西汉早期的城池，在被霍去病夺取之后，一直作为河西走廊的重要节点，从西汉到东汉到魏晋，始终掌握在中原王朝手里。正是掌握了一大批这样的雄关和古城，河西走廊才有了它的平安与繁华，丝绸之路才马铃清脆，人去人往。

清水堡。狭长的河西走廊到了酒泉后，地界变得宽广。不过，河西走廊最狭窄的地方，也在酒泉境内。这里南面是扑面而来的祁连山，北边是浩瀚的巴丹吉林沙漠，二者之间，是一座两千年历史的古镇，那就是清水堡。

因为地处河西走廊咽喉要地，清水堡自古以来战略地位就十分重要。在汉武帝发动对匈奴的凶狠逆袭之前，这一咽喉要地为匈奴占据。就像从匈奴手中夺取了八卦城一样，霍去病也从匈奴手中夺取了清水堡。

西汉政府为了河西走廊的长治久安，在一些要地和绿洲实施了驻兵屯田，清水堡即其中之一。如今的清水堡十年九旱，是一片贫瘠的荒漠地带，和清水完全不沾边。但是，清水这个名字却表明，这里曾经有着长流的清泉。史料记载，古代的清水堡一带，祁连山麓到处是高大的苍松翠柏，林间是奔流不息的泉水，泉水汇成淙淙小河流到山下，山下便成了宜农宜牧的绿洲。但是，因为战乱，因为乱砍滥伐，松柏消失殆尽。清泉不再，小河干涸，清水堡成为一个望梅止渴的名字。

不过，尽管清流不再，尽管荒漠近在咫尺，但因为它是进出河西走廊的必经之地，明代千户府、清代守备府、民国乡公所和今天的镇政府都设在这里，兰新铁路和312国道也穿境而过。

十多年前，考古学家在清水堡发掘了一座面积达五十万平方米的四坝文化大型聚落遗址。所谓四坝文化，它是河西走廊最重要的一支含有大量彩陶的青铜文化，距今约三千九百年到三千四百年，相当于中原地区的夏商之际。也就是说，早在西汉雄师与匈奴铁骑在这里浴血交锋之前一千多年，就已经有另一群人在这里构建他们的文明，经营他们的生活了。天地原是一座布置精妙的舞台，不同时间上场的人类是这座舞台上形形色色的演员。黄昏的河西走廊大风四起，暮色如笼。当我凝视着那些沉默的卫青与霍去病的残垣断壁时，时间，已经在不知不觉中走过了二十多个世纪。

聂作平

1969年10月生于四川富顺，现居成都。中国作家协会会员，《精英荟》总策划。已出版著作30余部，主要有长篇小说《自由落体》《长大不成人》；随笔《历史的B面》《历史的耻部》《1644：帝国的疼痛》《画布上的声音》《天朝1793—1901》《皇帝不可爱，国家怎么办》《一路钟情》，诗集《灵魂的钥匙》等；主编有《中国第四代诗人诗选》。

文人的书桌该摆在哪里

——从陈子昂解读中国文人的命运纠结

◎王龙

一

野旷天低，乱云飞渡；残阳西坠，秋风瑟瑟。

剑戟森森的军帐外旌旗如云，遮天蔽日，漫天黄沙夹杂着边地沉雷般的战鼓隆隆掠过苍茫暮色。铁骑嘶鸣，凄清哀婉的胡笳如泣如诉，袅袅飘荡于随风起伏的烽火狼烟……

黄昏鼓角里，秋水长天下，幽州台（今北京市大兴区境内蓟北楼）上传来一个慷慨悲凉的歌吟之声：

前不见古人，
后不见来者，
念天地之悠悠，
独怆然而涕下……

武则天通天元年（公元696年），一位衣冠似雪的青年男子登上幽州台（今北京大兴），慷慨悲凉地吟唱出这首苍茫奔放的千古佳作。一曲既罢，山河肃立，他仰首问天，热泪横流。

多少年来，我无数次想象这位伟大的前辈乡贤陈子昂写下这首悲怆中激荡豪情的名篇时，究竟是怎样的一番心境？人生到底要经历怎样的波澜壮阔、沧桑涉世，才能有这一番天地玄黄、宇宙洪荒般的悲欣感慨？我甚至无法想象，在我的家乡四川射洪那样一个偏远的丘陵小县，能诞生这样一位顶天立地的伟男子。他仰问苍穹的寥寥数语，便唱出了历代志士仁人壮志难酬的忧愤孤独，知遇难逢的旷代隐忍，时不我待的焦灼苦楚……

面对这位一千多年前曾叱咤文坛、蜚声四海的“一代文宗”，面对这位两度从军、勒马雄关的热血雄才，我始终执着于一个疑问：若以立功、立德、立言的标准而论，陈子昂固为一代翘楚，然则通观古今，像他这样“上马击狂胡、下马草军书”的文武全才，历史上并不鲜见，何以唯独陈子昂独能赢得生前身后的千秋盛名，以至于今天的射洪人提起陈子昂，可以那么骄傲地说出一句“千山景色此间有，万古书台别地无”？

千百年来，王旗变幻，战乱频仍，历史的天空总是迷漫着浓浓的烽火硝烟。一部博大浩渺的中华文明史，战争的马蹄响彻始终。这让多少中国文人梦想着仗剑倚笔，建功封侯，实现那荡气回肠的“千古文人英雄梦”。而多少血色人生的大幕，又正是在这辉煌的理想与荒唐的壮丽中悄然拉开。

陈子昂，这位初唐杰出的诗人和政治家，就是一个极具代表性的缩影似人物。他不仅以豪迈俊逸、悲壮慷慨的艺术风格掀起一场雷霆万钧的诗歌革命，如精钢之剑，寒光闪烁，一扫六朝颓风，开风气之先，更以忠、义、豪、侠的人格精神，将一场“季子正年少，匹马黑貂裘”的英雄梦想演绎得荡气回肠、山河增色。他经历曲折多变，思想错综复杂，终其一生都是在奋身报国的豪情与壮志难伸的苦旅中漫漫求索。在繁星满天浩茫无际的唐代文学广宇中，沿着陈子昂坎坷的心路历程摸索前行，你就走近了唐朝那个诗歌鼎盛的浪漫国度，走近了那个“菊花古剑和酒”的巨星荟萃的群体，走近了中国文人们悲天悯人博大情怀，与忘身报国的艰难跋涉……

二

金华山读书台，是陈子昂幡然自省的转折点，也是他人生命运的出发地。

陈子昂，字伯玉，梓州射洪（今四川射洪）人。他出生于庶族地主家庭，其祖辈既习儒业，又兼采诸家杂说；既好慷慨任侠，又喜学道求仙。西汉陈平就是陈子昂的二十八代世祖。楚汉交争时，陈平辅佐汉高祖刘邦，六出奇计，拜相封侯，这种由布衣直取卿相的道路，养成了陈氏家族不甘寂寞、待时而动、建功立业的传统，更是陈子昂积极用世精神的重要来源。其父元敬，年二十即以豪侠重义闻名乡里，某年大饥，曾“一朝散万钟之粟而不求报，于是远近归之，若龟鱼之赴渊”。这种宽宏博爱的家风给子昂以深刻的影响，也为他后来传奇的一生埋下了伏笔。

世为豪族，家境殷实，少年时代的子昂“驰侠使气，年十七八未知书”，意气用事，狂放不羁。有一次他和一帮游手好闲的小兄弟到当地县学游玩，耳闻目睹莘莘学子寒窗苦读，穷经皓首，而自己却枉负青春，放任自流，顿时羞愧难当，感悟良深。遂慨然立志，谢绝门客发愤求学。“自在不成人，成人不自在”，他天资聪敏，奇杰过人，数年之内便遍读百书，学业精进。

今天已经无法考证这个“神话叙事”的真实性，但纵观陈子昂一生，他确实绝非那种只知读死书、求功名的迂儒——不鸣则已，一鸣惊人的激情壮志，贯串了他的前半生。少年子昂心雄万夫，胸怀浩宇，立定了经天纬地，兼济众生的志向。先祖陈平建功立业的秘诀，是出奇制胜的纵横之术。陈子昂决意继承发扬陈家的这一家学渊源，于是刻苦研究王霸大略、经世之学。他广泛涉猎经史百家，考察历代兴亡之根本，研习安邦治国之良术。诚如其后来在《谏政理书》中所言："少好三皇五帝霸王之经，历观丘坟，旁览代史，原其政理，察其兴亡。"

然而尽管"少好纵横术，游楚复游燕"，但要跻身仕途，还必须从头开始，走科举之途。可仕途多舛，命运莫测。二十一岁那年，意气风发的子昂毅然离乡背井，远游他乡，入长安太学深造。第二年陈子昂踌躇满志，马不停蹄地赴东都洛阳，参试进士，却意外地以落第告终。反而是那些诗文不及他，但有门路的人，进士及第，春风得意。初试锋芒，即遭科场失意，这对一心要翱翔九天的子昂，自然是一个不小的打击。少年初识愁滋味，寒星寥落的夜晚，他倍感冷寂，发出了"今成转蓬去，叹息复何言"的感伤。

一盆冷水，浇得陈子昂清醒了不少。他意识到，想跃龙门的人太多了，若想出人头地，光有实力不行，还需要技巧，引起社会关注才行。可是，在洛阳举目无亲，这可怎么办呢？

一日，他在城中闲逛，忽见路边围着一群人。挤进去一看，原来是个卖胡琴的。那把胡琴样子一般，价格却高得离谱，竟要一百万钱！围观者中达官贵人不少，但都被这个价格惊得直咂舌：乖乖，这是什么琴呀？卖这么多钱？

看着众人的神情，陈子昂灵机一动，当即挤上前去，对卖琴的说，我出一百万钱，买下你这把琴！众人大惊，忙问他为何肯出如此高价。陈子昂说，我懂琴识琴，这把胡琴与众不同，能演奏出仙乐一样的曲子。如若不信，咱们约定一个地方，明日到我那里演奏，让大家瞧瞧。

一百万买胡琴，自然惊世骇俗，轰动京师。第二天，陈子昂的住宅里，人头攒动，名流云集，都想听听价值一百万的胡琴究竟能奏出什么仙乐来。正当众人翘首以待时，陈子昂腾地站起，举起那把琴，语调激愤地说：我陈子昂自蜀入东都，携诗文百轴，四处求告，竟无人赏识！这种乐器乃低贱乐工所用，吾辈岂能弹之？！说罢，奋力一掷，那把千金之琴，顿时粉身碎骨。

众人目瞪口呆，未及回神，陈子昂早已拿出诗文，分赠给大家。人们惊骇之下，仔细阅读他的诗文，觉得余香满口，高格独标，大气逼人，文采四溢，“雅有子云、相如之风”，其文被人四处传抄，街头巷尾诵读不息，甚至被人辗转抄就，远售他方。当时就有幽人王适见而惊呼：“此子必为文宗矣！”

放到现在，陈子昂这招“千金碎琴”，完全可以记入吉尼斯世界纪录“最成功的文化广告”。仅就其推介创意而言，其气魄与其诗不相上下，堪称妙笔。关于炒作，古而有之。何满子曾将其分为自炒、互炒、他炒。如战国有毛遂自荐的自炒，东汉大批名士“激扬生名，互相提拂”的互炒，宋有欧阳修炒苏轼的“当避此一人，放出一头地”的他炒。但“策划”之外，更重要的是实力。陈子昂后来成为唐朝诗歌革新运动的启蒙者，灿若星辰的唐诗开路先锋，如果他没有妙手文章，仅凭炒作热闹，转眼之间就会烟消云散。君不见多少当代“网红”虽靠名声丢人、靠名气混世，最后还不是昙花一现，转瞬成空？

言归正传。两年后（684年），子昂再度出山，果然射策高第，一举成名，从此开始了他刚直果敢、为民请命的宦途生涯。“明月隐高树，长河没晓天。悠悠洛阳道，此会在何年？”在他这年写下的《春夜别友人》一诗里，可以看到年方二十六岁的陈子昂告别家乡，奔赴东都洛阳时，射洪的友人们在一个温馨的夜晚设宴欢送他的情形。陈子昂向来以诗风峥嵘、苍劲有力著称，但此诗结尾四句却不由兴起不知何年何月再能相聚之感，流露出前途莫测的隐隐哀愁。

陈子昂赴任后，其时适逢高宗崩于洛阳，大臣们为送不送皇帝的灵柩回长安而争论不休。子昂上《谏灵驾入京书》，认为洛阳西去长安，路途遥远，扶柩回京，劳民伤财，与其大费周折送先帝灵柩回长安，不如就近葬于洛阳。

当时已由武则天主政，她看了后大加赞扬，欣赏备至，立即召其问政。当谈及王霸大业、君臣关系时，子昂语声慷慨，从容应答，见解独到，入木三分，说到了武后的心坎上。她赞扬道："梓州人陈子昂，地籍英灵，文称伟煜。"不久任命他为麟台（即秘书省）正字。这麟台正字，相当于现在的中央秘书局官员，专管国家机密文件。官虽不大，却有机会接近国家首脑，升迁的概率很高。

"朝为田舍郎，暮登天子堂"，这是多少读书人梦寐以求的人生理想。唯有陈子昂幸运地中此"头彩"，千载以来多少中国文人都梦想仗剑倚笔，建功封侯。唯有陈子昂年纪轻轻就早早地获得了这样难得的平台和机会。他二十四岁便高中进士，武则天三次召见他"廷问政要"，陈子昂也极受鼓舞，把武则天看作"非常之主"，准备一展其才，进"非常之策"。

当是时也，陈子昂可谓春风得意，壮志飞扬，认为实现自己大济苍生的宏伟理想指日可待，对匡君治国、拜将封侯满怀信心。他暗下决心，若不遂愿，宁愿弃官归隐，绝不随世俗沉浮——

"不然拂衣去，归从海上鸥。宁随当代子，倾侧且沉浮！"

然而没有想到，这既是一个顶天立地的文人铁骨铮铮的入世宣言，也成为他后来孤愤隐退的不幸谶语。眼看仕途就将进入快车道，陈子昂却偏偏驶入了三岔口。他不顾自己的锦绣前程，上书论政"言多切直"，对当时种种苛政弊端毫不留情地批判直陈，每每直触龙鳞，颇令武后不快：在诬陷横行，偶语弃市的恐怖年代，陈子昂言天下之不敢言，谏阻批评武则天的特务统治；在举国狂热的佞佛浪潮中，陈子昂尖锐抨击武则天的佞佛奢侈；武则天于如意元年（692年）“禁天下屠杀及捕鱼虾”，换取不杀生的美名，以致江淮旱饥民众“饿死者甚众”，陈子昂无比愤怒地谴责武则天的这种虚伪举动是“矜智道愈昏”！

这一时期，他怀着“太平之化”的愿望，屡次上疏，就当时的政治、经济、军事等问题提出了一系列深刻鲜明的主张。从他的许多政论奏疏中，我们可以看到他洞察国家安危的远见，关怀人民疾苦的热情。他痛陈时弊，直言利害，大声呼吁关心民间疾苦，坚决反对无名征伐；严词抨击滥用酷刑，竭力主张任用贤能……这对当时缓和各种矛盾，使国家长治久安，都不失为切实可行的良策。

陈子昂的政治胆略和远见，历来为后人所称道。司马光曾称赞他的谏书“辞婉意切，其论甚美”，王夫之《读通鉴论》认为陈子昂“非但文士之选”，而且是“大臣”之材。连号称“千古一帝”的康熙皇帝读了他的奏疏，也不禁盛赞其“良有远识”“洞达人情，可谓经国之言”。

陈子昂恪尽职守，不仅忠于“秘书”职责，还不断地挑武后的毛病，不停地给她提意见。他觉得武后既然能提拔自己当官，证明她是个有眼力、有气度的人，挑挑她的毛病不打紧。一开始，武后还是很赏识陈子昂的。对于他的建议，她即便不采纳，也要从言语上安慰两句，以示鼓励。对此，陈子昂十分感激。在内心里，他把武后当成知音，希冀依靠她来施展自己的宏图大愿。690年，武后在洛阳应天门举行大典，改国号为“周”，摇身成为则天女皇。为此，陈子昂还专门写了《大周受命颂表》，对武则天歌功颂德，以表支持。武则天龙颜大悦。

但生性耿直陈子昂，却没有注意到武后脸色的变化。他对武则天统治集团的种种苛政弊端毫不留情地予以揭露批判，武则天渐渐不高兴了，对于陈子昂呕心沥血写就的奏疏，往往只是冷淡地“奏闻辄罢”，对他本人更是日益疏远。陈子昂居官十四载，“同游英俊人，多秉辅佐权”，而他最后只当了个右拾遗，官卑职小，人微言轻，自我价值和社会价值都无从实现，终生“居职不乐”。

书生陈子昂当然看不出来，武则天坐上龙椅之后，性情大变。“龙心”难测，她信用酷吏，滥杀无辜，激起了民众的强烈不满。陈子昂既不忍民众受疾苦，更不忍“知音”陷入迷途，他几次三番上书直谏，武则天却总是一脸愠色，置之不理。一次，武则天计划开凿蜀山，借道攻击生羌族，陈子昂又上书反对。在《上蜀川安危事》的奏疏中，他对诸羌的进犯感到忧虑，对蜀川人民“失业”“逃亡”深表同情。武则天这回真生气了，下了道圣旨，罢免了陈子昂的官职。丢了官的陈子昂仍不消停，还是一有机会就给武则天写信，针砭时弊。不料忠而见疑，他居然受谗被诬“坐逆党陷狱”。

陈子昂的悲剧是千古文人共同的悲剧。他们年轻时风华正茂，满腹诗书，一腔抱负，如同剑在匣中，待时而出。他们胸中洋溢着一股生命的激情，希望佐明君，匡江山，扶社稷，建不朽之功业，留万古之盛名。你只要看看几十年后李太白写下的诗句就会明白：仰天大笑出门去，我辈岂是蓬蒿人。多狂啊！这一年太白已是四十多岁了，他以为腾飞的时日终于到来，不禁欣喜若狂，其实唐玄宗早就给他定了位：“翰林待诏”——御用文人。李太白还算幸运，当他像孙悟空最终明白玉皇大帝封的“弼马温”是什么玩意儿后，立即拂袖而去，悠游四海，不侍候不识货的皇帝老倌了。而陈子昂就没这个好命了，他的一支笔虽然可以扫尽六朝的颓靡之风，但在武氏王朝的棋盘上，他仍然只不过是一颗无足轻重的棋子而已。

在狱中，陈子昂开始认真“面壁思过”，反思自己的“错误”。但想来想去，仍想不明白，自己满腔赤诚，怎会被认作谋逆？最后，他弄清楚了一个道理：这世上根本没有什么所谓的知音，武后也从来没有把我当成一回事，我陈子昂是孤独的，也是可悲的。这个唐朝诗人，生在中国古代最繁华的朝代，身边却一片荒芜，没有知音；花儿不曾开，幸福不曾来，一手遮天的武则天，消受不起他的忠言直谏，使他的一腔报国志，化为一江东流水；真正能够理解他的人，不是死得太早，就是生得太迟，他的生命与才华，眼睁睁地与那个时代失之交臂！

孤独的陈子昂，无奈的陈子昂。

历经一年折磨才真相大白，陈子昂被释出狱，官复原职。此时，尽管他一再遇挫，“私有挂冠之意”，但此人毕竟是书生，“感时思报国，拔剑起蒿莱”的赤子之心丝毫未减。他在《谢免罪表》中激昂大义、豪气冲天地写道：“臣请来身塞上，奋兵贼庭，效一卒之力，答再生之赐。”

自出仕以来，子昂生活几遇不幸，前途一片渺茫，内心的苦闷与惶惑纵有千言，更与何人说？但一念及外患边仇，他仍情不自禁地拍案而起，恨不能即刻横刀立马，系虏邀功——在中国历史上，这样的文人身影多么熟悉？

这绝非子昂一时书生意气，心血来潮的诳语。696年，契丹在营州发动叛乱，一路攻城陷地，焚杀掳掠，直逼幽州。建安郡王武攸宜率军东征。其时朝廷大员多在军中，陈子昂奉命随军参谋。军队里的大官都是武则天家族的人，无才无德，屡吃败仗。那武攸宜根本不懂打仗，实属庸才一个。在他的指挥下，周军屡战屡败。前军王孝杰等相继败亡，全军震恐。在这安危成败的紧要关头，陈子昂急得头发都白了，数次劝武攸宜改变作战方案，真切实际地提出一系列整饬军威、严肃军纪的建议，以利再战。言辞恳切，感人肺腑，其忠其诚，天犹可鉴。

然而武攸宜向来只重视武力，轻视书生，对子昂的建议无动于衷，一笑了之。子昂尽管体弱多病，但报国情切，兼之想到自己身为近侍官，参与军机出谋划策，岂能苟图生死敷衍应付？于是不顾武攸宜反感，又多次提出建议，一次比一次峻切。最后，子昂奋勇挺身而出，以一介书生之弱躯，自请带领万人为前驱，组成一支“敢死队”，冲锋陷阵，以破顽敌！不料刚愎自用的武攸宜顿时恼羞成怒，认为陈子昂这是看不起他，一怒之下将他贬为军曹，只兼管文书而已。

早年的子昂曾在《送魏大从军》中豪情万丈地尽抒胸臆：“勿使燕然上，惟留汉将功！”而如今遍尝磨难，屡经风霜，纵有以身殉国之志，却无报国赴死之门！个中辛酸，谁人知晓？追古抚今，想到知能善任的燕昭王重用乐毅，而自己满腔热忱却屡遭贬斥，天苍苍，地茫茫，当陈子昂登临幽州台那一刻，心中久久被压抑的情感汹涌而出。俯仰今古，瞻望未来，一种生不逢时、理想无法实现的痛苦和悲哀，奔溢胸外，泪湿衣襟。面对着无边无际的苍天、空旷无际的四野，他喊出心中抱负难施的寂寞、难酬壮志的怨怼——

“前不见古人，后不见来者。念天地之悠悠，独怆然而涕下！”

综观古往今来，放眼历史长河，没有人不切身感到天地之悠远，人生之短促。这是悠悠沧桑、时空流转的人生悲叹，这是永恒千古的洪钟巨音、怆泪绝响！这呐喊，激愤中渗出万端悲哀无奈；这呐喊，风雅中透出一腔热血豪情。陈子昂从悲怆的歌吟一路走来，眉宇间依然蕴蓄着一股积极奋发欲有所为的豪气，才使千古以来读过此诗的人怦然心动。

怀着满腔壮志未酬的幽愤，子昂终于做出了最后抉择。万岁通天二年七月，军罢还朝，正值壮年的他以父老当侍为由，去官返里，寂然归隐，栖居故乡，“于射洪西山构茅宇数十间，种树采药以为养”。天子怜其才，仍以右拾遗之职供俸。朝廷批准他带薪休假。实际上子昂家累巨万，并不少这几块钱俸禄。但是这对子昂来说，也是一种安慰吧。回乡后他深痛史籍繁杂，准备着手将汉唐以来的历史写成《后史记》，刚刚拟定纲目，其父病故。子昂事亲至孝，悲哀号泣不绝，瘦损如柴。

这个时候，子昂的子侄辈已把家里的生意做得更大了。根据唐诗研究专家的说法，李太白家也是个经商大户。在长江沿岸均设有太白家的商号或货栈。正是凭借如此雄厚的实力，李太白才实现了“五岳寻仙不辞远，一生好入名山游”的理想。陈子昂家的情况，与此也是差不多的。当时的射洪县令段简，听说陈家如此富有，不免垂涎三尺。人无歪财不富，马无夜草不肥。县令段简抓住了陈子昂的小辫子，不断施加压力，勒索财富。

无可奈何情况下，陈家人给段县令送了二十万缗。一缗就是一千文铜钱。二十万缗合算成人民币估计在一千万元左右。如此大的贿赂，县令段简犹嫌不足，还是把子昂捕送狱中。入狱之前，子昂给自己占了一卦，卦成，子昂惊道：“老天不佑，我命绝矣！”子昂本就孱弱多病，忧惧过度，以至于拄杖难行。久视元年（700年），子昂终于忧愤而卒，享年仅四十二岁。一代文星，竟然因财见杀，不得善终，连死也有“前不见古人，后不见来者”的味道。

一颗光耀华夏的巨星，就这样匆匆划过初唐的天空，含冤陨落了。陈子昂生前那么心雄万夫，超然尘俗，不料却死得这么不明不白，窝囊可怜，真是令人讽刺心酸的千古悲剧！

三

从千翠含芳、万树吐绿的射洪城北金华山拾级而上，去瞻仰陈子昂古读书台，云影当空、清风扫地的山门外，一副联语赫然入目：“亭台不落匡山后，杖策曾经工部来。”在我们家乡射洪，这可以说是一副妇孺皆知、脱口成诵的对联。这是指杜甫当年流寓东川时，不顾年迈体衰，专程赴射洪探访这位他深怀敬仰的文坛先驱的故地，并作诗数首。其中《陈拾遗故宅》称颂子昂：“有才继骚雅，哲匠不比肩。公生扬马后，名与日月悬……”（金华山杜甫手书《野望》《冬到金华山观得陈公学堂遗址》二诗题刻，还是唯一至今留存于世的杜甫手迹，具有极高的文物价值）。杜甫盛赞这位世交前辈的傲世文才，倾慕他的无私品行，并为他的含冤殒命痛感伤悼。

步入陈子昂生平资料陈列馆，自唐至清历代著名诗人和评论家对他的充分肯定及高度评价历历在目：李白称子昂为“麟凤”；韩愈说“国朝盛文章，子昂始高蹈”；朱熹云“余读陈子昂诗，爱其旨幽邃，音节豪宕，非当世词人所及”……子昂诗作仅存一百二十多首，却被誉为“唐之诗祖”。他对唐代文学的革新发展，产生了深远影响，做出了重要贡献，在唐代以至整个中国古代文学史上都占有相当突出的地位。人们对他在唐诗发展上的功绩无不高肯定。

继“初唐四杰”之后，陈子昂第一个高高扛起了诗界革命的大旗。陈子昂著名的《修竹篇序》在唐诗发展史上，像一篇宣言，标志着唐代诗风的革新和转变。他公开反对“采丽竞繁”的六朝诗风，明确主张“汉魏风骨”为正始之音。他的诗昂扬激越、质朴雄浑，完全改变了齐梁以来的绮艳诗风，对端正当时的诗歌发展方向起了重大作用，为盛唐诗歌的繁荣做了准备。后世流芳千古的李、杜，均从子昂的振臂一呼初开先河中受到了广泛而直接的影响。

子昂的诗风格多样：有的寄兴幽婉，有的述情慷慨，有的雄浑沉郁，有的悲壮苍凉；他继承建安风骨，不屑雕琢，其作遒劲刚健，题材广泛：或直接讽刺时政，感慨悲怀；或渴望挺身急难，为国安边；或抒发壮志不酬的愤激，或寄寓生不逢时的悲哀……在他的代表作之一《感遇》诗三十八首里，你可以充分领略他献身报国的激情和遭遇挫折的忧愤，仿佛看到他尽情地展开天才的想象翅膀，一会儿乘着骏马纵情奔驰于广袤无垠的原野，一会儿变成雄鹰展翅高翔于幽远的苍穹，一会儿化作疾风迫近岱岳的巅峰……千百年后，扑面而来的精魂傲气中，你依然可以如此清晰地感受到一个佼佼不群、卓然屹立、才情奔放、雄视华夏的陈子昂！

尤其是陈子昂沧海横流力透纸背的《登幽州台歌》（即篇首所述）更是独撑万代风骚。据他的挚友卢藏用所作《陈氏别传》说，子昂赋《蓟丘览古》七首后，“乃泫然流涕而歌”。诗中子昂把剑空叹息，幽寂登古城，眺望苍茫寥廓的宇宙，回想眼前这片辽阔土地古往今来的万年沧桑，念及自己命运多舛，半生坎坷，不禁悲从中来，不可抑止——“前不见古人，后不见来者……”这屈指可数的二十二字短歌，用长短不齐的句法，苍劲奔放的语言，抑扬变化的音节，慷慨悲凉的调子，充溢着诗人缅怀前贤、吊古伤今的激情；交织满天地无穷、人生无常的慨叹；爆发出志不获骋、报国无门的悲凉……多少年来，不知引起多少怀才不遇的志士仁人扼腕长叹、由衷共鸣！清人黄周星说：“此二十二字，真可以泣鬼神。”

汉语言的精深传神，在子昂的一声长嘘中淋漓尽致！

四

我最敬仰的还是子昂光照千秋的伟大人格。

唐帝国是在隋末农民起义的基础上建立的。它的统治者由于亲眼看到了农民起义的巨大威力，深受震撼。他们认识到水能“载”舟也能“覆”舟的道理后，吸取隋朝二世亡国的教训，制定了一系列缓和阶级矛盾、恢复发展生产的有力措施，使得唐朝在经济繁荣与社会稳定的良性循环中迅速强大起来。在武则天当政的初唐盛世，陈子昂步入仕途，应该说在当时还算是“生正逢时”的。

子昂二十一岁即从一个名不见经传的川北小县杀出，凭着满腹才情，“历抵群公”，名噪京华；二十五岁即得最高统治者武则天赏识，封官从仕，斯为幸矣——后世李白二十六岁“仗剑去国，辞亲远游”，直到四十二岁（743年）那年才有幸谒见乐于奖掖后人的荆州刺史韩朝宗，以求“收名定价”“扬眉吐气”“激昂青云”，结果仍是一官半职也没捞到，无功而返；至于“举家食粥常赊酒”，一辈子靠“蹭”朋友的饭过活，瑟缩在破茅屋中大骂“朱门酒肉臭”的杜甫，与当时年纪轻轻就处于“二梯队”的子昂就更不可同日而语了：很简单，杜甫后来献给玄宗“三大礼赋”（《朝献太清宫赋》《朝享太庙赋》《有事南郊赋》），也只是为了混一顿饱饭而已，纵如此这也成为老杜一生津津乐道的骄傲。

另外，子昂还适逢另一种难得机遇：当时唐初诸帝因天下方定，日显太平，对文学事业本身相当重视。至武后时，引入禁殿的文士儒臣、宫廷诗人之众，更是盛况空前；武后甚至还多次亲自操刀，“发表作品”（事实上她多数诗文都出自其文学侍从元万顷等辈之手。不过其如此好尚文学，实属难能）。其时天子稍有兴致，便要赋诗宴乐。大批文人无不趋之若鹜，尽兴陪欢，以附庸风雅、虚饰太平，并纷纷因此受尽恩宠，加官晋爵。

此种雅风之盛，对于才华横溢下笔如神，早得武后赏识的子昂，真可谓是千载难逢的歌功颂德的邀宠良机啊！

然而此时他壮怀激烈，雄视天下，“慨然抚长剑，济世岂邀名”，毫不犹豫地选择了另一条道路：远离争名夺利、蝇营狗苟，一心匡政治国、犯颜直谏！读书人的知音，只能是读书人。可环顾左右，无非是如沈佺期、宋之问一般的庸俗之人，他们只会阿谀奉承，应制作诗。他们写的那些所谓的诗，他陈子昂根本就不屑一看。

令人不解的是，自古至今，人们对陈子昂在唐代文学史上的崇高地位多无异议，至于论及陈子昂与武周政权之关系，则褒贬不一，大相径庭。《新唐书》首先对陈子昂的人格提出质疑，清代王士祯则指斥子昂“真无忌惮之小人”，甚至认为子昂之死罪有应得。综合起来，主要是说“子昂之忠义，忠义于武氏者也，其为唐之小人无疑也”（《养一斋诗话》卷一）。另一派坚持为陈子昂平反，说陈子昂之“谏说武后”

实“为唐室谋深”，竭力证明陈子昂是“忠唐”派，其心如同狄仁杰一样。清人王夫之还一方面尽力搜罗陈子昂“反武”事迹，另一方面说“武氏虽怀滔天之恶，抑何尝不可秉正以抑其妄”，为陈子昂开脱。他的好友卢藏用评价他说：“道丧五百岁而得陈君”。

其实论争的双方都陷于中国几千年来斩不断、理还乱的“家国情结”，以封建正统观为标准，用道德激情批判陈子昂去效忠“谋逆篡位”的武则天。武则天是否“明主”，子昂是否“愚忠”？其实早有公论。就是与陈子昂同时代的人如卢藏用，盛唐人如杜甫、李白，中晚唐人如韩愈、白居易、皮日休、陆龟蒙等等，也没有认为陈子昂是唐室的叛臣和小人。所谓的“忠君”思想是随着宋儒理学的兴起才被强调的，宋元明清的儒生以己之观念加于子昂身上，自然得不出准确中肯的结论了。再说，陈子昂当时觉得武后系千载难遇之明主，“非常之主”，值得效忠，武后对他也有知遇之恩，也应该他效忠。这有什么不对？

不可否认，初登龙门的子昂，开始时也是怀有浓厚的功名思想的。他所上一连串谏书包含有博取信赏、以期封侯的成分（作为一个封建文人，这本身似也无可厚非）。但在后来屡遭冷遇、诬陷甚至迫害的情况下，他依然三思方举步、百折不回头，为民请命，直犯“龙颜”，这在党羽遍布、大兴冤狱、鼓励告密、宠任酷吏，以铁血集权方式维护自己统治的则天时代，需要多么巨大的勇气和人格力量啊！

事实上，他的两度入狱，几遭排斥，不被重用，与他这种屡屡“犯上”，再三直谏则天弊政是密切相关的——《新唐书·陈子昂传》就对此做出了确证。但这个“不识时务”的家伙哪怕是受尽了黑牢之苦，好不容易才重见天日后，还是管不住自己那张“祸从口出”的嘴：居然敢在统率千军并深得则天女皇宠信的武攸宜面前，一而再再而三地指手画脚。面对前军的失败，作为一个小小的参谋，他却心急如焚，恨不得以头抢地，拼死进谏。直到被贬为军曹小官，一边歇了，再也没有发言权才无奈罢休。

中国古代固然不乏“头触龙庭”，冒死直谏的官儿，可说到底又有几个皇帝老倌有闲心听你瞎扯，不认为“朕即真理”？又有几个拿命去摸“老虎屁股”的老夫子，不落得个以忠谏为借，“哗众取宠，广结朋党，联名上书，欺君罔上”的不赦之罪？最终不但头上的官帽没了，连戴官帽的头也没了！何况以子昂初入仕途的春风得意，以他闻名遐迩的满腹文章和运筹帷幄的雄才大略，这样极有培养前途的“青年干部”步步高升，青云直上，乃应有之义，何须杞人忧天、屡犯“天威”？

但这个一根肠子通到底的书呆子，被武则天几句微笑（老夫子，你没见那是皮笑肉不笑哪！）表扬就搞得不知斤两了：一会儿让《谏政理书》，呼吁关心民间疾苦，反对横征暴敛（身着罗绮的女皇背后肯定会说难道你叫老娘自个儿去养蚕？）；一会儿上《申宗人冤狱书》，为孤囚怨犯申冤鸣屈，劝武后不要滥杀无辜（一怒百威的女皇难保不咬牙切齿：要是我用口水去教化那些头长反骨的人，不等张嘴，他们的剑就刺进了我的胸膛！）；最讨厌的是这个多嘴的家伙居然敢上《请措刑科》《答制问事》，差点儿指着武后的鼻子说什么用刑过滥，“非太平安人之务”；用人上“若外有信贤之名，而内实有疑贤之心，臣窃谓神皇虽日得百贤，终是无益”（女皇此时肯定会和蔼地哈哈大笑，都能用你这种狗肚子里装不下二两芝麻油的憨货，我这龙床就不愁睡不安稳啦——十个奴才，都比一个雄才少让人闹心哟！）。

但我还是深爱这位老乡一千多年前就有的这种“瓜”。

大道无术，大象无形，是一个真正大写的人，一个苍生挚爱的人，才能具备他这种“瓜”——即使他“瓜”到后来只知一个人可怜兮兮地跑到幽州城外那个高台上去悄悄抹眼泪……

悲哉，子昂！

壮哉，子昂！

五

一旦烽火四起，边地告急，中国文人们比谁都热血汹涌，激情澎湃，一个个摩拳擦掌，牙齿咬得咯咯响，人人瞪绿眼睛叫道饿了要吃胡虏肉，渴了就喝匈奴血！

——“离魂莫惆怅，看取宝刀雄！”

——“宁为百夫长，胜作一书生！”

——“黄沙百战穿金甲，不破楼兰誓不还！”

——“孰知不向边庭苦，纵死犹闻侠骨香！”

……

由不得人不豪情如海。

但都是说说而已。

“秀才造反，三年不成”，谁指望握毛笔的手去扛大刀呢？就是牛皮“当年万里觅封侯，匹马戍梁州”的陆游，也只落得个“胡未灭，鬓先秋，泪空流”“壮岁旌旗拥万夫”的辛弃疾够厉害了吧，敢以五十之众，闯进十面埋伏的金营生擒张安国，并带回万余人马投归南宋——结果呢？只想找个小女子，帮他擦眼泪。最后连“万字平戎策”，也拿去“换得东家种树书”了。惨。

所以还是李白们聪明。战火初燃，他们一样铁血汹涌。但一当年光过尽，功名未立，书生老去，机会不来，他们就知难身退了：要么结庐山涧，狂歌纵酒；要么依附权者，聊慰浮生；要么迎风洒泪，悲古伤今……既然不能大展宏图，为国效力，那只怪生不逢时，未遇明主，才落得空怀宝剑，报国无门。那就该“仰天大笑出门去”，因为唐时文人们最流行也最重要生活节目之一就是离家远行，漫游四方。

唐代有成就的诗人，几乎都有相似的漫游经历。当时交通发达，社会安定，“虽行万里，兵不血刃”，因而文人们旅食各地、四海为家蔚然成风。连一生潦倒的杜甫，也曾有四次漫游天下的经历。

综上所述，世为豪族，又本生性浪漫的陈子昂就更有理由去远游他乡、专心从文了。这样不仅可以开阔视野，广交豪杰，还可以扩大影响，以利出仕。那样的话，他流传万世的经典之作就远不止我们现在看到的这些了。

但子昂却又一次选择了截然相反的道路：他短暂一生的大部分时间和精力，都扑在了固边守土的大业上，而且尽管戎马倥偬的岁月让他奔忙一生，一无所获，他还是屡败屡战，痴心不改。就是放在今天，他也最有可能被称作"国防事业的楷模"，而非誉满天下的文豪。这是他在众多文人中卓尔不群的一个显著特征。

则天时代的边患相当严重，突厥、吐蕃连年入侵。唐统治者一方面未能采取正确有效的措施及时遏止，另一方面也发动过一些师出无名的黩武战争，使人民饱受痛苦。"少小虽非投笔吏，论功还欲长请缨"，这时候的文人们是最坐不住的了。子昂也曾满怀激情地写下了"孤剑将何托，长谣塞上风"这样豪迈的诗句，表达自己急盼驰骋边塞、建功立业的雄心。但他更多的却是将杀敌报国、平寇立功的壮志化作身先士卒、为国分忧的具体行动。他决然两度从军、安于独守清贫，把原本可以用来吟诗作赋、更上层楼的宝贵精力，都用来为安邦定国效犬马之劳：他入仕的第三年（686年）春，即随左补阙乔知之远征突厥。但朝廷只看重投机取巧的小人，对包括他在内的奋勇杀敌的戍边将士却充耳不闻，不加赏赐。归途中，他悲凉地唱道："每愤胡兵入，常为汉国羞。何知七十战，白首未封侯。"

尽管他对边功未赏深怀愤怨，但行装甫卸，征尘未洗，就不计个人得失，立即上书《为乔补阙论突厥书》，竭尽所能地为朝廷平定边患出谋划策，从遍观塞北山川地利的亲身经历出发，提出因地制宜，设兵屯田以制敌、"使中国之人得安枕而卧"的合理措施；687年，武则天要开凿蜀山取道雅州攻击无罪的羌人，他随即上《谏雅州讨生羌书》，全面反对这场师出无名妄动兵戈的不义之战；面对当时异族连年入寇，他走遍边防，洒尽汗水，实地察勘，连续上《上蜀川军事》《上军国利害事》《上西蕃边州安危事》等谏书，提出了许多切实可行的固边意见……他既力主平息外患，又反对穷兵黩武；他既熟谙行军用兵，又主动身先士卒；他既慨然把剑倚天，又心系苍生疾苦……

“宁知班定远，犹是一书生。”他一生饱受打击，忧谗畏讥，多少报国的热情都被一盆凉水浇透了心，成天闷闷不乐，数度辞官归隐。曾经有很长一段时间，他转而对佛理禅机、仙风道术产生浓厚兴趣，成天往来于庙堂古寺，沉醉于暮鼓晨钟，与当地高僧晖上人诗文互答，交流甚密，决意从此摆脱尘世喧嚣，隐居山林，学道求仙。

但他纵横计不就，慷慨志犹存，没有向世俗低头。退后一步，不过是养晦待时，他绝不甘心久隐。“臣每在山林，有愿朝廷，常恐没代而不见也”，后来这段自述就表明他当初已抱定了东山再起、效命朝廷的决心，“岂学书生辈，窗间老一经！”

在他身上，最集中地体现了古代士人忧在天前，乐于天后的爱国情怀。不同的是，他用剑的时间远胜于用笔的时间。

他身体力行了中国文人们横戈马上、建功边疆的浪漫理想。

最终他却失败了。但这样的结果又有什么重要呢？——就像后来李白在六十岁高龄，闻听李光弼率百万大军，抵抗史朝义，喜不自禁，请缨杀敌一样，我们看重的是一种精神。

这是中国文人们令人眼眶在刹那间情不自禁就潮湿了的精神。

——也是我们民族永远不能缺少的精神。

六

子昂的一生是说不完的。

政治上，他历经恩宠、冷遇、诬陷和迫害；思想上他兼有儒、道、释等复杂成分；行动上他从一开始便有慕道求仙的避世情结，但即使理想完全幻灭后，他依然关心民生，忧怀天下……

他的一生，两度无辜下狱，两次莫名被贬，三遭亲人哀丧，挫折打击更是不计其数，直至后来苦闷到再次沉湎于道术仙机，以期解脱，个人生活可谓不幸至矣！但他至死念念不忘的仍是国计民生，边防安危。贯串他整个生命的，怎一个“愁”字了得！

他的眼泪，为谁而流呢？

射洪至今流传两个民间故事：

其一，陈子昂离开朝廷后，政敌武三思还不放过他，派人去射洪暗地叫县令段简陷害陈子昂。陈子昂性命不保的消息传到武则天女皇那里，武则天因爱陈子昂的才识，就派遣两位宫中女将火速赶到射洪县，命令段简释放陈子昂。当两位女将军奉诏来到射洪县境内涪江对岸时，突然乌天黑地，大雨倾盆，涪江河水暴涨，没法过渡。两位女将军焦急万分，但没有一点办法。几天过后，洪水退去了。女将军过河打听陈子昂的情况，才知陈子昂已在狱中被段简折磨死了。她们听到这个不幸的消息，悲痛万分，想到自己难以回朝复命，两人就投入江中自尽了。这个故事虽属传说，但我家乡的人们却认为真实。为了纪念这两位女将军，人们纷纷捐款请来能工巧匠，在女将军投江的山崖上，刻下了她们身穿铠甲，腰系佩剑的英武形象，并把这儿取名“将军碑”。现在，“将军碑”就立在金华山山脚下的涪江边上。

其二，陈子昂读书台的院子里，有一块臭石。相传为当时的射洪县令段简所变，只要一敲击石头就会散发出一股难闻的臭气来。据说此石原高一米二，经多年来搬运敲击，现只有0.6米了。石头击之有臭，世间少闻，若任游人敲打，怕早就变成碎片了。

陈子昂冤死六十年后，他的家乡涪江上缓缓驶来一艘小船。一位长髯飘飘的老人站在船头，面色凝重，悲中吟道："陈公读书堂，石柱仄青苔。悲风为我起，激烈伤雄才。"

这个人是杜甫，此时是762年的冬天。大唐王朝在安史之乱的风烟中满目疮痍，摇摇欲坠了。

国家不幸诗家幸。异代不同时，问如此江山，龙蜷虎卧几诗客？岁月沧桑，惺惺相惜，同样满腹经纶，满腔抱负，仕途不顺的杜工部，站在陈子昂的读书台前，是否也增添了一腔"念天地之悠悠，独怆然而涕下"的感慨？

七

武则天时代造就了陈子昂，又是武则天时代扼杀了陈子昂。一代代君贤臣忠的佳话际遇，为何一次次演变为屡见不鲜的信而见疑、忠而被谤的悲剧？其实千载以来，答案如出一辙。正是南辕北辙的价值观，扼杀了千百年来无数个陈子昂：武则天要君临天下，巩固权力，必须和所有皇帝一样内用刑名，外示儒术；陈子昂毕生坚守儒家信念，以为"太平之化"首在与民休息，宽松为本，其以儒家的"王者之术"去劝谏顺我者昌、逆我者亡的武则天，真可谓是"烧香找错了庙门"。

在一个只容许奴隶立身的王朝，陈子昂却幻想"站着就把官做了"，岂非缘木求鱼？当他无视开明与专制的界限，一再踏入统治者的思想禁区，悲剧便已悄然迫近了。在"君权至上"的专制社会里，任何人的实际价值都是由封建权力决定的。"学成文武艺，货于帝王家"，你这"文武艺"价值几何，不取决于自身本事高低，乃在于帝王是否识你的"货"，说白了就是取决于大大小小的"皇帝"们的好恶。连孔子当年自称"我待贾者也"，四处游说列国，也没能够"推销"掉自己。陈子昂既迫切希望在政治舞台上建功立业，同时又极度鄙视那些潜身缩首、逢迎求官的小人，试图坚持为民请命的社会良心，如他自己所说“披肝沥胆，不知忌讳”。理想与现实的冲突，使悲剧成为必然。陈子昂的悲剧，凝聚着三重冲突：统治者的“治统”与士大夫的“道统”之冲突，封建王朝“家天下”与文人理想“大天下”的冲突，历代皇帝“外儒内法”与孔门弟子“儒道仁政”的冲突。

这些冲突的最终结果，就是鲁迅在《隔膜》中所说：“奴隶只能奉行，不许言议……譬如说：主子，您这袍角有些儿破了，拖下去怕更要破烂，还是补一补好。尽言者方自以为在尽忠，而其实却犯了罪……倘自以为是忠而获咎，那不过是自己的糊涂。”

不过我仍在想，历史最后证明究竟是陈子昂输了，还是武则天输了？

后来，当李商隐写下“向晚意不适，驱车登古原。夕阳无限好，只是近黄昏”这首献给晚唐帝国日薄西山的凄美挽歌，充满了多少盛世难再的悲悼无奈，一咏三叹？这时再看一下陈子昂当年的忠言逆耳，总让我想起明末以后的士人在追怀忠臣袁崇焕时所写的那副深切的挽联：“万古大明一抔土，春风下马独沾巾。”

而陈子昂呢，他从此熠熠生辉地活在青史之中。他一生虽以右拾遗的八品小官收场，但专为帝王将相作家谱的“正史”两唐书也掩不住他的光耀，给他以超越许多王侯将相的重要地位；而《资治通鉴》引用这个八品小官的奏疏竟达六处之多！陈子昂一生始终维护着国家的安定与统一，关怀着人民的风雨疾苦。他那正直耿介的胸怀、奋不顾身的胆略以及洞察国家安危的政治远见，从此广为后人所称道。

今天的金华山陈子昂全身玉石像前，那副耐人寻味的对联，就是对他最好的盖棺定论：“所读何书，尚有遗篇传墨翟；其人如玉，无须后辈铸黄金。”正如陶渊明有南山，梭罗有瓦尔顿湖，高更有塔希提岛，陈子昂能够拥有这座纪念碑般的读书台，斯愿足矣！

王龙

1976年8月生，现为西部战区陆军部创作员，中国作家协会会员，中国报告文学学会会员。近年在《十月》《天涯》《人民日报》《解放军报》《南方周末》等报刊发表作品一百余万字，《新华文摘》《读者》《青年文摘》《作家文摘》等刊物多次选载。著有历史散文集《天朝向左，世界向右——近代中西交锋的十字路口》《国运拐点——中西精英大对决》《远去的身影——大国精英沉浮录》，长篇报告文学《刺刀书写的谎言——侵华战争中的日本“笔部队”真相》《重兵汶川》（合著）《雪线上的西藏》（合著）以及思想随笔集《壮丽的荒芜时代》等书。《天朝向左，世界向右》在香港、台湾、澳门出版发行繁体中文版，在泰国发行泰国语版，英国、日本及中国香港、中国台湾等海外媒体均有译介报道。曾获冰心散文奖、四川文学奖、全军文艺优秀作品奖、在场主义散文等奖项。

特稿

岛在心的湍流中

◎王樽

这世上没有一样东西我想占有。
我知道没有一个人值得我羡慕。
任何我曾遭受的不幸，我都已忘记。
想到故我今我同为一人并不使我难为情。
在我身上没有痛苦。
直起腰来，我望见蓝色的大海和帆影。

——米沃什《礼物》

1

岛是一个世界。

不论形态还是质地的构成，岛与地球都颇多相似——一个看似孤立的存在，被水所环绕。

岛在翡翠色的湍流中，在无限时空下，任季节更替，生死轮回；远古与现实并置，希望与绝望共存。它可以一无所有，也可以应有尽有；

可以身无长物，也可以包罗万象；可以遮蔽一切，可以透视一切。

一句话，岛有着无限的可能性。

在我眼里，一座岛就是一场虚无缥缈的梦。它以最简单的物质营造出海天世界，五彩云霓，神奇魔幻，仙乐飘飘，化用苏轼写庐山的诗，就是：不识岛屿真面目，只缘身在此岛中。很小的时候，我们就憧憬着远方。我们知道，最好的生活，或说最理想的所在，就在远方，在遥不可及的梦幻之岛。

在《桃花源记》中，陶渊明为我们描绘了人类理想的居住地——介于现实与未来之间，那里没有阶级压迫，没有人间纷争，每个人都自食其力，自给自足，自得其乐，不知今夕何夕。这篇不足四百字的散文，引领我们跨越千年，驾一叶扁舟，溯流而上，迷失之际，发现并体会了遗世独立的人间乐园。我相信，美文多应是恬淡自得中所为，这篇陶渊明的代表作写于永初二年（421年），即南朝刘裕弑君篡位的第二年。有人据此说，是作者在国家濒临崩溃的动乱岁月里，壮志难酬的忧愤之作。这多少有些妄自读解之嫌，其实，陶公此时已辞官远离政坛多年，他在“采菊东篱下，悠然见南山”中，沉迷归隐，放浪田园。这篇“理想国”的设计，与当时的国家政治并无直接瓜葛。是陶公躬耕僻野之余，我手写我心的怡情之作。应该说，桃花源是他老人家寄怀托物的美梦。

值得特别注意的是，这个美梦，或者说这个陶公精心营造的“理想国”，与现实有着鲜明的距离，不是按图索骥，不是刻意的探寻，而是意外地“闯入”，它浮在某个不确定的远方，需乘船渡水前往——它是座与世隔绝的岛。

桃花源孤悬世外，因此，它必须是一座岛。不仅要让行者“缘溪行，忘路之远近”，还要以夹岸数百步的“桃花林”相隔，“林尽水源”时再阻碍有山，身在山中，才能“舍船”进入。而离开后，虽处处标记，再度寻访，仍迷离的“不复得路”，难以问津。一个理想的所在，必然具有某种隔绝。如果不是岛，就无法斩断与纷乱世界的连接。只有岛，让人断了飞檐走壁、入地上天的妄念，让梦幻水天相隔，让理想飞升于另一片物质世界。

2

似乎是个规律，越是单纯的人对岛越有着虔敬之心。早期的人类将岛往往看作航标，不仅有穿过骇浪惊涛的指引，更将其作为航程的目的地，休养生息的中转站和避难所。

但这个避难所总是孤悬在海的对岸，向往和憧憬让人趋之若鹜，距离和念想让人爱恨交集。

詹姆斯·马修·巴里（James Matthew Barrie）是个以创作童话著称的英国作家，他最广为人知的作品是《彼得·潘》（Peter Pan），他先是将这个“永远不长大的”的小飞侠的故事写成童话剧，伦敦公演时成为街谈巷议的轰动剧目。七年后，即1911年，他又将其改写成小说出版。说起詹姆斯·马修·巴里，今天的人们可能会觉得茫然，但说到彼得·潘的名字，会立即兴奋不已——不就是那个小飞侠吗？

——有天晚上，小飞侠彼得·潘飞走时，不小心将影子丢到了卧室里，被达令太太捡到收进抽屉。为了取回影子，彼得·潘潜回卧室，却被温迪撞见，温迪和弟弟约翰、麦可被从未见识过的梦幻岛所诱惑，不顾一切地跟着彼得·潘飞向永无岛，展开了一连串的惊奇冒险……《彼得·潘》为何能赢得各国大小读者的喜爱和欢心，原因很简单，这部幻想作品创造了颇为诱人的童话境界——永无岛。奇妙的永无岛和不肯长大的小飞侠，让人沉迷和重返童年，乐不思归。

但永无岛意味着虚无缥缈——永无岛，就是永远也无法到达的乌有之乡。

子虚乌有的永无岛，魅力无穷的永无岛，让人虽不能达，却心向往之。

美国导演马克·福斯特（Marc Forster）执导的电影《寻找梦幻岛》（Finding Neverland），就是讲述彼得·潘塑造者詹姆斯·马修·巴里的轶事——约翰尼·德普扮演的男主角，在灵感匮乏的创作低潮期，途经公园时与四个孩子玩海盗游戏，他沉迷其间玩得不亦乐乎。他喜欢这四个没有父亲的孩子，尤其是叫彼得·潘的那个忧伤早熟的幼子。孩子，公园，游戏，幻想，触发了巴里的写作灵感，从而创造了彼得·潘的文学形象。片中的巴里就像个没有长大的孩子，游戏起来疯疯癫癫，妻子和家庭都被冷落，与大人的交往也是有始无终。然而，他的魅力与讨嫌，都来自其永不消失的童心。不论是诱惑大人还是孩子，他都会许诺说可以带对方到永无岛（电影里成了“梦幻岛”）。好莱坞式的商业流水线机械作业，让此片有着佐料齐全的“皆大欢喜”，充满童心和幻想里，还安插着一条若有若无的爱情线——巴里与四个孩子的寡母的情感联系。英伦美女凯特·温丝莱特扮演的寡妇虽病病歪歪，毕竟姿色犹存，巴里与其相处，亲昵融洽如家人，自然招致他人闲话和妻子猜疑。当那寡母弥留之际，巴里竟成功地让梦幻岛的绮丽美景移植进那家徒四壁的陋室，让其在最后关头，见识到如天国般的梦幻岛。

虽然，这部电影有着种种残缺，但对梦幻岛萦绕于心的演绎还是有些可圈可点之处。比如，巴里与妻子进入不同房间的迥异梦境，用了一个不动声色的小细节——两人同时打开各自卧室的房门，比邻的两扇门内呈现的是完全不同的内容——妻子房里是正常的幽暗，而巴里的门内却是碧草白云蓝天。

童心与幻想，让人内心敞亮，充满未知的奇妙和绚丽。

是否拥有自己的岛，使人的精神世界呈现着完全不同的气象风景。

3

我的故乡在远离海洋甚至远离江河的冀中大平原上，我的母亲终生都没走出过河北的土地。

大约六岁或七岁时，我曾反复画过同一种风景的水彩画——画面是海天包围的翡翠色岛屿，岛的四围有婀娜的椰林，林间和海的波光里是太阳的玫瑰色光斑。其中的一幅，还被父亲镶进镜框，悬挂在小屋迎门的墙上。每逢有客人来，爸爸都会情不自禁地引领客人看那幅风景画。那时，我还从未见过海洋，画面的情形只是自己从书本里获得的想象。二十多年后，在海南建省的最初时间里，我便辗转千里，舟车劳顿，来到这座中国的第二大岛上工作和定居。我想，那也许是早在童年就萌发的驱使，冥冥中的鬼使神差，越过无数时间的魔障，放弃了内地的安稳，投身到那座没有季节更替的热岛。

当我第一次走在海口海甸岛新开的公路上，看着夕阳西下的椰林，我知道这个熟悉的风景是我童年时即已画就。

然而，在母亲的意识里，那孤悬海外的岛屿，充满着未知的凶险，就像一只摇曳在高天里的风筝，说不定怎样的风和意外，就会折翅坠毁。因此，在海南居住两年后，我要将户口也迁到海口，意外地遭到了母亲的反对。在她老人家的概念中，户口是维系着我们母子的最后一根稻草，好像有了它，那座苍茫无助的岛屿就不至于将她的儿子吞没。

沐风栉雨，颠沛流离，我将自己最好岁月中的五年丢在了海南岛。之后，当我几经颠簸，终于落脚深圳，开始相对平静的生活时，躺在故乡病床上的母亲却已经认不出我了。

我握着母亲的手，告诉她说，我已离开了让她担心的海岛。她迷惘地望着我，很久很久，眼角流出了浑浊的泪水。

在追梦者的心中，岛是寻新探奇的梦，是安心的居所，是诗意的安居。

而在母亲的眼里，它是出没风波里的险象环生，是无尽的担忧，没着没落的牵挂。

4

经年累月，岛被浪潮拍打着。芸芸众生的相思，汹涌苍茫的望断，让其具有被放逐的遗弃与自我隔绝的双重属性。人情漠然的孤寂与放弃蝇营的独立，无人关切的冷落与远离喧嚣的安宁，呈现着置身孤岛的两面。

在短篇小说《灯塔看守人》中，波兰作家显克微支（H.Sienkiewica），为我们塑造了一个身心疲惫的老人史卡汶思基。他虽然有七十来岁，头发也已全白，但“精神矍铄，腰背挺直，举止风度都宛如一个军人”。史卡汶思基有着极其丰富的阅历，参加过各种征战，在波兰、法国、匈牙利等地获得过多枚勋章，此后还在美国南方打仗，虽然此次没有获得勋章，他自信是个真正勇敢的士兵，同时“也能做一个忠诚小心的灯塔看守人”。

史卡汶思基落脚在这个离巴拿马不远的孤岛上，方圆不过一亩，除了石头，没有其他居民。作为灯塔看守人，白天他要悬挂各种颜色的旗帜来报道气象，晚上需爬上四百多级又高又陡的石阶去点亮灯盏。他之所以选择这近乎囚犯的隐居苦修者的生活，是他做过了各种各样的事情，漂泊得太累了，他已厌倦了流浪，用他的话说是“我没有懂得的就只有一个‘安静’了”。他需要的不是休息，而是心灵的安静，尽管这是人生最难的境地。

灯塔看守人的职位，让史卡汶思基获得了全新的感觉——“有些像一头被追赶的野兽，终于在人际所不能到的山崖或洞窟里，获得了藏身之处。他终于获得了一个安静的时期，安全之感使他满溢着说不出的幸福。”他在这个世外孤岛上回首，从前的种种漂泊，不幸和失败，几乎都可以付之一笑，“他像一只船，帆樯绳索都被风暴所摧折，从云端里被抛入海底了——一只被风暴打满了波浪和水花的船，但它还是曲折前进，到达了港口。”

对于史卡汶思基来说，这座灯塔无疑等于坟墓。他已淡漠人世，连“怀乡之心都已经渐渐消失”，他就要在这个无比单调的灯塔上了此残生。

然而，人非草木，也非孤岛上的顽石。一个小小的意外，改变了史卡汶思基的生命轨迹。某一天，给他送淡水和食物的小船到了，还多送了一个粗布包裹。原来，史卡汶思基曾捐助过纽约新成立的波兰侨民协会，那协会寄赠来几本书以示答谢。在这远离尘嚣的孤岛上，他竟接到了来自祖国——波兰文的书籍。他读到了波兰大诗人密茨凯维支歌颂祖国的诗歌，老人心如潮涌，不能自制，他“哽咽起来，颓然仆地；银白色的头发拌和在海砂里——他离开祖国，已经四十年了；不听见祖国的语言，也已经不知多久，而现在这语言却自己来找上他——翻越重洋而到另一半球上访他于孑然独处之中”，他油然而起的博大爱心，“只以这一场伟大的哭泣来祈求热爱的祖国给他以饶恕，他的确已经把祖国丢在一边，因为他已经这样的老，而且又住惯了这个孤寂的荒岛，所以把祖国忘记得连怀念之心都在开始消失了。但是现在，仿佛由于一个神迹似的，它竟回到他身边来……”

这一夜，史卡汶思基没有点亮灯塔，他的失职导致事故发生，他因怀念祖国而被免职了。可怜的老人将开始面对新的生活，他“大大地衰颓了，腰背伛曲了下来，唯有目光还是很亮。在他新的生命之路上，他怀中带着一本书，不时地用手去抚摸它，好像唯恐连这一点点东西也会离开他”。

人可以一时忘记自己曾经的一切，但那曾经的一切并不会真正远离。一旦某个点被触发，便如点燃了记忆的引信，思想的爆炸便不可避免。史卡汶思基心甘情愿地到孤岛上充当灯塔看守人，他渴望得到的是安宁，而最终被破坏的安宁还是隐蔽在他心中的念想。

通常，人们将显克微支的这篇小说赞誉为“爱国主义”的伟大诗篇。无疑，故事的中心是一个流浪的老人因祖国的诗文唤起的思乡之情，很多人为此获得的感动，以为是与生俱来的爱国情怀的共鸣所致。该小说多次被改编拍摄成电影，其重要看点也是在“爱国主义”上大做文章。仔细想想，却又不止于此，史卡汶思基最终逃离孤岛的去向特别值得深思，如果是热爱久别的祖国，那么他只需踏上回故乡之路，其思乡之情即会得以彻底释放，但显克微支告诉我们的并不是这样简单——史卡汶思基乘船去了纽约，他跟下来的去向没有说，只是交代“新的流浪的旅途又已展开在他面前”。小说中引用的密茨凯维支（Adam Mickiewicz）诗歌是《塔杜须先生》第一卷开头的一节，这段引诗是理解史卡汶思基从蛰伏到被唤醒的关键，在施蛰存的译文中，史卡汶思基读到的是：“圣母啊，你守护着光明的琛思妥诃华，/你照临在奥斯脱罗孛拉摩，又保佑着/诺武格罗代克城及其忠诚的人民，/正如我在孩提的时候，我垂泪的母亲/把我交托给你，你曾使我恢复了健康，/当时我抬起了奄无生气的眼睛/一直走到你的圣坛，/谢天主予我以重生——/现在又何不显神迹使我们回到家乡。”诗歌中的琛思妥诃华、奥斯脱罗孛拉摩、诺武格罗代克均是地名，这三处地方都有以灵验著称的圣母像。可见，史卡汶思基匍匐哭泣并非仅仅是爱国之情，更深层次的觉醒是对圣母和天主的爱，是圣灵之光在心中的重临。起初，是久违的母语的触发，是难以割舍的血脉联系，进而是诗歌内在的精神力量，具体到作为流浪者的史卡汶思基，是他从诗篇中寻找到久已失却的精神的家园——即信仰与爱心。他曾“忙于打枪，身边简直不带一本书”，现在他从书中获得了力量，是“悟已往之不谏，知来者之可追”是“实迷途其未远，觉今是而昨非”——从前的流离颠沛的愚钝，从前的自我放逐是一种可耻的逃避，是没有寄托，或仅仅是“等死”的苟且。失却了信仰与爱心，活着就像“木乃伊”“活僵尸”，就是生不如死。

我很想看新版的电影《灯塔看守人》，想知道如何表现史卡汶思基的阅读和被唤醒，多方搜寻而未果。后来，有朋友送我一部《灯塔看守人》（The Lightkeepers）的影碟，却发现与显克微支的原著毫无关系，而是美国人2009年拍摄的一部多角恋的爱情喜剧——背景是1912年夏天的波士顿附近的鳕鱼岬，一位灯塔看守人拒绝承认他与任何女人有染，但两个漂亮的女人正计划搬到附近居住，单身男只得穷于应付。此灯塔看守人不是彼灯塔看守人，面对的烦恼不同，聚焦的情怀迥异，唯一相似的只是职业和背景。

无论是饱经沧桑的波兰老人史卡汶思基，还是美国波士顿的纯洁男，他们的经历都在表明，没有什么绝对的安静，任何孤岛都无法隔绝人的原始情感和基本诉求。人生孤弱如海上浮萍，物质的丰足，情欲的满足，都不是根本，最终能拯救自己的，是信仰的力量。

5

一个人可以远离尘嚣，隐身于人迹罕至的岛屿，可以从形式上斩断各种社会连接。但人是“会思想的芦苇”，无法像畜生一样，完全远离思想，远离各种情感的纠缠。有形的联系可以斩断，精神的纽带却难以解除。人有着挥之不去的记忆，这是所有快乐的源泉，也是所有烦恼的起点。

既然，安宁并非远离就能得到，那么，有什么样的方法让我们获得真正的安宁？

俄罗斯导演帕维·龙根（Pavel Lungin）执导的电影《孤独之岛》（Octpob）提供了又一种例证，一个有着复杂历史的人企望在荒凉海岛上通过行善而获得宽恕。他不是灯塔看守人，没有史卡汶思基那样光荣的过去。相反，却有着不堪回首的罪孽——四十多年前，他是个苏联水兵，在纳粹军官的逼迫下，为了保全自己，歇斯底里中举枪对准苏联海军的船长，随着他扣动扳机的尖利呼啸，被枪击的船长掉进茫茫夜海。从此，告密者和谋杀者的双重罪恶紧紧扣压在他脆弱的心头。四十多年后，这个苟活者仍然活着，他成了神父，在孤岛上过着苦行僧的生活。颇有意味的是，这个双手沾着同胞鲜血的神父却苦苦修炼出超常的功能，成了能预言未来、妙手回春的拯救者。无数疑难杂症患者纷纷前来，在他的圣手之下获得了康健，所有的人都将其看作救人于绝症的圣人。当然，神父自己最清楚，附着于心的深重黑暗随时可以将他击垮。为此他奔波于极度寒冷荒凉的海岛，疲劳自己的筋骨，希图靠苦修获得心灵的安宁。

先恶后圣的神父不断询问：为什么该隐会杀了他的兄弟亚伯？没有人能给他一个合理答案。他只能日日祈祷：主啊，原谅我并宽恕我，指明我前进的路，因为我只有软弱的灵魂和虚弱的身躯，我充满罪恶的激情是个邪恶的奴隶。当他的“上级神父”来看望他，问他在做什么，他回答说：“为我们天父写一篇祷文，祈祷我能活过这个冬天，因为教友们在冰冷的土地上挖个坟墓是很费力的。”

如果，这个神父能够凭借不断地为他人消除病症，为患者带来健康的福音。那么，到临终时他能够洗清自身罪孽，获得上帝的原谅吗？

电影没有设定一个了犹未了的开放性结局。无论如何，苦修者的心魔始终在作祟，在他的记忆中，即使获得上帝的谅解，那四十多年前的罪恶一幕仍难以彻底根除。于是，我们看到了一种最能使神父心安的结局——某天，一位俄罗斯的海军司令带着患有精神病的女儿来到孤岛，请求“圣人”治疗。神父以非同寻常的疗法，成功地治好了那年轻女子的病症。颇具戏剧性的是，上帝拯救的灵光出现了，在交谈中，神父发现这位海军司令就是他四十多年前枪杀的苏军船长——当年船长应声栽入大海，万幸地被过往的渔船救助，逃过了死亡之劫。海军司令说，他早就原谅了他的罪孽。

在耶稣教的主祷文里，有“免我们的债，如同我们免了人的债”。对于曾经害人的神父来说，被害者的原谅就是免了自己的债，他因此得以释然。在这个可以预料的冬天，神父背负了四十多年的沉重包袱终于安放了，他知道自己的大限将至，要坦然地面对生命的彼岸——他沐浴清洁，自己走进棺材，修道院同仁用船载着他的棺椁和十字架渡河而去……

6

如果将天下视作一篇文章，岛屿就是标点符号。

通常，只有在具体的语境里，标点符号才有特别的意思。平时它们处于可有可无的被忽略位置，任雾霭遮蔽，湍流涂抹。在中国古代的文字里，根本就没有标点符号。因此，它是后来人表情达意的补充，是明晰的需要和强调。

在天地的“大块文章”里，标点符号有着自己的含义。它可以失去孤立，体现联系，上升到天人合一的“世界观”和“宇宙观”。它因升华而变得丰富和复杂。

一座孤岛是一个独立的世界，同时，它又与身外的世界有着千丝万缕的关系。它是被人们遗忘的家园，又是你当下正置身的家园。只要你活在世上，就与世界有着无法斩断的各种连接。

约翰·唐恩（John Donne，1572—1631）是英国文学史上举足轻重的人物，对于这个生活在16世纪的神学家和诗人，中国读者大多不甚了了。与很多人一样，我最早知道其名也是在海明威的长篇小说《丧钟为谁而鸣》里，在此书的扉页，海明威以约翰·唐恩《祈祷文集》中的第17篇诗作为题辞。虽是引述，却是对小说名称的点睛题解。

诗曰：谁都不是一座孤岛，在大海里独踞；/每个人都像一块小小的泥土，连接成整个陆地。//如果有一块泥土被海水冲击，欧洲就会失去一角，/就如同一座山岬，也如同你朋友或你自己的庄园被冲掉；//无论谁死了，都是自己的一部分在死去，/因为我包含在人类这个概念里，难解难分；//因此，我从不问丧钟为谁而鸣，/它为我，也为你。

约翰·唐恩被称为英国“玄学诗派”的鼻祖，当过雅格一世的私人牧师，后任伦敦圣保罗大教堂主教。他的诗因风格奇诡，一度不被正统诗坛接受，亦长期得不到应有的评价。直到二十世纪初，才咸鱼翻生，被重新“发现”并大放光芒。我曾看过他的中文版《生死边缘的沉思录》，在这部类似“忏悔录”的著作里，充满情深意重地回忆，自我的鞭笞，对天堂与地狱，生命与死亡的思考。其境界不是常人所能比拟。

大可不必去评析约翰·唐恩诗风的高下。在我看来，一个人终其一生能有一句诗流传下来已是难上加难，几百年后，《祈祷文集》的第17篇还被人广泛引用，只凭这首短诗，就足以让其列入不朽诗人的行列。

作为海明威最具影响的长篇小说，《丧钟为谁而鸣》沿袭了其此前创作的如《太阳照常升起》《永别了，武器》等作品的模式——战争，爱情，人性，回归，硬汉加美女的传奇，通俗情节剧加思考的提升。故事背景设置在一战中西班牙内战的山区，在那场鲜少被提及的陈年往事中，三天的时间局限，让众多的人物和情节充满紧密的张力。美国志愿者罗伯特·乔丹的第一主角位置，他与战斗在敌后深山游击队的错综关系，围绕着炸桥的种种纷争，以至罗伯特·乔丹最终的英勇牺牲。期间，贯穿的中心线是乔丹与美女玛丽亚从一见钟情到生死相依的刻骨爱情。整部作品的起承转合，都颇似眼下流行的通俗电视剧的模式。海明威的重要作品几乎都被改编搬上了银幕，但没有一部令海明威满意，观众也鲜少有特别称赞的。其缘由并非电影人的问题，而是其作品的先天缺陷——若仅取其故事，多嫌过于通俗、简单和模式化。

在山姆·伍德（Sam Wood）于1943年执导的彩色影片《丧钟为谁而鸣》（For Whom the Bell Tolls，又译《战地钟声》）里，大明星加里·库柏扮演的乔丹和英格丽·褒曼扮演的玛丽亚无疑是影片最突出的看点，甚至是终极的看点和亮点。

两个好莱坞的俊男美女，化身在西班牙抗战的假想里。刻意伪装的粗粒和戏剧性，让一个遥远的故事有种原始的性感。在有月亮的夜晚，玛丽亚像小鹿一样蹦跳着来到乔丹的帐篷，这是一次出乎意料的艳遇，完全的送货上门，乔丹来不及铺下更多的枝条好使临时的床铺变得更柔软，玛丽亚已经钻进来了，将其野性而滑润的裸体贴了上去。如此的猝不及防，乔丹是在近乎似梦非梦中就与她共赴了巫山。此后，在林石毕露的山谷，在对敌斗争的前沿，两人一次次忙里偷闲，品尝爱欲。

从本质上说，《丧钟为谁而鸣》是一部爱情加战争的通俗剧。

海明威的非同凡响，是他颇为智慧地在开篇就引述了约翰·唐恩的诗——没有人是一座孤立的岛，每个人的死亡都是自己的一部分在死去……这让内战中的西班牙山区被强力剥离出来，与意念中的岛屿有了链接，从而有了对整个人类的高度关照，让小说的主题获得了非同寻常的提升。

7

毫无疑问，每个人都不是一座孤立的岛，他与所有的人相关联。

然而，人非圣贤，无法彻底战胜个人的渺小和局限。更多时候，每个人就是事实上的孤岛——彼此隔离，难以抵御，无所归依。

2010年，马丁·西科塞斯（Martin Scorsese）执导了他从影以来最晦涩的作品《禁闭岛》（shutter Island），掠过四十多年黑帮电影的“穷街陋巷”，西科塞斯首次将镜头聚焦于一个饱经创痛的人的内心世界。在那个充满疯子与精神病患者的孤岛上，正义在胸的联邦警官泰迪前往调查一宗子虚乌有的女病人失踪案。直到电影进行到一半时，观众大多以为这是部讲述一个忠于职守的警探如何战胜邪恶势力，“逃离恶魔岛”的惊险故事。结果，在如梦如幻，扑朔迷离的诸多细节干扰下，电影渐渐峰回路转，真相的潮水退去后，原来警官泰迪从一开始就步入了事先安排好的某种戏剧情境——来探是非者，正是是非人，所谓人间蒸发的女病人根本就不存在，有着双重人格的警探泰迪同时有着两个身份，一方面他奉命被派往紧闭岛调查的失踪案本身就是被制造的谜团，泰迪内心真正想找的是他想象中纵火烧死妻子的凶手莱迪斯；另一方面，泰迪当警官前曾参加过二战，在参与解放被纳粹肆虐的达豪集中营时，他曾有着枪杀战俘和眼见德军军官自杀不成痛苦死去的经历，其衍生的战争后遗症成为他后来挥之不去的噩梦。而纵火烧死妻子的故事，也是泰迪的内心虚构，那个纵火犯莱迪斯压根不存在，事实真相是——多年前，由于自己疏于对妻儿的照料，导致妻子患精神病，发病中的妻子溺死了自己的三个孩子，怒火中烧的泰迪枪杀了妻子。因为无法面对这个巨大的家庭悲剧，精神失常的泰迪幻觉中塑造了纵火犯凶手莱迪斯，其实，他执意追踪的凶手，正是泰迪的另一面。电影中，几次表现泰迪的一个梦境——梦到妻子在自己手中化为灰烬，而妻子的肚子上有着明显的枪伤。而在警官泰迪的探案过程中，那些对他工作的各种配合与不配合、协助与不协助，都是处心积虑为他设置的戏剧情境，目的是唤醒泰迪的记忆，让他走出虚幻，面对真相。

电影《禁闭岛》改编自美国小说家丹尼斯·勒翰的同名小说，英文原名（Shutter Island）即有双重意思，一重是表面的外在形态——故事发生的地点，一座远离尘嚣的孤岛，其间的种种黑暗与凶险需要艰难探索后才能知晓；另一重是内在特质——那是男主角泰迪的内心世界，他沉浸于自己假想的世界，对外在的真相是排斥的，他的内心封闭，犹如一座禁闭岛。观众需要穿过重重迷雾才能发现泰迪的秘密，才能厘清这个复杂故事的背后真相。原作小说就颠覆了传统的叙述，设置了多种障眼法，但读者在阅读中可以自由地来回对照，打破疑问和谜团。马丁·西科塞斯在电影中大胆地借鉴了原作的叙述方法，对观众来说成了令人头痛的智力挑战，对导演来说则无疑是巨大的冒险。虽有某些画面反复渲染，但电影一次流过的特点，让无数观众初看时很快陷入似是而非的迷雾，直到结尾也有些将信将疑，甚至不明所以。需要反复重看，才能发现早先的很多细节都有暗示和伏笔，经过分析才能慢慢接近恍然大悟。

在电影的最后，男主角泰迪与他的主治医师（泰迪假想的助手）坐在台阶上，仍在讨论如何逃离这个险象环生的禁闭岛。而在不远处，从医生和院长窃窃私语的眼神中，可以看出他们觉得先前对泰迪的所有唤醒努力基本是失败的，跟下来将不得不对泰迪进行外科手术。这时，泰迪站起来朝着将要带走他的医务人员走去，自言自语地说了一句类似哈姆雷特式的著名独白，“哪一样更差些呢？是像个怪物一样活着，还是像个人一样死去。”（Which would be worse? To live as a monster, or to die as a good man）。

这最后一句台词清楚地说明，此时的泰迪其实已完全清醒。他洞悉了自己的境况，知道了真相，但他不愿接受现实的惨痛，而宁愿囚禁在自己的禁闭岛里，在假想的世界里至少没有那么多不堪承受的痛苦。

这部电影因臆想与现实穿插、病症与诊治的真假交集而扑朔迷离，剥开这些附着其间的云霓雾霭，其全部内涵并不复杂，甚至可以说就是片名隐含的另一面——每个人真的就是一座禁闭岛，明明知道却难以自拔，要想走出自己的孤岛世界，实在不是一件容易事。

某种意义上说，孤岛情结是人的固有缺陷。

8

很多年前，我做过一个怪异的梦——满天飞沙纷纷扬扬落下，每粒沙都变成了一个岛屿，每座岛屿又都化成了一个个站立的人。天空暮云低垂，飞鸟尖叫乱飞，经过了对极度狂躁的忍受，终于看到相反的流程——从岛屿到人到沙粒的倒退复原。直看到那沙粒成为透明，在人所不能看见的空气中，消了踪迹，没了形影。

当我准备写此文，最先想到的其实就是这个梦。是这个离奇的梦，触发我写这篇文章。

我不知道为何会做这个梦，更不清楚梦境的含义。现在，我要结束这篇文字，这个曾记在我的备忘录中的梦又浮现眼前，我反复琢磨，仍不得其解。隐约中，那些水珠般晶莹剔透的沙粒犹如万花筒内的玻璃碎片，每一粒都是一组密码，都可幻化成翡翠的岛屿，无数的密码，无数的岛屿，构成了大千世界的五彩缤纷。

王樽

作家、评论家、资深媒体人。创作涉及诗歌、小说、散文、剧本、报告文学。曾在或正在《收获》《天涯》《看电影》等杂志开设专栏。主要著作有《与电影一起私奔》《厄夜之花》《带电的肉体》《人间烟火》《远方的雷声》等。

光明

谁叫你不给饭我吃

◎余巍巍

卢爹的尸体是在他死后大约一周后被发现的。

福寿山下那间小卖部的李志武，本来约好让卢爹送些石耳来，他那个在县里当局长的儿子要回来，早早打电话通知父亲，说想吃山上的石耳，正好那天卢爹来店里买面条和盐，李志武就委托卢爹捡一些送下来。

可是过了约定的时间，卢爹还没有送下来。这是有些蹊跷的事情。

平时李志武也会帮卢爹推销一些石耳。石耳是本地的“山珍”，长在福寿山的顶部的某些石头上，一般要春季的雨后生长，采下来后要细细地洗去表面的泥沙，再晒干，用来煲汤或是炒肉，都是特别美味的。山里人出门打工的多了，采石耳的人少了，偶尔采一些，都要留着自己过年过节时招待客人。只有卢爹，无儿无女，能够拿出一些来卖给乡邻，以补贴家用。

那天李志武的儿子带了朋友回来没有吃到石耳，有些不满地走了，也不顾父母的挽留，连夜都没有过。这让李志武有些不爽，他有一儿一女，女儿远嫁到广东，几年回来一次。儿子大学毕业，回是回到老家了，可官越做越大，从乡干部做到县林业局去了。儿子多次做父母工作，让搬到城里去帮忙带孩子，可老两口习惯了乡村的生活，舍不得房前屋后那些花呀草的，还有养着的鸡们鸭们，又嫌城里人多空气差，对面住着的人也不认识。双方观点无法统一，只好各住各的。李志武想念孙子了，挑些山里的土特产去城里住几天，儿子牵挂老父亲，隔三差五的带着妻儿跑回来看看。

平时，李志武也曾让卢爹采过石耳，每次都是特别准时的，这次言而无信，实在让他有点窝火。

他决定上山看看，正好顺便上山挖点麦冬回来煲汤。老婆最近热咳了十多天，一到夜里喉咙像扯风箱，不断地"嗯——啊——"地清着嗓子，吵得很。听人说挖点麦冬煲个老鸭汤吃了有效。

还有，他想看看卢爹这个鬼老头子，到底怎么回事。

李志武顺着盘山的小路，边走边在路边找了些麦冬。福寿山是座"宝山"，一般的中草药，如金缨子、黄橘子、钩藤等，随处可见。村里懂点中医的人，有点小病小痛的，一般都少去找医生，自己挖点中草药煲了喝，病症慢慢就好了。当然，也要懂的人才行。有一年雨多，福寿山的蘑菇疯也似的长，村里的黄氏两兄弟贪嘴，又不认得蘑菇的品种，上山采了些回来炖肉，结果兄弟俩都疯了，满山遍野地乱跑，后来还是村里人抓了兄弟两个送到医院才治好。

说起来，李志武跟卢爹还是多年的忘年交。闲了无事，他也会拎一包花生米，装上一矿泉水瓶子的谷酒，上山找卢爹喝上几口。

上次，他去卢爹那里，两个人正喝着，来了个蓬头散发的流浪汉，衣服也穿得破破烂烂的。李志武看了有点嫌弃，担心这些流浪汉有精神毛病。他们镇上就有这样一个人，人称"铜癫子"。据说铜颠子在抗美援朝时脑袋受了伤，一年四季穿着一件棉衣，腰上还要绑着一根草绳。

铜癫子常年在外面跑，走到哪算哪。大家都知道他曾经是军人，立过功，也不嫌弃，有饭给饭，喝水只要有水龙头，他自己在自来水管里解决。

看到这个流浪汉，李志武挥手正要轰走，卢爹不让。那天正好剩饭也有，菜也够，卢爹就盛了满满的一大碗饭，捡了些菜，堆得满尖碗端给流浪汉吃了，还找出几件自己的衣服给他换上。

李志武埋怨卢爹说，不是我说你呀，卢爹，你有这样的精神，不如自己去领养个孩子多好，起码，等你老了可以照顾你。你以为这个人也跟我们铜癫子一样是战斗英雄？

卢爹白了一眼李志武说，你以为养个孩子像养只猫呀狗的这么容易？这个家伙能爬上福寿山，进来讨口饭吃有什么过嘛？不要光顾着做生意赚钱把良心给鼓捣没了。

两个人话不投机，各喝各的酒。

李志武不想跟卢爹吵。一句“可怜之人必有可恨之处”滑到口边，他硬是活生生地咽了下去。

从此，流浪汉像是卢爹的远房亲戚，每隔一段时间，就来山上住个一两天，卢爹也不嫌烦。遇到李志武排斥的眼神，他都是笑笑说，不过是添副碗筷嘛，吃不了多少。

莫非，这老家伙现在有了流浪汉做伴，不把他这个老朋友放在心上了？想到这，李志武有些酸意。

毕竟是上了年纪的人，现在又缺少锻炼，李志武费了半天的劲才爬到山顶。

卢爹门口冷冷清清，房门紧闭，他养的那几只鸡，见有人来，慌慌张张地颠着小脚一哄而散，跑进了屋后的草丛里。

卢爹——我来啦！李志武习惯性地在门口叫了几声。

无人答应。

难道这老家伙出门了？不可能啊，李志武知道，老家伙出门少，即使要去镇上，也是必须经过他的小店的。

他敲了敲紧闭的房门。

无人应答。

几个绿头苍蝇“呼——”的一声从李志武眼前飞过，一阵风吹过来，有一股奇怪的味道让李志武一阵阵的恶心。

他不知道这是什么臭味。

用手推了下门，门并没有锁，很快开了。

房间里的情景，让李志武双腿无力，差点晕了过去。

卢爹倒在床上，一群苍蝇围着他飞舞，地上，墙上，有暗红色的血印。显然，老人已经去世好些天了。

那股难闻的臭味就是从这里传出来的。

救命啊——杀人啦——

李志武被自己尖利的叫声吓了一跳。当他明白，在山里，这种叫声无济于事时，他心里只剩下恐惧。

他几乎是滚下山去的。

到了自己家里的小店，手机才有信号，他语无伦次打了“110”电话报警，很快，一辆警车呼啸着开了过来。

现场很快被封锁起来。

李志武是报案人，也是第一目击证人，所以，理所当然被警方叫去了解情况。

他们这个村，所住的人家已经不多了，虽然房子仍是围在山脚依山而建，只有卢爹这个单身汉住在山顶，顺便帮着林场的人看山护林。

卢爹被害，很快就传遍了山村，村里人议论纷纷。

有人说，杀人犯是想抢劫卢爹的钱财，据说卢爹经常采石耳卖，现在一斤石耳卖到近百元。这个李志武觉得不可能，他知道卢爹确实偶尔会采些石耳，但只是卖给他或是村里有需要的人，价格也不高，这点钱，不足以让劫匪动心。

有人说是“情杀”，卢爹年轻时曾经有过一个意中人，但因为家里太穷，女方大人看不上，把女儿暗暗许给邻村的富裕人家，可卢爹与情人旧情难却，与女方藕断丝连。有人还绘声绘色地说，不久前看到卢爹的原女友，听说现在也已经离异，那年老妇人带了吃的喝的上山找卢爹，想重修旧梦，被他前夫发现，挥刀砍了卢爹。

李志武觉得这纯属是无稽之谈。卢爹也确实对他说过年轻时有过一个相好的，但人家现在并没有离婚，生活得很幸福。李志武对卢爹的单身心存疑虑，想问又不敢。他觉得，一个男人要不是太丑太穷，找个老婆还是没问题的。卢爹又没缺胳膊少腿，人也勤快，为何就一直不婚，是受过什么刺激么？

那次，他在山上陪卢爹喝两杯，正好遇到一个女人来山上看卢爹，也是想买些石耳。卢爹送了她两斤，没收钱。当时他觉得奇怪，问卢爹是亲戚么？卢爹的脸色有些不自然，不是平时喝酒的红。他瞬间就明白了，说是原来那个？卢爹点了点头。

他听卢爹说过，后来这个女人又上山过一次，是来感激他，买了些吃的喝的。但时过境迁，现在也只是熟人关系了。

那如果这两个理由都不成立，到底是谁杀了卢爹？他那么善良，又很少与外人有交道。

一时间，小小的山村里笼罩着一种恐怖的气氛。甚至，有人说卢爹跟李志武接触较多，貌似人就是李志武害的，言语中流露出怀疑。

李志武虽然面对警察的询问一片坦诚，但内心也是特别纠结的。他有一种强烈的心愿想把凶手找出来，另外，也想让卢爹冥目，到底是谁这么狠心，下得了这么毒的手？

他在心里默默地说，卢爹，你老人家真是命苦，死得冤屈，死得这么惨！可怜你无儿无女，这么善良的一个老人家，唉……

想着往日跟卢爹的交往，李志武不禁滴下两滴清泪来。

那一夜，李志武在床上翻来翻去的无法睡着。他睁着眼睛，看着黑暗扑面而来，又看着房间里的黑暗慢慢退去，远处白色的灯光淡淡透进房间，秋虫的“叽叽”声要比平时大，比平时刺耳。

朦胧之间，卢爹走了过来，脸上身上全是血：志武，救救我，救救我……

李志武伸出手，却触到睡在身边的老婆肉乎乎温热的身子。

老婆被抓醒，咕哝着说，你发癫啊，半夜抓着我的手干什么？

开灯。李志武说。

神经啊！老婆虽然口里埋怨，还是顺手拧亮了床头的台灯。

昏黄的灯光迷漫开来，李志武从仙界回到人间。他摸了把满头的汗水，坐起身对老婆说，我刚才梦到卢爹了，浑身是血呢！

老婆朝李志武那边靠了靠，责备说，夜里不说鬼话，快打住！我看你这几天都被卢爹的死折腾得，唉，不过老头子也确实可怜，一生行善，怎么就……

好像突然想到什么，老婆停住了话头。

也是奇怪，人们平时说，死去的人三朝之内是要“回门”的，这老家伙跟咱家非亲非故的，应该是回他山上那个屋才对呀。李志武自顾自言着。

日有所思，夜有所梦，你这是想得太多了。老婆也没了睡意，两人靠在床头，各自想着离去的卢爹。

老婆，你明天给我准备点香烛火纸和三牲祭品，我上山一趟。

好吧。可怜的卢爹，死了连个烧香的都没有……

第二天，李志武清早就上了山。案件发生后，卢爹所住的房子已经清理干净，贴上了封条，暂时无人居住。李志武习惯性地伸出手敲门，果真听到里边有动静。

他吓得魂飞魄散。

他想，大白天的，是不是神经太过紧张，自己吓自己？定了定神，推开了卢爹那虚掩的房门。

真是虚惊一场。

里面确实有人，但人是活人，不是卢爹。

是那个卢爹收留过的流浪汉。

见到有人进来，流浪汉显然也是吓了一跳。他定定地看着李志武，像看一件怪物。

喂——你跑这来干什么？李志武脑海里闪过的是，流浪汉肯定不知道卢爹被杀了，还跑来找他。想起来，卢爹平时给他吃吃喝喝，也没有白费劲，算是他有点良心。

卢爹出远门了，可能不再回来了，你找他？

李志武平静了怦怦乱跳的心，对流浪汉说。

你……你是说老家伙不再回来了？你……确定？流浪汉走到李志武面前，抠着脏兮兮的鼻孔问。

是的，你以后也不要来这里了，卢爹不会回来了。

他不回来，谁做饭给我吃？流浪汉的两个眼睛盯着李志武，语调开始激动。

李志武想，不是吧，卢爹又不是你亲爹，有什么义务要做饭给你吃？

但他心里想的是，难得这个流浪汉把卢爹当成自己的亲人呢，卢爹做的好事，也总算是有人惦记。

李志武见过流浪汉的次数不多，都是在卢爹的小屋，并没有交流过。他不知道这个家伙叫什么名字，只好用“喂”来称呼。

记起来，就是那一次，他和卢爹就着两个小菜，正喝着小酒，一个蓬头垢面的流浪汉走了过来。

当时，他和卢爹先是惊讶，后是不解。要知道，福寿山地偏山高，附近的村民都很少上山，一个流浪汉要跑上来，确实是有些稀奇的事。

李志武很是嫌弃，卢爹却热情万分地跑进厨房，添了碗筷，还接二连三地招呼着流浪汉，过来坐下吃饭吧，想你也是许多没有吃饱过了，这么面黄肌瘦的！

流浪汉毫不客气地坐了下来，端起饭碗就狼吞虎咽。

他后来听卢爹偶尔说过，流浪汉是河南人，好像叫阿磊，整年东奔西跑的，风餐露宿，每隔一段时间会跑来山上一次，心安理得地吃着卢爹煮的饭菜，像回到久别的家。

卢爹也孤独，有了这样一个人时不时过来陪伴几天，吃几碗饭，对他造不成太大的压力。

此刻，怕麻烦的李志武突然萌发了接卢爹班的打算，他想把流浪汉收留下来。

你如果愿意跟我下山，就住到我家去吧！一会跟我一起下山。

李志武想的是，现在村里劳动力不多了，流浪汉留下来，让他做些体力活，养活自己也是没有问题的。总比这样四处流浪要好。

流浪汉看着李志武，眼里有火星子闪了一下。

李志武返回屋前的地坪，把准备好的香烛火纸拿出来，朝着西边的方向烧了火纸，又取出三牲祭品摆了，刚要默祷几句。不料流浪汉伸出脏脏的手，把祭品里的那块煮熟的肉给抓了过去。

喂——这个不能吃！

他话音未落，半块肉已进了流浪汉的嘴。

李志武只好作罢，心里祷告说，卢爹，你就安息吧！这个流浪汉的非礼之举，你看在平日救助他的份上，不要计较！说完，眼睛又红了。

两个人一前一后地下山。路上，李志武试图跟阿磊交流一下，却发现他前言不搭后语，眼神飘飘忽忽，难以沟通。

心里想，莫非是流浪太久，不能很好地融入正常人群里么？

李志武的老婆，对于他莫名其妙地领回一个脏脏的叫花子，很是不满意。不停地朝他翻着白眼，摔东摔西，就连李志武递过去责备的眼神，也不理不睬。

李志武装聋作哑，当作没看见。心里想，反正也是临时安排，他本来也有洁癖，不喜欢这种脏臭，就算是继承卢爹的遗志，做点善事吧。

午饭后，他带着流浪汉去了隔壁的老人王老爹家。王老爹的儿子媳妇都在外面打工，两个孩子也跟去了，他一个人住着一幢三层楼的房子。老人家平时在家种点菜，田全部承包给别人耕作。

刚走到门口，王老爹家的狗大黑突然冲了出来，对着流浪汉没命地吠叫。阿磊吓得不轻，迅速躲到了李志武的背后。

王老爹好不容易把狗喝退，嘀咕着说，真是狗眼看人低，大黑就是见不得衣衫褴褛的人！志武是稀客，快进来坐！

李志武这才意识到，他应该让老婆找出一些旧衣服来，给流浪汉换上。

王老爹，我给您老人家带个客人来了！说着把流浪汉推到前面。

这个家伙原来是卢爹收留过的“伙伴”，我想着你老人家也孤独，让他留在这帮你干点活，管饭就好了。

对于这个不速之客，王爹有些诧异。

他支吾着说，我现在不需要帮忙的人，到时有需要再找你吧！

流浪汉朝王老爹翻了个白眼。

李志武觉得，对于陌生人的防范，王老爹这种反应是正常的。只能先把流浪汉带回家。

一晃，流浪汉在李志武家住了一个星期了。

李志武家重事、杂事不多，大多数时间，流浪汉都是坐在小店门口发呆，像是满腹心事的样子。

有次李志武问，阿磊，你是想家了么？听卢爹说你家在河南，怎么不在家里待着，要跑出来？

阿磊听到“卢爹”两个字，身子抖了抖，眼里有古怪的神情闪过。

李志武觉得，这是阿磊对卢爹的一种依恋。

但又想，如果一个流浪汉对救助过他的人如此深情，怎么就不想念自己的家人呢？他在河南老家有过怎样的经历，才会舍弃生养自己的故乡？

那天，店里的香烟不多了，李志武决定去镇上进些货。

临出门前，他交代阿磊把他收进来的花生晒了，又交代老婆不要整天守着麻将桌，要把店子看好。

没料想，晚上刚回到村口。老婆从槐树下冲了过来，见到他，就像见到救星似的，一把将他拖进房里，说，你必须马上把这个流浪汉送走，如果不送他走，我就走！

阿磊怎么了？不听你的话，还是偷懒不干活。

李志武用眼睛搜索了一下房间，发现花生已经收好在簸箕里。

难道……想到这里，他打了个寒战。

是阿磊怎么样你了么？他咬着牙问。

他想，如果阿磊对老婆动手动脚，图谋不轨的话，他就一棍子把他打跑。

老婆惊魂未定，眼神躲闪地说，中午，我不是急着去打麻将嘛，不想弄饭，准备在隔壁三婶家吃，再装多一碗给那个死鬼。结果，吃完饭我们就开台，把这事给忘了，中途想起来，我抽空跑回家想叫他过来三婶这随便吃点，没料到那个鬼人从房间溜出来，一把揪住我，卡着我的脖子，恶狠狠地说，叫你不给我做饭！叫你不给我饭吃，掐死你！

要不是我力气大，说不定给他掐死了呢！那个人的眼神真是好可怕，冒着绿光，要吃人呢！开始我以为他想要流氓，毕竟是成年男人嘛，谁知道不是这样子，他的样子是要杀人啊……吓死我了……老婆拍着胸脯，惊魂未定。

不是吧，为一碗饭就这样对你？是不是你说话冒犯人家了？李志武有些不相信。

我哪有？一片好心回来想叫他去三婶家吃点东西，谁知道他这么狠！赶紧把他赶走吧，留着他，说不定我像卢爹一样，哪天被人杀了，还不知道怎么回事！

啊——

老婆说完这句话，李志武两个人同时惊呼起来！

李志武心里闪过几个镜头，不久前他去山上祭奠卢爹遇到阿磊，他惊慌的表情，前几天听到他提卢爹时的表情，还有，对老婆不给饭吃的威胁……莫非，莫非……

他不敢往下想。

他觉得无论如何，流浪汉杀害卢爹的理由不成立。

但是，他又觉得疑点不少。

如果阿磊真是杀害卢爹的凶手，那么，他现在所要做的事，不是赶走他，而是想办法把他稳住，找出些蛛丝马迹，等报了公安抓起来，才是正道。

他不是口口声声想为卢爹报仇么？

他不是许诺替卢爹找出凶手么？

这正是大好的时机。

可是，放任一个杀人犯在身边，又是件特别可怕的事。并且，老婆是死活不肯再留阿磊了。

李志武做了个大胆的决定。

他请隔壁的三婶帮忙，先把老婆送回娘家住几天，说是自己处理好这里的事再接她回来。老婆不答应，担心他的安危，老志武说，这个你不用担心，我稍后会打电话到派出所报告情况，现在是先稳住这个人，不能惊跑了他，如果真是他杀了卢爹，将他绳之以法，我算是立功之人。

我要吃饭。

夜幕黑下来，李志武正准备做饭，阿磊溜了进来，好像下午老婆跟他说的事，都跟他没有关系一样。

吃吃吃，整天就知道吃！李志武瞪了几眼，阿磊像受惊的小猫，缩着肩膀站到一边去了。

这么老实的一个人。与老婆所形容的样子有天壤之别。

李志武做着饭，心里面好几个声音在争斗着。到底要不要报警？如果冤枉一个好人，又是一个流浪汉，根本不具备作案条件的人，那样似乎不太人道。

两个人坐在灯光下吃饭，阿磊和平时一样，狼吞虎咽，永远是像饿了许久一样。

你还记得卢爹么？

说出这句话，李志武吓了一跳。头顶昏黄的灯光，将他两个的影子投到对面的墙上，风吹过来，影子在墙上晃了一下。

阿磊听到卢爹的名字，手抖了抖。

他抬头看墙上的影子，影子又抖动了一下。

但很快，他就恢复了常态，继续大吃特吃着，不理会李志武的询问。

晚上躺在床上，李志武掏出手机，几次拨了“110”又按掉。他想，这可不是开玩笑的事，没有证据去怀疑一个流浪汉，民警会不会以为他有什么见不得人的地方？

可是夜长梦多，如果这事不立即处理，可能会造成新的伤害，再说，说不好某天阿磊又跑了。

他还是拨了那个电话。

派出所值班的民警对于李志武的怀疑不肯相信，在他的一再央求下，答应先过来看看。

等警车过来，李志武才发现，不知道什么时候，阿磊从他眼皮底下消失了。

这更坚定了他的想法，虽然，他还没有找出阿磊伤害卢爹的理由。

派出所的民警立即电话报告了上级，县公安分局派出大班人马，呼啸着往福寿山方向来。

这是个不眠之夜。一场抓捕行动扰乱了山村的宁静，山村的气氛诡异而零乱，所有进出的路口被封锁，警犬狂吠，各样的车子，灯光闪耀。

阿磊是在福寿山顶，卢爹的屋里找到的。他没有反抗，派出所在抓捕之前，调出了阿磊的资料。这个人名叫陈磊，三十四岁，曾在老家因口角打伤邻居，从此销声匿迹。

在审问的时候，警察问为什么要杀害卢爹。

阿磊的眼神不再躲闪，而是仇恨。他也不正面回答是否杀了卢爹，只是嘀咕着，谁叫他不做饭给我吃？

余巍巍

网名新月如钩，原籍湖南岳阳，现供职光明新区公明办事处某部门。散文《路口的风景》获第十七届全国青年征文大赛佳作奖，已出版长篇小说《还乡桥》《嫁到深圳去》和作品集《散落红尘的眸》，有小说散文等各类文体散见于各报刊。深圳市光明新区作家协会副主席。

写在新疆的散页（组章）

◎远人

江布拉克的声音

沿着漫山遍野的金黄色往山坡上走，很难说清自己突然涌上的感受。比喻都是蹩脚的。我也找不到比喻。山坡金黄，是因为地上铺满密密麻麻的金黄矮秆。这些矮秆非常细，非常圆，无例外的是空心，无例外的只一寸来高。一脚踏上去，可以听到细微至极的折断声。听到一次，我就觉得惊心一次、动魄一次。

这些是什么？我问身旁的人。

回答说，是麦子。音未落，对方又诧异地补一句，你连麦子也不认识？

我笑笑，掩饰自己的无知。我没见过麦子。但不对，麦子在旱地见过。不同的是，在旱地见过的麦子高到淹膝，麦穗饱满。这里没有麦穗，只留下割过后的麦秆。我不认识了。第一次看见收割后的麦地。第一次看见遍布群山的麦秆。只看眼前一块，会觉得那种金黄在燃烧，但漫山遍野都布满同样的金黄，就不觉得在燃烧了。它们本来就没有燃烧，它们本来就只是裸露自己的本来色泽。它们裸露得没有声音。太没有声音了，就忍不住让人想听见点什么。

除了脚下麦秆的折断声，我什么也没听到，但这里一定有声音。我相信这一点。如此广袤的群山被金黄覆盖，不可能没有盖下去的声音。我无缘目睹那个覆盖时候，但覆盖会有回声。我相信我能听到一些回声。人都相信自己，相信到极点时，会被相信激动。

我就在激动中往山顶走去。说是山，却不怎么觉得，因为它起伏得太悠缓、太随性、太不峥嵘、太令人心生柔软。我每步都不由小心翼翼，但麦秆密集得没有间隙，不可能不踩到它。对麦地而言，麦秆毫无用处。但它一旦漫山遍野，对人就有用处了。就像此刻，它让我屏住呼吸，也让我不能思想。它让我觉得，人所追求的思想算得了什么？我不想要思想，我只想要走在这里，我只想要这片没有尽头的金黄将我包裹。人的思想不可能有它这么广阔。人终究要臣服于什么。我现在感觉到我的臣服。我臣服这里的金黄，臣服金黄铺开的广阔，臣服我还没有听到的声音。

很快走到山顶。山顶不是平时所见的山顶。山顶不陡峭，还是平缓，平缓得从容，平缓得亲切，平缓得海纳百川。从来不觉得哪座山会让我亲切。山总是令人渴望征服。但这里不是，站在山顶回望，还是铺天盖地的金黄扑面而来。秋天的阳光照在上面，倒觉得是阳光在沾麦地的光。麦地一览无余地打开自己。它太自信，自信得愿意让你看见它的全部，你看见得越多，就越觉得自己在被它征服。你会心甘情愿，会庆幸自己被它征服。

山顶也是麦秆。山顶也是片起伏平地。远处有个山包，那就是这里的最高峰了。我走过去。站到山包上就突然被震撼了。迎面居然是座山峰。山峰和我站立的山包间有条又深又宽的沟壑。山包结束了这片麦地。沟壑对面的山峰拔地而起，被绿色的植被全部覆盖。山峰巨大，没有人在那里，好像也不可能有人能登到那里。山峰磅礴得像在破开天地间的静穆。我没想到要问那座山的名字。“相看两不厌，唯有敬亭山。”其实哪座山不是如此？它好像旷古就在挺立，旷古就在和这片麦地相对。

现在我站在麦地的最高处和它相对，仿佛宇宙间混沌初开的一刻。不需要人言，人言不配在这里出现。站在这里，我只配战抖，只配沉默。因为山在沉默、麦地在沉默、天空在沉默、整个大自然在沉默。在大自然的沉默面前，人的沉默实在渺小。甚至我觉得我不配在这里沉默。我陡然就听到自己的心跳。是的，这是我唯一听到的声音。我不是一直想听到这里的声音吗？现在我终于听到了。

陪你一起看草原

在南方就听过《陪你一起看草原》这首歌。但那时听它，就像听其他草原歌一样。虽觉好听，却谈不上多深感受。新疆人喜欢唱歌一直便知，来了才发现，新疆人还特别喜欢在酒桌上唱。酒酣耳热之际，总有人提出来唱歌，也总就有人站起来响应。好像歌比桌上的菜肴更能下酒。第一次面对时很是奇异，现在却已习惯。尽管围桌的几乎都是汉人，但血液中流淌的早已是新疆这片土壤孕出的广阔和情怀。

不论面对什么样的人，不论置身什么样的酒局，各种各样的歌总会唱起来。新疆的少数民族多达四十七个，但毕竟汉人最多，所以听人唱得最多的还是汉语演唱的歌。草原本就是大自然绘制的艺术。不来草原，就不可能切身体会。草原有多广阔，草原的歌就有多广阔；草原有多深沉，草原的歌就有多深沉。在南方我没有体会过这点，没有身临其境，也不可能体会到这点。那些用汉语写就的草原之歌，无不具备草原的深沉和广阔。二者决定了草原歌的高亢。新疆人似乎个个能高音，听得人总是免不了热血激奋。

《陪你一起看草原》是在艾比湖湿地听到的。那天看完风景后进屋。一间巨大的房子只有一张顶墙而设的榻榻米。不记得围坐的有多少人了。下午两点开始喝酒。足有二十几道菜摆满面前的饭桌。饭桌很矮，我们都必须盘膝而坐。酒喝得很慢，但也喝得很快。之所以如此，是因为新疆人喝酒，总是每个人须逐一敬满全桌人。喝掉十几瓶酒后，就有人开始唱歌了。老熊是唱得最好的，所以也是唱得最多的。但他不能包揽。桌前有女人。女人也要唱歌。于是就有女人站起来。她叫什么名字我忘了，她唱了几首歌我也忘了，我记得她最后那首是端酒站到老熊身边唱的。伊说，就唱一首《陪你一起看草原》吧。这歌名让我心中一动。名字像是熟悉，却不记得歌是怎么唱的。只见伊看着老熊，老熊盘膝端坐，侧头看她。伊弯腰作献酒状，嘴唇一动，又朴素又简单的歌词便吐了出来："因为我们今生有缘，让我有个心愿，等到草原最美的季节，陪你一起看草原……"

听过，我肯定听过。但从未在这样的场合听过。没有伴奏，没有和声，只有我们用手在桌上拍打的节奏。当地一个将要退休的老书记站起来为歌伴舞。我就坐在对面，听着歌，看着舞。在那一刻，我发现我对草原人真是有了格外不同的了解。一首歌，一段舞，几乎就是他们的日常生活，也是他们十分重要的生活。没有歌舞的日子对新疆人来说是不可想象的。也恰恰是这样的歌舞，让新疆人拥有特别不一样的情怀，很宽、很广、很真实、很豪情。

这首歌不是豪情之歌。在草原歌中，它有一股极为不同的细致。也许可以说，不论什么样的情感，总是有细致的一面。当老熊总是张臂唱着"我也是草原的孩子啊，心中有一首歌"时，我感受的是草原的雄浑和壮阔，这也是大量草原歌的特征。但伊此刻所唱的"……去看那青青的草、去看那蓝蓝的天，看那白云静静地飘，带着我的思念"时，另一面的草原陡然就在我心中涌现。是的，草原不仅是雄浑、不仅是壮阔，它同样也有柔情、同样也有沉静。甚至，草原的柔情与沉静更令我难以自已，更令我心中涌动着莫名的狂喜和莫名的激动。只是，我的狂喜和激动不被其他人看到，也没必要让其他人看到。我喜欢感受细致的东西，因为打动我的总是那些容易被人忽略的细致。

伊继续唱，"……陪你一起看草原，阳光多灿烂，陪你一起看草原，让爱留心间。"一个对草原无动于衷的人，是不可能有爱的人。但对草原的爱却又没办法用三言两语说清楚。对草原的爱只可能是静静燃烧的爱，对草原的爱只可能是一个人长久的注视。他愿意注视多久，心中的爱才有可能多久。因此对草原的爱很难说出来，说出来的爱不一定是真实的爱，但面对草原，一旦说出爱，却又是最真实的爱。它不是男女之爱，而是超乎其上的草原之爱。

伊端酒而歌，老书记随心舞蹈。我扭头看看窗外，艾比湖湿地的芦苇正摇荡得风起云涌。但窗子关着，听不见芦苇的摇荡之声。那一刻我真的很想走出去，走到一个草原上，就那么看着草原，什么话也不说。我忘记我一路看见过多少草原了。每次看见，我也就那么凝视，就那么无言，心中涌上的东西的确难以说出。此刻听到这首歌，我明白了，我说不出的究竟是什么。

到新疆我从未唱过歌，但我忽然觉得，我要学一首草原歌。就学这首。于是我在伊唱完后要老熊再唱，因为我要学唱它。从未听我唱过歌的老熊好像有点意外，一句句教我，我一句句学唱。接下来的好几天，当我开口便唱"陪你一起看草原……"时，老熊就哈哈大笑，说以后若再听有人唱这首歌，必定会想起我来。我想老熊是不是听我唱它已经听得烦了。但我喜欢，我喜欢这首歌，我喜欢唱它。

我不知道歌中所唱的"草原最美的季节"究竟是什么季节。总有人沿途告诉我，草原最好看的时候是五六月间。那时整个草原野花盛放，五颜六色。我没看见这样的草原，我看见的是九月的草原。九月的草原已在逐渐枯黄，但它还是宽广得令人无言。能让人无言的季节，应该也是最美的季节吧。

是的，“陪你一起看草原”，陪你一起看草原。我多么想陪着你一起来看，就坐在草原深处，那时候草是青的，天是蓝的。就坐在那里，看看令人无言的草原，看看令人内心激动的草原，看看牛羊遍布的草原，看看令人既想沉默又想唱歌的草原——你愿意吗？

怪石沟的怪石

离开博乐市，取东北方向三十多公里，便是老熊不断说起的怪石沟了。

很多地方，没去过就无法想象，待去了之后，又大都有“原来如此”甚或“不过如此”之感。怪石沟的不同凡响之处，就是我去了之后更觉不可想象。

一路上，老熊就说怪石沟如何如何新奇，我没引起多大兴趣。在新疆，该震动的已震动过了，该感动过的也感动过了，还有什么风景能令人耳目一新呢？

当积雪覆盖的遥远天山和公路两边的草原出现之时，都已经是我非常熟悉的风景了。不是说我对这些风景到了无动于衷的地步，但至少已没了我初见时的惊奇。

到一扇滚动门前停下车来，老熊下车购票。我望望前方，没看见什么吸引眼球的意外之处。当进得门后，汽车下的公路逐渐变得弯曲，不知从什么时候开始，车窗外已经是隆隆升起的巨大群山。说是山，不那么准确，但若说不是山，会更不准确。因为我眼前所见，都是成千上万块石头垒成一个一个山峰。更令我说不出话的，是那些石头很难找到一个匹配的说法来形容。说巍峨太普遍了，说荒蛮太随性了。就那些石头的形状而言，都像一张一张脸。既不是人脸，也不是兽脸。但你只能说它们是一张一张脸。那些脸千奇百怪，共同点是眼窝巨大，很像被什么狠狠地挖空。我忽然想起好莱坞电影《星球大战》来，影片里卢克的机器人对手就是这样的脸。只是在这里，每张脸都巨大无比，因为每张脸就是一块巨大的石头。

车下的公路不断弯曲，我们像是要进入崇山深处。很奇怪的是，沿路居然没有一个人。好像整座群山就只有我们两人一车在行进。秋天的阳光温暖，秋天的天空也格外蔚蓝。我们若不说话，方圆几十公里便是一片寂静。只有这些石头在寂静中，似乎在等待什么，也似乎什么也不等待。它们只是隆起于此，存在于此。我不觉想起复活岛上的石像。二者实在太像。没有人知道复活岛石像拥有什么谜底，我也不太想知道这里的群像有什么谜底。二者都似乎选择一个地方，就天荒地老地存在下去。人的世界与它们无关，它们也不屑于进入另外的世界。在这里，它们独立成只有它们自己的世界。

我现在成为了这里的一个进入者和窥探者。我不知道老熊是想我看得清楚些还是他心里也在涌起些什么，车开得很慢。一辆孤独的车在群山间穿行。群山就是无穷石像。它们无比空洞的眼睛都像在凝望我们，冷冷地让我心里感到一种斥责和轻蔑。是的，人总是自诩为万物之灵长，其实人的自信真不知从何而来。人总以为自己有力量改变世界，其实世界又哪里那么容易改变？不知有多少事物只会令人感到畏怖。就像此刻，阳光照耀，天空蔚蓝，应是舒适快意之时。但面对这些石像，我没来由地感到一丝畏怖。总觉得那些石像个个充满生命。它们的生命却不是我可以走近和理解。

它们存在多久了？我终于忍不住问。老熊说，这些石头无例外的是花岗石。数亿年前，这里原是一片汪洋，由于火山爆发，岩浆堆积成一块块花岗斑岩。当地壳在差不多两亿年前出现运动变化之后，沧海终变成桑田。汪洋变成陆地。这些石头就从海底裸露而出，隆起成我们今天看见的样子。

我无法再说什么了。人总喜欢感叹自己的人生。其实人生短暂，在这些自然形成的伟力面前，又有什么值得感叹的？人真还不能改变这个世界，改变这个世界的只可能是时间。我有点明白，我为什么总觉得这些石像对我们有点轻蔑了，因为它们是时间的产物，人却不是。它们的象形会意和鬼斧神工不可能出自任何人的手笔，它们被时间雕刻。时间是世界唯一的雕刻家，人不可能预测时间将最终把世界雕刻成什么样子。

到一块开阔地时，车停了。我们下车，到这里我才看见还有其他游人，但不多，只有三个。他们站在这里，似乎都没有说话，看他们模样，明明在交谈，却听不到声音。我相信了一点，到这里来的人，不可能不被震慑。人在震慑时是不敢多言的。

眼前是一条人工修建的梯道。我们拾级而上。走得十来分钟，便到山顶。老熊指一块石头，要我看看石头上有什么。我定睛一看，石头上居然凸起一只活灵活现的山羊，再看另一处山顶，居然像匍匐一条鳄鱼。在南方的溶洞中，其实已习惯看见石头状的动物像，但只在这里，我总觉得有点不同。那么动物石像都在巨大的石脸之上，生动得宛如化石。尤其当阳光照耀，动物和石像全部都像在面对茫茫旷古，面对它们生命的源头。它们的源头是数亿年前的汪洋。我不可想象数亿年前的情景。它们却不折不扣地活了数亿年——它们的语言就是身上的裂纹，它们的动作就是几万年才动上一毫米的隆起。

我伸手去摸身边的石头。石头表面无比粗粝，隐隐地从中透出红色。不知那红色是不是石头的血。这些血液也在它们体内流淌了数亿年，只是肉眼凡胎的人看不出石头的血液流动。石头的血看起来凝固，但我相信那些血还在流淌。等我们离去，等一代一代人离去，甚至等人类从地球上彻底离去，它们的血还是会流淌，因为天地永恒，天地不走，它们属于天地，属于时间中永恒的部分。它们不走，是为了见证这世界最终的海枯石烂。

远人

出生于二十世纪七十年代，湖南长沙人。出版有长篇小说三部、散文集三部、艺术随笔集三部、人物传记一部，诗集一部。现为光明新区作家协会主席。

大地的温床（组诗）

◎林卫雄

一滴水珠从叶脉滑落心间

雨后，一滴水珠像走失的孤儿
遗落在一片叶脉凸起的青筋上
——它是想借此获取力量吗?
在叶脉处，一滴水在光线里
变得健硕，霎时汇聚天地灵气
如一粒汗珠，甚至是一滴血

我与一滴水不期而遇在枝叶上
我凝视着它，不觉间打开
我全部的身体，一滴水珠
在无意间入侵了我。当它
在瞬间落下，触动起
我身体内的奇妙波澜……

雨落在大地的温床

雨下在大地的温床
缓慢地渗透我
雨滴像适合嵌入诗的词语
透明而容易破碎

一支抒情曲的旋律
弹奏起虚幻与现实的梦境
细微犹如诗人笔尖在纸上划过
响亮如无数鞭子抽向大地与林梢
和我裸露的身体

我在大地的温床上
梦见雨水的前世，它不断下垂
覆盖着我的梦境，蓄满无数
硬币似的亮点，不知道
是谁失手将这个罐口打翻
更多的雨，让我从温暖中醒来

风给我一个拥抱

我将从逼仄的空间逃出
像荒野，在虫鸣鸟叫中不再入眠
不管太阳升起，还是月光倾泻
大地的抖动令海洋倾斜
风早早举起浪花

给我一个热烈的拥抱
亲近自然，回归自然
沙滩上留下弯弯曲曲的诗行——
一朵自由而开放的花朵
有着自然而然的脚步

林卫雄

曾用笔名侣梁，作品散见《星星》诗刊、《参花》《少男少女》《青少年日记》等全国报纸杂志。出版有诗集《风痕》，并在深圳市群文优秀诗歌评选中荣获诗集类奖项。系深圳市作家协会会员、深圳市光明新区作家协会会员。

文本与绎读

那些乡间的事物（组诗）

◎马永波

鸽子

它们悄悄孵化红瓦的屋顶
它们安闲散步，鼓胀胀的胸脯
像乡村妇女，温暖了多少冬日
或者它们是老派的英国绅士
背着带花的翅膀走来走去
互相遇见时点头致意咕咕叫

在童鸽的挤压下，这些大胸脯
就会输出鸽乳，妈妈说
头三天，母鸽子给孩子吹气
就能活着。我认为是在喂唾沫
童鸽不几天就长到小鸡崽那么大
没有毛，拖着大肚子，翅膀发黑

每天，随着二哥的一声巴掌
它们呼啦啦飞过泥泞的场院
把天空飞得略微歪斜
又掠过杨树梢，纷纷落回屋脊
它们代表和平巡视着乡间的一切
院门口，谷垛旁，胡同里
乡村街道中央，穿靴子的大脚之间
常闪现那些红色的小细腿
在泥地上留下寒冷的脚印
而秋天的圆圈是鸽哨划出来的

其实它们鼓溜溜的胸脯里
装的不过是普通的玉米粒
关于它们，我至今还记得
少年淘气的弹弓和石头子
打在它们胸脯上发出的闷响
仿佛凭借空气将疼痛和惊讶
一直传递过来，在我的胸腔里放大

2016-3-10

大泡子

春天，大泡子像口烧着慢火的黑锅
冒泡了，但冒泡并不总是意味着有鱼
还没有换气的泥鳅，把胡须
露在尚显迟钝有些发绿的水面上

大泡子有时也有死猪
鼓胀着肚子半沉半浮
很多天都不消失，也不腐烂
很多天都吸引着我，谁也不告诉
独自儿在放学的路上绕远经过
怀着既厌恶又兴奋的心情
长久地看着它，探究它的来历
端详它的鬃毛和绷紧发青的皮
还有一排提子般硬邦邦的乳头
它使大泡子成了深不可测的谜
这时候往往芦苇还是枯黄的
岸边有零散的石灰，不远处是淀粉厂
我光腿穿的棉裤，因为练功踢腿
裤裆开了线，春天的风很硬
从脚踝和开线的缝隙钻进来
一直向上，摸泥鳅一样摸着
我正在发育的充满疼痛汁液的身体
那是春天莫须有的手和莫须有的温柔
伴随着大泡子逐渐浓烈起来的酸臭气息
而死猪是什么时候消失的，无人知道

2016-3-25

老家更静了

老家真静，留在老家的人面目高古
辘轳井也扎根在老家的土里
井壁生绿苔，井水低下去

不再能照出我们变形喜悦的脸
也不再有人向井中呼喊，听回声
释放出一串燕子。我们都不在老家
我们偶尔回去，身体四处漏风
就像年久失修的旧宅用阴影撑着
老家的人也越来越少，闲话桑麻
那是上一辈子的事儿了，野老已殁
通往邻舍的路径已经荒芜
留下来的人，他们多数认识你
喊你的小名，你却尴尬地想不起
对方的名字和曾经的游戏，你微笑着
他们的热情，让你莫名的有些烦恼
村路上没有热气腾腾金黄的马粪
牛粪，让你把小脚伸进去暖暖
也没有不会受到责怪的车辙
小木车已经歪倒，轮子开裂
老家真静，天黑的得也早
你吃了就睡，不再捅鼓词语的小零件
也没人听你讲讲人生大道理
又是清明，父母的坟头青气升腾
你想象童年那样，晚上陪母亲喝两盅
把流油的咸鸭蛋黄喂到她嘴里
可你只是把鲜花和供品摆好
把整个大地和自己摆好，只是
从母亲的烟盒里抽出一根点着
你没有说什么，父母也始终沉默着

你直起身，望着低低的天空下
树木扶疏闪着黑色光芒的田野

2016-3-25

放风筝

这些被叫做八卦或是屁帘儿的风筝
大多是平面的方块或八角形
竹篾为骨，用面粉做成糨糊
糊上牛皮纸，白纸报纸
或各种彩纸，一定要绷紧
还要拖着一条彩色的尾巴
二哥会偷偷地在仓房里鼓捣
我们总是偷来母亲的线团
拧结实，缠在木头摇把上
或是从爸爸的行李绳里拆出一股
二哥他们下到干涸的西大沟底
我往往站在沟沿上瞅着
我连小兜风都糊不好
刚飞起来就破，我就看他们
斗风筝，看谁的线先被割断
常常两只会缠在一起打旋儿
两人就会朝相反方向猛跑
扯着线绳一放一收地抖动
等风筝在空中基本稳定后
二哥偶尔会小心地让我试试
我能感觉绷紧的力量从天空

传递到我手中的线轴和胳膊上
那是一种陌生而可怕的张力
似乎要把你像一张网一样拽上天去
那是春秋时节，风从别的地方吹来
吹鼓了我们带补丁的灰衣服
天空中便飘满了大大小小的形象
风过之后的树梢或高压线上
便会缠上很多断线的风筝
逐渐被风撕扯得只剩下骨架
而我总是想放飞一片真正的青瓦
把线系在黝黑坟头的果树上

2016-3-28

打水

那些木板井壁的辘轳井
我们叫做笨井，阳光把铁摇把晒热
粗大的麻绳，柳条或黑皮吊桶
雨水直接落入井里
但从来没有人冒雨去井边
冬天，井台上结了一圈的冰
打水就成了件危险的活儿
你听着空桶触到水面的声音
感觉着井绳上的拉力，你要握紧摇把
总担心会有个圆咕隆咚的怪物
被你一起拖上来。井水涨落
一个神秘可怕的怪物在呼吸

好在井水总是清凉如同花束
从掰开的身体你喝出了甜味
你参与了整个大地的幽暗
这些水井已经消失在大地深处
木板灰白开裂，荒草没膝
不再有人向里面投掷石子
也不再有牵牛花爬上井台
将晶莹的清露向井中滴洒
不再有清晨的母亲怕伤到花枝
转而去溪中打水，荡开落叶

2016-3-30

塔头墩子

北方的苔草沼泽，凝涩的酱油
像经年枯草熬出的草药汤子
浸泡着这些入夜的单层宝塔
它们高出水面，多至一米
却扎入泥沼深处，可达丈寻
那些灰脉苔草、细叶蚊子草、地榆
毒芹、黄连花、柳叶鬼针草
小叶草和驴蹄草，死亡，腐烂，再生
直到和泥炭紧紧凝结，堆积成块
这不可再生的活的植物“化石”
甚至万年才能形成一小块
像不屈的头颅密密麻麻冒出水面

踩着它们在沼泽中放牧是危险的
这些鬼沼水深没腰，号为大酱缸
苏联电影《这里的黎明静悄悄》
那红军女战士就消失在这样的幽冥
塔头直径二十来厘米，间隔不等
站上去会晃晃悠悠地往下沉
等你挪开，又会恢复原状
你要瞅准下一个墩子再起跳
一旦踩空打滑，或是蹦过了劲儿
就会惊醒三伏天也冰凉透骨的水

塔头飘拂着东北三宝乌拉草
不怕旱涝，火烧，更耐严寒
它们深深地扎入水中，将泥土聚拢
它们被晒干，被货于市
我光裸的小脚就在黑黑的鞋窠里
如小鸟做窝，依偎，脚趾缝发痒

那些死去的草根整齐而干净
如死者梳理得光溜的灰褐色头发
春风一吹，满地头颅就会松软发青
就会有雀鸟营巢，黑亮的大蚂蚁出没
夏天金灿灿的黄花菜点缀其间
阵雨催生出五颜六色的小蘑菇
紫色的都柿，一嘟噜一嘟噜
被秋天的嘴唇吸吮，在爸爸的

军用铁皮茶缸子里挤压变形
偶尔，还能捡到带斑的野鸭蛋
孵蛋的野鸭子轰也轰不走
在周围团团打转，绿头绿翅
或有丹顶鹤长久地伫立，优雅地飘落
水下潜游着鲤鱼、鲫子、花鳅和鲶鱼

锋利的平板铁锹，被泥泞的大脚一踩
锹头闪亮，便深深沉入塔头
晾干就是垡子，或长或方
盖房垒墙砌猪圈，石片为墙基
一层层码起，到半人来高
材料全部是自然所赐，散发出清香
墙体又轻又软，很快就能砌完
墙缝里外抹上黄泥，结实又保暖
老鼠喜欢在上边打洞，远远望去
就像是一座座紫黑色的城堡
散碎的垡子可做花土，最过瘾的
是用垡头子揍人，扑地拍在头上
拍得满脸是土，让对方抬不起头来
还不至于像大砖头子会把人拍死
可我很多年不和任何人打仗了
如今只在语言里和敌人安全地开战

2016-4-2

榆树钱

北方多榆树，暮春时节
树干黑乎乎，枝头尚未发芽
忽如一夜，大大小小的树枝
都串起绿色的铜板，是谓榆树雀儿
这一树繁花，风一摇就落了满地
曾裹在金黄的玉米面中
用铁锅贴出底面焦煳喷香的大饼子
像熨斗教我忆苦思甜
戒掉这种甜，从前也没什么不好
路边，河堤，田头，篱落旁和院墙后
到处闪现它们的身影，像货郎
诱惑着纸窗后假装读书的你
踮起脚尖，拉低树枝
就能补充童年短缺的糖分
不同于草根、玉米秆和高粱秆
它们滑滑黏黏的甜，透着清香
一只手把住树枝，另一只手
不怕枝上的小结子摩得手心又红又痛
一撸一把，塞到嘴里大口咀嚼
或是先装满口袋再慢慢品尝
或者喀巴一下掰下个大杈子扛着
边走边吃，还一个劲地尿尿
吃榆钱的日子也就那么几天
不久，就会有后发的嫩叶裹在里边
榆钱存不住，很快发黄变干

装在笸箩里，刷刷响，低度的甜
全部消失，就用钢丝枪串一串
和小伙伴们互相发射，追逐
北方的春天缓慢，风大灰尘多
我曾把榆钱放在水里洗了洗
一盆滑溜溜，怎么也捞不起来

2016-4-4

早市上的鸡雏

那些毛茸茸的鸡雏、鸭雏、鹅雏
拥挤在圆形平筐里，或黄或黑
一有手伸过来，就全都潮水一般
涌到另一边，空出半筐倾斜的沙滩
你手里握住的仅是剧烈的心跳
想起小时候放狠话，“小鸡巴崽子，
把你蛋黄给你捏出来，叫你得瑟。”
想起妈妈亲手用大笸箩孵小鸡
用棉被捂着，放在温暖的土炕上
经常用手伸到被子下摸摸温度
晚上会拿起蛋来，对着灯照
一片混沌，不透亮，过了些日子
混沌开始微微透亮了，变得有深有浅
慢慢地，蛋壳里有的地方空了
有的地方实了，不久，夜里
就能听到鸡雏啄蛋壳的声音了
起初很微弱，带有试探性的

蛋壳出现小孔时，我总是有点着急
想帮它们把壳剥开，妈妈总是不许
蛋壳终于像砍掉小半个脑袋的暴君
黏糊糊的鸡雏，终于栽歪地爬出来
丑陋，光秃，可怜，挣扎着，甚至让你
有点起鸡皮疙瘩，想都倒进大粪坑里
所有对生命的渴望和留恋都让你恶心
可是不久，面对一笸箩黄毛球
滚来滚去，叽叽喳喳，轻啄你的手指肚
你就开始稀罕了，我会选出个好看的
把它放在跨栏背心的胸前，用手兜着
它毛茸茸的心跳挨着我的心跳
它硬硬的小爪子蹬得我皮肤发疼
鸡雏们很快就能跳过门槛
在外屋地的木头梓子和水缸后面乱钻
还偏偏喜欢在儿童的腿间绊来绊去
曾一脚被二哥踩扁一只，我们拿脸盆
把它扣在凉爽的泥地上敲
说能敲活过来，一阵丁当之后
慢慢揭开盆，鸡雏还是一动不动
摊在那里，小爪子通红地支楞着
我已经太多年没有见过它们了
鸡雏们随着春天的推进而出现
散发出臭烘烘温暖的气味
微微有些辛辣，有些好闻
它们的长辈就在不远的另一处摊位

安静地拥挤在筐里，像知天命的学者
只有被揪住翅膀拎出来才会惊叫几声
可一回到筐里，又会马上安静下来
鸡雏在迎风成长，长成自己父母的模样
春天也即将过去，大自然的新绿
那些鹅黄淡紫，也很快变得沉闷无光

2016-4-9

平原上的旋风

“旋风旋风你是鬼，三把镰刀割你腿。”
是割鬼的腿呢，还是人的腿
这童谣让我一直挺困惑
且在下乡割麦子，戴手套割黄豆时
总担心用力过猛，会从左下方向上
割到自己的左腿，于是有时我的左手
就会较为用力地握住庄稼秆
乃至把一小束带着土薅了出来
就像是一窝鬼，抱着那点土不放
鬼有腿吗，鬼或许就是一条没有脚
却在悬空行走的空荡荡的蓝裤子
说起裤子，二哥从小就怕裤子
尤其晚上，家里不能挂裤子
有回他睡毛愣了，半夜悄悄儿地
站到爸妈睡的北炕上，黑黑的
站爸爸脑袋边上，不动也不吭气
我听爸爸小声让妈别动，进来小偷了

爸要把小偷揪住腿掀翻按住
这个精通格斗，参加过三大战役
从东北一直打到海南岛
立过好几次战功的笔直的军官
在家里枕头下也总是压着他的六四手枪
结果虚惊一场，二哥开口说话了
“我要尿尿。”这些和旋风有什么关系
管它呢，我想起这些，就记下来
就好像背着手拿把生锈的镰刀
有待来日，见到鬼时，斜着挥上一挥

2016-4-11

放牧的瓢虫

北方到秋天才会有瓢虫
随着突然喷吐烈焰的秋阳出现
背部裂开，薄如轻纱的翅膀
如同桨片朝两边划出
突然飞进你脖子里，抓得你生疼
早晨它们密麻麻堆在窗户上
窗户纸凹陷，似要破裂
得用扫帚把它们连灰带泥
扫下灰白的木头窗台
夜晚，黑暗中它们阵雨一般
打在引擎盖的盾牌上
让热腾腾的水箱颤抖不已
“花大姐，花大姐，

只有骨头没有血。”
顽童们一边追，一边唱
这种俗称花大姐的东西
喜欢放牧蚜虫，拍打它们的屁股
蚜虫就会挤出一滴甜蜜的汁液
还刚刚是四月，只有一只花大姐
橘红色的，微微发亮
孤独地出现在黑树皮的荒原上
像一辆冷静的小汽车
或是一个缓慢移动的
闭合了圆屋顶的天文台
那些淡绿色的蚜虫
散落在粗糙的皱褶中
只有芝麻粒大小
像亚伯拉罕的羊群
不知道从哪里来
又要到哪里去

2016-4-11

挑水

扁担忽悠忽悠，两只大水桶的底儿
有时会碰到地面，肩膀骨头生疼
扁担再继续忽闪，水就会洒出来
让灰白的村路多出几块深色的补丁
水桶里放一块干净的木片
能够减少水有节奏的泼溅

来时的空水桶是干燥灰白的木头
你可以从左肩在前，换到右肩在前
只需让扁担不离身，贴着后颈一抡
这是你喜欢的把戏。那时的井水
是在土里冷却的太阳的秘密
你中途停下，搬住水桶，喝上一口
这样的机会不是很多，到了县里
就改吃机井，凭水票，去南街水站
家里挑水的活都是大哥一人承担
他矮小的身材，却走得又稳又快
不让一滴水溅出来，水缸很高
我要踮脚才能扒到缸沿，把头探里
嗡嗡地喊话，觉得自己成了威严老者
可是每天，水缸很快充满
漂着翠绿的黄瓜，镇得冰凉爽脆
水缸所在的门旁散发阴凉之气
泥土地面上有灰色潮虫缓慢爬行
它们成了我儿时的科研对象
像小船翻白，蜷缩起众多小爪子
七八岁的冬天，我自己去挑水
把桶放在冰上排队，过来一个小子
比我大几岁，一脚把我的桶踢翻
放上他自己的桶。我哭咧咧地回家
空着桶，找大哥，大哥二话没说
直奔南街，二哥也蹿了出来
我和母亲一看不好，赶紧追去

就见大哥把尚未离开的坏蛋
拖到胡同里，对方发觉不妙
一边把棉帽子耳朵放下来系住
以此来减轻大拳头砸在头上的
冲击力，一边向外拼命逃窜
正赶上二哥飞奔过来，照脸一脚
踢破的伤口里进了泥巴
医生都未能清理干净，肉长死之后
留下一块黑疤。而那些水井
都已经全部消失在大地幽暗的深处

2016-4-13

采野菜

我妈说我，剜到筐里就是菜
那些灰菜和苋菜
我们成麻袋采来
和上玉米面喂猪
我爱看刷得确白的猪
鼻子埋在木头槽子里
从稀得溜的猪食底下吸溜干的吃
咕噜咕噜吹出水泡泡

那些曲荬菜婆婆丁
蘸妈妈下的黄豆酱吃
黄昏把桌子摆在当院
爸爸从屋里拉出电灯

菜式不多，却总是让我激动

最难忘爸爸用自行车驮着我
清晨穿雨靴来到郊外
上坡的时候我就先下来
坡下一望无际的田野
田头和路边，高高的杨树欣欣向荣
褐色村落如蘑菇散落其间

成片的灰菜就在路沟边
怎么采也采不完
多汁的野菜发出清脆的折断声
手上满是露水和草汁
偶尔有藕荷色和黄色的小花
也被装进了口袋
麻袋不能塞得太紧
野菜会失去新鲜

妈妈总是说我，剜到筐里就是菜
这回她说的可不是野菜
是说我找的那些小对象
全都像那些小草花
混在猪食菜里
像猪身上开花，跑得飞快

2016-4-18

暮春雨后晨起山中听水

太阳的顽童用手电筒在林中搜索
一无所获，便把它开着
留在了树顶，像舞台灯光
透过渐渐浓密的枝叶
散射出薄雾的光束

溪流的声音大了很多
鸟鸣和露珠一起滚动在绿叶上
你站在古老残破的石桥上
看不见流水，只能听见水声
这山中有很多条溪流
从无人的高处流向无人的低处

偶尔，一阵太阳雨飘过林间
雨声暂时掩盖住忽高忽低的流水声
寂静的网兜住一些清凉的身体
阳光不会同时照亮每一片叶子
树也在倾听，听着天空
也听着脚下的溪流和大地
你和树同时置身于另一个寂静的世界

你没有听见时间的流逝
也没有看见无数代听水的人
消失在光明的下游
流水仅仅带来一个个往昔的你

那些来不及看清的事物的肖像
无声地重叠，变形，融化
你听见了自己的消逝
而在群山之上，春天黄色的气流
拖曳而过

2016-4-18

春溪

水流变慢，放宽处
游鱼数头，细小如柳叶
与自己的影子平行飞行
如同主机和僚机
使自己的军队凭空多出一倍

小龙虾伏在水底不动
暗暗成长
如青色潜水艇倾听我的寂静
我用手影把它们惊起
它们弹射，翻白，尾巴绷紧
在水中搅起黄色烟雾
隐身于腐叶之下

风过，叶落，涟漪扩大了寂静
草虾惊跳
光阴不动
我不动

蝌蚪全都不见了

万里外的北方
一条条河流渐次腾起烟雾
无数的喇蛄虾爬上河岸
像烧红了的救火车
一排排，一队队
停在草丛

黑白翅膀的鸟
从溪流这边，从我的身影里起飞
投向对岸的幽暗

2016-4-18

谷雨后的雨

谷雨之后，雨水不断
我去郊野散步，花都不见了
或是藏到了植物的腋下
雨化身万物，它播种透明的种子
它们将获得绿色的身体
那些落回池塘的雨
敲打着鱼儿动荡的屋顶

我把外套顶在头上
微雨中垂钓的人
和石头上独立的大鸟

等待着事物在雨的间隙出现
等待着自己的前世今生
我看着自己的尿流迅速消失在雨中
我用树叶子洗手，若无其事
雨水使我的湿衣服变得沉重

绿色盈窗，大哥来取伞
我们在变暗的屋子里说话
偶尔听听外面的雨声
说起小时候，檐下斜斜支起的窗户
刷着蓝油漆，我用檐溜洗手
从门缝里往院子里撒尿
把会唱的歌全都唱一遍
下雨时仿佛总是我一个人在家
屋檐下的水缸里总是绽放着涟漪

雨水敲打着红屋顶，腾起雨烟
它渴望加入屋子里的谈话
渴望像子弹在寂静的身体里越陷越深
当我们沉默下来
突然发觉屋子里有点冷
于是我们起身，披上旧日温暖的衣服

2016-4-20

冰凌花

北国三月，冰雪尚未消融

山脚，林缘，路弯
无视寂静荒芜的权威
冰凌花破冰而出
举起太阳的棺椁

这阿多尼斯的黄金酒樽
在地下沉默了多年
将初春寒冷的气流酿为新酒
充满整座山谷整座树林
为众神献上复苏的祝福

它又像是一枚铜纽扣
为哺乳的母亲系上衣襟
在它周围，寒冰在逐渐塌陷
如同香槟酒中泛起了白沫
露出大地潮湿发黑的柔发

或许它是在地狱的烈火中
锻造而成的一盏铜灯
微微发亮，密集的灯丝
便是春天的导火索
它从幽冥深处旋转着升起，静止
等待，直到将黑暗的火药瞬间点燃

2016-4-20

打干草

入秋，军用水壶和饭盒被晒得微热
金鹿和大国防加重的车圈和辐条
切割着太阳，从露水沾衣直到正午
才坐在草堆或干净土坎上
吃沙砾般粗糙金黄的大饼子咸菜
望望周围风景，田中褐色的孤冢
打下的剑草一片片倒在草茬上
渐渐变干，有的黄有的绿
天起凉风，开始打捆回家
拽出一绺草，边拧边拽
草绳慢慢从草堆里生长出来
或是用几根长篙子拧在一起
厚铁的车后架绑上两根粗木棍
担上十几捆草，能禁住三百多斤
我的草捆却常常如波浪崩散
一路上哩哩啦啦，落在湿牛粪上
它们摊开满院子成熟的阳光
院子里便会弥漫起草的清香
夹杂着带刺的黄花和蒿子
白色的血液凝固，厚度渐渐变薄
我常常光脚踩在柔软的草上
从野外随草捆一起回家的
几只小黑蚂蚱，便会沙沙地飞开
几天过后，就只有死亡刺鼻的气味
那些蚂蚱也早已飞向另一个秋天

而带我打草的父亲那双泥泞的黑胶靴
又在跨过一个又一个草堆
镰刀闪亮，向我走来

2016-4-22

门边的向日葵

不知是特意种的，还是偶然
土屋门边长出一棵向日葵
细瘦，已经接近屋檐的高度
因为紧靠门边，有屋檐在上
它弯下头颈，就像一个
谨慎耐心的人，等待门帘掀起
走出一个慵懒的穿拖鞋的少女
土屋很静，窗洞深陷
取下的窗扇斜靠在黄土墙上
玻璃下面仍有藤蔓在弯曲摸索
院子里有一只小羊在啃胶皮车轱辘
一条小白狗毛竖竖着缩在板车下面
另一只棕色的小狗像个蛤蟆
因为有人来，幸福得浑身打战
贴地往你脚边爬，院子是个斜坡
秋日阳光像稻草散落着
这是个宁静而凄凉的山村
没有几户人家，一个人都看不见
土屋的门开着，或者干脆就没有门
大半截彩色塑料门帘似乎还是新的

没有任何声息，苞米地和果树林
在山坡上交错蔓延，忽然
你一下子就来到了一条路上
灰色的石板路，紧靠河边
河床几近干涸，另一侧
是漫长无尽低矮的民居
路很长，后面前面什么都没有
你不知道自己怎么来的
也不知道这条路通向哪里
还不到掌灯时分，四下朦胧
甚至一棵树一丝光亮都没有
你站在路上，进退两难

2016-8-30

风吹寂静

（给潘英杰姐姐）

无论走哪条路，最后通向的都是寂静
阳光照耀红色蓝色褐色的屋顶
照耀菊花的头巾一闪而逝的村路
这村子好像很久没人来过了
每家的后窗都开着，向日葵探头探脑
炕上的被子整齐地摞着
看不见人，也没有犬吠
鹅的叫声从村子另一端远远传来
只有阳光，一动不动

照耀着闷热的树林，庄稼，尘土
和院子里逐渐开裂的白色蜂箱

十六岁的姐姐衣衫单薄
她在田里劳动，庄稼越来越高
风从亮银般蜿蜒的地平线吹来
吹着她单薄的青春
偶尔闪露的滚烫的腰身
十六岁的姐姐沉浸于劳动
当落日的芳香让她猛醒
田地里已空无一人，一片寂静
她蹲在垄沟里，风吹大地
风吹着蹲在大地上张望的姐姐
黄昏的阴影迅速蔓延过来
低矮下去的村庄仿佛在沉入水中
人世寂静，人时很长
十六岁的姐姐独自一人
留在田野里，沙沙作响的庄稼
很快高过了她，高过了旋转的星空

2016-8-20

精神生态与自然生态

◎马永波

生态关怀倡导的是“回到事物本身”，这意味着在写作中，应将对生存经验的尊重与对语言自身热爱统一起来，既要避免对生存信息进行处理时的乏力，又要保证个人语境向普遍理解转换时不丧失其珍贵的个性化品质。正是这种在关联域（如真实与审美、词与物、生活的完美与艺术的完美）之间凝神的平衡力量，才能使诗人写出美与真并重的诗歌，并使诗人成为一个真实而美好的人。这种个人自律虽非解决生态危机的直接途径，但却是它必不可少的前提。因为，在人的创造与自然环境之间，始终存在着交互的作用与渗透。两者绝不是纯然各自封闭的系统，而是向彼此打开、交织互动的。

人的建构对自然秩序的改变或重新安排，会形成复杂奇妙而预想不到的变化，正效应如同多米诺骨牌一样，牵一发而动全身。“荒野从来不是一种具有同样来源和构造的原材料。它是极其多样的。因而，由它而产生的最后成品也是多种多样的。这些最后产品的不同被理解为文化。世界文化的丰富多样性反映出了产生它们的荒野的相应多样性。”[1]来自荒野的呼唤就像来自上帝的启示一样，是人类文化多样性的保证，是文化的始基。而人类文化与“荒野”自然存在着开放系统之间的交互作用和交互塑造，它们是彼此建构的。美国诗人华莱士·史蒂文斯曾写过一首诗《坛子的轶事》，来说明人对自然秩序的影响：

我把一个圆形的坛子
放在田纳西的山顶。
凌乱的荒野
围向山峰。

荒野向坛子涌起，
匍匐在四周，不再荒凉。
圆圆的坛子置在地上，
高高地立于空中。

它君临四界。
这个灰色无釉的坛子。
它不曾产生鸟雀或树丛，
与田纳西别的事物都不一样。[2]

迈克尔·波伦曾经这样谈道，“仅仅是一个罐子，摆在田纳西的一个走廊上，就使得四周的森林都改变了。他描绘了这样一个人类非常平常的制作如何‘支配了每一处地方’，使得它周围‘懒散的荒野’有了

[1] 奥尔多·利奥波德：《沙乡年鉴》，吉林人民出版社，1997年版，第178页。

[2] 史蒂文斯：《史蒂文斯诗集》，国际文化出版公司，1989年版，第37页。

秩序，就像黑暗里的一丝光亮。我在想，如果一棵野树种在了一片有秩序的土地的中间，则可以导出相反的一面发生，可以松弛这个整洁紧张的园子；我的意思是，它可以让围绕着它的所有那些栽培出来的植物唱一唱它们自己天生野性的清晰音符，这些音符现在是被压抑下去了。没有野性就不会有文明，这样的一棵树将会提醒我们：如果它那苦涩的反面缺席的话，甜也就没有了。”[1]因此，在精神生态与自然生态之间存在着复杂的对应关系，人的创造物作为整个生态圈这个复杂系统的一部分，会引发系统不可预期的涨落。雷毅对深层生态学曾经有过这样一个总结：“深层生态学从整体论立场出发，把整个生物圈乃至宇宙看成一个生态系统，认为生态系统中的一切事物都是相互关系、相互作用的，人类只是这一系统中的一部分，人既不在自然之上，也不在自然之下，而在自然之中。”[2]人类系统和自然系统是互相依存和作用的，自然生态与人的精神生态、文化生态之间存在着难以割离的纽带关系。

在自然界享有最大自由的人类社会以对自然界的多种依存性来滋养它的自主。而生态系统的复杂程度愈大，它愈是能够以极其丰富和多样的食品和产物来滋养人类社会，愈是能够促成社会秩序的丰富和多样化，亦即复杂性。人类个体，这个复杂性的最后果实，他本身也一样，对人类社会既享有最大的自由，又具有最大的依赖性。他的自主性的维持和发展与在教育（很长的上学时间，很长的融入社会的过程）、文化方面和技术方面的对于社会的大量依赖性是分不开的。这表明人类的生态学的依存——独立的关系是在两个重叠的层次上展开的，而这两个层次又是相互依存的：它们一个是社会环境系统，一个

[1] 迈克尔·波伦：《植物的欲望——植物眼中的世界》，上海人民出版社，2005年版，第74页。

[2] 雷毅：《深层生态学思想研究》，清华大学出版社，2001年版，第28页。

是自然环境系统。[1]

所以，我们必须重视诗歌（乃至广义的文艺）对人的精神生态的作用，作为诗歌获至可靠性的元点，诗歌中的超验维度对精神生态的不可忽视的影响，亦即汉语诗学传统中重经验而轻超验的弊端与危害，以及这种缺失要对自然生态破坏所负的责任。

众所周知，中国新诗从其诞生起，就脱离不了传统文化资源的牵缠，中庸、平衡的个性使得诗人难以彻底摆脱“诗言志”的他律意志，难以彻底否定现实的相对性价值而奔向无渚无涯的存在本身，也正是这种对绝对升华的警惕使得汉语诗人对诗学本体论思考的侧重点不同于西方现代主义诗人。后者往往集中在其宗教与哲学层面上，而前者则注重其美学层面和实践层面，这必然带来诗歌向超越境界突破上的局限。中国本土文化环境和后现代时代语境对超验维度的过滤和排斥，加之中国文化传统历来追求的天人合一观念，都在无形中制约着汉语诗人向广大高深的宗教境界的冲刺。在社会现实的尘网中失意之后，中国文人的通行理想多是归隐田园、啸傲林泉、泛舟五湖，他们向往的是纵浪大化、俯仰自在的逍遥自适。西方诗歌中那种超越性的天堂在此仅仅被归结为自然，归结为与物相谐的会心微笑。其中，除了来自历史的积习与暗示，还有汉语诗歌与现实的纠缠过于紧密的原因，诗人们较少从超越旨归上反思人的存在本身，或上帝隐退后灵魂无所依傍的恐惧，更没有完整的宗教精神以为拯救的支撑。诗歌离不开信仰，没有信仰的诗人是可疑的。然而，在中国传统的沿袭中，信仰问题始终是个悬而未决的事情。诗人多是将诗歌当作一种准宗教来信仰，却缺乏真正严格意义上的

[1] 埃德加·莫兰：《迷失的范式——人性研究》，北京大学出版社，1999年版，第14页。

宗教信仰。这往往使得诗人短视地抓住一些暂时的替代品，把道路当成了磐石，而难有灵魂的真实归宿。在他们看来，自我和心灵就是诗歌的全部范围，而只能在宗教背景中获得意义和独立形态的灵魂，则被约略等同于心灵情感和自我实现。其实，这三个概念是既互相联系又大有区别的，是一个从低到高的上升序列。这使得汉语诗人的痛苦局限在现实问题的纠缠上，而一旦现实处境有所改善，他们就会显露出天真的乐观来，对现实、群体和制度抱有幼稚但可贵的幻想，他们依然企望在社会进化论中获得安慰和拯救，而缺乏本质上对灵魂的认识。与最终皈依宗教的艾略特、奥登相比，中国知识分子要不幸得多，在传统价值体系已经全面失效的现代中国，他们并没有一个强大的传统来支撑自己的废墟，也没有一个可以归依的真正属于自己的宗教，他们对自身困境的解脱势必只能依赖外在现实状况的改善。然而，残酷的事实证明，历史进化论的期望早已经落空。文化背景与现实语境的双重制约，决定了汉语诗人不可能像艾略特那样坚信基督教秩序是文明荒原上的拯救之途，大多数汉语诗人的宗教诉求仅仅是一个权宜之计和文学手段，是一种修辞学练习，或者是为了重获语言、语调上的权威感。

在这里，我们便来到一个充满悖论又展开着无限丰富的可能性的边疆——在诗歌言说与布道式宣告之间的界限，而模糊这个界限，对于诗歌言说作为神性奥义的触摸，会不会构成一种双向的伤害和剥离？最可能的情况也许就是，诗歌重新沦为神学的婢女，从而将人性的无限丰富性削缩为一种过于大胆和极端的抽象，同时也使得信仰成为没有血肉的枯骨，而不再是骨中之骨，肉中之肉。或者还有另一种可能，将信仰内容作为绝对性凌驾于自足的审美价值的相对性之上，是否也会导致自义的骄傲的罪性？

瓦尔特·延斯在论及格吕菲乌斯时，曾盛赞这位诗人“将《圣经》的选读文本转换成了对时代状况的呈现：他不仅因循福音书原本的故事模式，同时又通过释义、改写和反复的变形，表达出与时代和个人际遇密切相关的旨趣和理解，从而把这些故事变成了自己的故事”。[1]盛赞诗人将虔诚的激情与比喻的艺术、朴素的祈祷与细致的描写融合交织在一起。而让人难以苟同的是，瓦尔特·延斯为此所举的诗例，却恰恰是处于个人内在经验与信仰意义这两者并未有机融合的状态。诗的前半部分的表达尚有具体形象可循，而后半部分“笔锋突然一转，进入寓言的宗教意义的阐释”，就变成了居高临下的简单宣示，成了“直言”。这与诗美学注重“曲言”的主张完全相悖。

而在当下的汉语灵性诗歌写作中，我们也能触目惊心地看到同样的失衡和越界。我不否认这些诗歌作者在文本中体现出的虔诚，对教义理解的一定程度的准确性，但是很多诗作也的确存在着上面所述的“虔诚的激情与比喻的艺术”并未有机融合的现象，而倒向了对信仰内容的图解，这在某种程度上削弱了其中所传达神谕的确定性和有效性。艾略特曾经说过，文学的伟大绝不只在于文学，但评论文学必须以文学的标准。对表达信念确然性的急切，也许使得我们的诗人忘记了奥登所推举的“限界”意识，也忽略了40年代九叶诗派“平行”诗学带给我们的警醒和启示。我们知道，现代主义审美乌托邦精神的本质在于艺术自律，也就是将艺术看成自在自为的独立领域，从他为的存在（Being-for-Other）向自为的存在（Being-for-Self）转变。这种自律中所包含的社会批判力量，决定了艺术不受社会的他律的支配。诗歌有其独立的内在美学价值，它本身就是有价值的，它的价值不是任何外在的相对目的所决定的。诗首先必须是诗，这是谈及诗歌的其他功能的前提。这种文学本位的含义包括：文学活动有别于其他活动，它必须遵守文学先天被赋

[1] 汉斯·昆，瓦尔特·延斯：《诗与宗教》，北京三联书店，2005年版，70页。

予的特性及其约束；文学活动与其他活动（如政治活动、科学活动等）的关系是平行关系，密切相关，但无隶属关系，同属于生命整体的一部分；文学要发挥其独特的作用，是以保证其艺术品质的完备性为前提的。因此，袁可嘉明确反对艺术为艺术、艺术为政治斗争工具的说法，他强调在艺术与宗教、道德、科学、政治之间的平行关系，两者密切相关但绝对没有任何的主从关系。

如果诗不仅限于自以为自主的审美愉悦，而是在通向原初之真的过程中所展开的心魂搏斗的壮丽风景，那么，我们就没有理由像克尔凯郭尔那样，仅只将其视为信仰的工具，认为“诗作为潜移默化的艺术，在与那些需要拯救的人的‘关联’中，能够通过证明这个世界的感官幻觉以否定的方式增强信仰……尽管无法传达真理，但却有助于以对待世界的魔术方式将人诱入真理之中……”[1]如果真是这样，汉语诗歌亦将重复克尔凯郭尔的失败，使得伟大的宗教诗歌以往所具有的对在上帝面前怀疑的、迷途的、傲慢的、忏悔的人的描写，最终变成了说教的演讲。表明自己并不拥有最后的确定性，反而会使诗歌具有摄人心魄的说服力。因为，得救并非像成佛那样是一个可以预约的结果，而永远是在路上的可能性与确定性俱在的冒险。

在这种情况下，重建信仰成为诗歌精神确立的当务之急，借用马丁·布伯的话说，“如果两个或者三个人真正融合了，他们是因上帝之名而融合的。”[2]没有人与人之间的融合，也就不会有人类集体主体与自然的融合。从汉语灵性文学中，我们可以约略捕捉到这种福音，虽然还没有成为主流。那么，在信仰资源相对缺乏的当代文化语境中，更

---

[1] 汉斯·昆，瓦尔特·延斯：《诗与宗教》，北京三联书店，2005年版，231页。

[2] 《20世纪七大思想家自述》，上海人民出版社，2004年版，第98页。

为普遍有效的则是生态诗学的建构。因此，本书从现代主义审美救赎的失效，解构式后现代对主体性的消解的局限，最终的落脚点，则逻辑上地落在了生态关怀上面，主体客体化成为有觉悟的诗人的共识。经过以上的梳理，我们不难发现，客观化诗学的思路与西方哲学的前沿进展是同步一致的。对自我的解构的目标在于主客二元对立的重新弥合。现代主义没能有效实现这种弥合。艾略特源自济慈的“消极感受力”而发展出来的“非个性化”诗学，没能使诗人在精神荒原上他找到归宿，最终却在传统的宗教信仰中得以获得最终的慰藉。奥登也是如此。叶芝试图以艺术创造的伟大来抗衡时间的侵蚀，结果也终归于虚妄，人工之物在宇宙的生态系统中可谓脆弱不堪。与西方诗人相比，汉语诗人没有艾略特、奥登那样的幸运，有一个足够强大的宗教传统可以为最后的依托，这便导致了汉语诗人总体上偏重经验而轻于超验，而重视在人际之间达到平衡，而超乎人际、人与社会、人与自然之上的超越维度，基本付诸阙如，得救被悄悄转化为在社会层面上的建功立业，而丧失了浮士德式的永恒追问的勇气。这种超越意识的淡薄或超验维度的缺失，也是中国现代性固有的特性之一。著名学者杨春时曾令人信服地分析过现代性的三个层面及其固有危机，在感性层面上，存在着对人欲的释放，以感性、自然反抗宗教禁欲主义，其基本动力是物质消费和感官享受，这是社会发展的动力，也是一种感性异化。在理性层面，现代性以理性取代神性的权威，是对神圣的世俗化“祛魅”过程，其相应的理性异化则体现为科学主义导致的技术对人的统治和生产环境的恶化，世俗化的自由导致精神的空虚和生存意义的虚无化。而反思——超越层面，则是指神性丧失所必然导致存在的终极根据的丧失，而人作为超越性的存在，具有神性，因而在追求现代性的同时，也必然进行自我反省和自我批判，并追求终极的意义与价值，这个层面就包括哲学现代性、审美和艺术现代性等，它们制约着感性——理性层面的现代性。现代性作为普世价值之从西方引进，在具有现代性的一般性质的同时又带有自己的特殊性。西方现代性是“脱神入俗”，而中国现代性则是“脱圣入俗”，中国传统精神和文化的圣化是以道德理想主义构建终极价值，强调天人合一，形而上领域与形而下领域没有分离，儒教本身既是一种道德体系，又具有形而上的意义（宗教和哲学）。中国的启蒙运动引进了现代性，瓦解了这种圣俗一体的文化结构，对西方文化的引进却并不全面，仅限于科学和民主，而科学与民主都是形而下层面的文化，西方的宗教和哲学以及审美文化等形而上层面的文化则被忽略甚至被拒斥。因此中国现代性一开始就具有致命的结构性缺陷，存在形而上领域缺失的问题。[1]

当代汉语诗歌从20世纪80年代至今，许多重要诗人都不约而同地经历了从凌空蹈虚的诉诸想象力的写作向日常关怀的诉诸当下此在的写作转变。这个过程也暗合了从理想到现实、从天堂到人间的视角和理解上的转换，诗人们不再精心构筑野心勃勃的形而上体系，追寻那在现象界后面捉摸不定却又主宰一切的本质和“逻各斯”，而是在具体细致的生活经验中发现美的形式，将内心的激情体现在对事象的描摹中，以求最大限度地榨取日常生活中所蕴含的生存信息，在时代生活和个人信念之间求取不稳定而又迷人的平衡。浪漫的抒情咏叹转化为平静的宣叙描述，张扬的自我消弭于与物齐观的谦卑、守护与倾听。作为主观艺术的诗歌却日益呈现出整体上的客观化倾向。诗人们不再相信人为强加在事物之上的价值与意义框架，不再晕眩于文化意识形态对事物本身的符码化所造成的光轮，他们宁可认为物是无深度、无厚度、无本质、无内里的，宁可相信在一个冷漠的物化世界中，物不再是人的主观的外化，人只是人，物只是物而已，在人与物之间永远是一道分裂的鸿沟。这首先意味着诗人主体上的自我开敞，意味着对存在所采取的看护、尊重的态

[1] 杨春时：《现代性与中国文学思潮》，北京三联书店，2009年版，第2—8页。

度。在这种光照下，诗人不再仅仅通过自我的针孔中去窥视世界，而是像河流一般将自我消融在大海的蔚蓝之中，加入到人类生活的伟大循环之中。一己的情志不再重要，重要的是让事物通过自己而显现。美国诗人伯莱就此有过精辟的见解，他在《生命的两个阶段》中说：“在生命的第一阶段，直到三十五岁或四十岁，他将他的能量用于强化他的自我。在四十岁上下，一个人会有很大的变化，他开始往回走，而且将他其余的生命主要用来使自我的围墙变得更富有渗透性。他现在想走出自我，到青草和树木中去，到别人中去，进入黑暗，进入‘宇宙’。”[1]实现了这种生命阶段的飞跃的诗人是有福的，在他眼里，万物不再是他的喜怒哀乐的载体，他自己在万物中已还原为和谐的一员，和青草树木石头一样在大道周行中激荡不息，参与造化的轮回，成为永恒力量的一部分。这样的诗人就如同真正懂得返回安静的内室祈祷的信者，懂得在万物的源头重新吸取勇气与清新，恢复活力。他开始以一双谦卑而宁静的眼睛注视天空，而天空不再仅仅是空气，而是天空本身。他偶尔将他的观察所得低声告诉我们，让我们与他一起分享万物创生与毁灭的永恒奥秘。有这样的诗人在身边，我们已无须再多想什么，我们只需要清除自己内心骄傲的迷障，在他的指引下学会观看与倾听的智慧。在他的声音中我们可以听到山风的呼啸、鸟雀的歌吟、种子在地下行走、落叶在空中片刻的停留……事物因其自身的存在而庄严。

丘科夫斯卡娅在《诗的隐居》中记载过阿赫玛托娃在颠沛流离中仍能敏锐地注意到“莫斯科地铁那浅蓝色车厢上覆盖着积雪”，这是所有真诗人的共同特征。在这里，语言不再是被消耗性的使用，而是如同在源头被清洗过一般，恢复了弹性、丰富、柔软。好的诗人能更新“爱”

[1] 罗伯特·伯莱：《生命的两个阶段》，《二十世纪外国重要诗人如是说》，河南人民出版社，1992年版，第510页。

这样被用滥的词，把能量、清晰和丰富归还给它，使之重新变得可用。我想，保持这种风度的秘密不仅仅是后天的人格修炼，更多的是源于诗人对存在所采取的看护的谦卑态度和自由开敞的心境，正是这种客观的态度使得事物恢复了与人的本质性关联。就诗歌创作而言，诗人需要的是多么少啊，奥登说诗人“把诅咒变成葡萄园”，阿赫玛托娃则是“以何等巨大的力量，把生活向他投掷的碎瓦片变成纯金”，正如她在诗中所言，“诗不知羞耻，从怎样的垃圾里生长出来”。在生活的不公强加给诗人的荒芜和贫寒中，生长起的却是崇高的精神。应该说，作为“祛魔”手段之一的诗歌写作，从更大的视野来看，既是保持开放的敏感性，又是个人精神整肃的一部分。在作于1994年的《以两种速度播放的音乐》一诗中，我曾经写下这样的句子：

每十年便要清理一堆怎样的垃圾：草堆，半沉的
檀木箱子，扁平的马。洗发剂的波浪
从上游涌来，在岩石上爆开……

这里的含义更多的是精神秩序对广义的生态环境（物质的和人文的）的整理，十年象征着历史循环论的阴影始终盘旋在我们头上，所以这里的清理是灾难还是拯救，其性质模糊难辨。当然，从作为信息传达者的作者本身的意识来看，对环境的清理是极其必要的，是乐观的，善的，批判的。十年一个小循环，三十年一个大循环，这在中国，已经几乎成了一个公式。与叶芝以“旋梯”来象征的历史循环论不同，在他那里，历史的开端和结束是以神话中男性神强行与凡人女性的结合为分界点的。他认为人类历史是从野蛮到文明、又从文明到野蛮的循环性的而非线性的发展过程。每一个循环周的期限是两千年。从希腊神话到希腊文化的衰落为一个基本循环周，由此一直到耶稣的降生才引发出一个对

立循环周。到文艺复兴时期，第二个循环周发展到极致，这是历史螺旋形扩展到近乎圈子最大的时期，一切都处于失去中心、离心解体的状态当中，而与此相映照的便是西方文明的濒临末日，个人的生命在数次再现中一遍接一遍地重演。每一循环都是由一个处女和一只鸟儿的交媾开始的，这使得神的智慧和人的美得以结合，造成人类历史的开端。纪元前的那一次循环是由丽达与天鹅产生的，创造了希腊文明。而公元后的两千年则是由玛丽和白鸽（即圣灵受孕说）引出，产生了基督教文明。

新历史主义认为，历史只不过是一堆文本，一堆死人故事，没有真相，历史是建构出来的，事实是叙述出来的，这种人为的选择决定了历史的意义，同时也决定了历史本身是反历史反真实的，甚至仅仅是对真实的遮蔽。所以，美国后现代诗人安德烈·考德拉斯库明确反对审美标准对定量化“美丽”的恳求，他认为真正的行动只能从未经遴选的现场中反映出来。由此，历史的整肃力量与现场的无界限狂欢、与生命个体的具体化存在的尊严便始终处于纠葛之中。我更愿意相信历史与公正没有必然的关联，时间是灰尘，只能使事实真相变得更加模糊。“此情可待成追忆，只是当时已惘然。”那么，是否事实一经语言的整理就会完全失去其本来面目呢，从极端上说，语言对事物的变形，语言的不及物，语言的滥用，个人掌握和运用语言上的有限性，等等，都使得我们难以简单地将语言事实等同于事实本身。尼采曾提出无穷视角的方法来形成事实的近于立体的影像，但其实这在实践上是不可能的，总有一种或数种（不会太多）视角优先于其他视角，而为大多数人所“认可”，这又牵扯到哈贝马斯知识合法性问题。可见，事实离我们是太远了，谁也不敢说谁就摸到了事实。事实大致可以等同于虚构，它是虚构的开始和结果。哥德尔的不完全性定理和海森堡的测不准原理，在这里发挥了其威力。而量子力学中的量子帷幕，现代物理学对时间非连续性的研究，都在向我们表明，人类的认识能力和事实之间，有着一海的距离。

人类能够认识的东西仅仅局限在他的大脑结构所提供的范围，或如康德所说的时空结构。我则认为人类的认识能力局限于语言。

个人的清理大致可以分为物质与精神两个领域，物质领域可以以打扫卫生为例，精神清理可以以祈祷为例。而对物质的清理往往反映或联系着对精神的清理。《1940年后的美国诗歌》里，有一首题为《脏地板》的诗，作者爱德华·菲尔德名气不大。他说——

地板是脏的：
不仅来自城市空气中的煤灰
还有多得惊人的头发丢在屋中。
很难保持。甚至
在屋子扫完之前就又脏了。

确实如此。在承认了地板边扫边脏的事实后，诗人幽默地夸张道——

我们蜕落的比认识到的更多。
我至今脱落的头发
能够做六十个大地毯
中国诸侯为此杀了他的织匠，
勒死了穆斯林一半的儿子。

诗人认识到时间不会为任何人停留，甚至在擦地板的时候，当然，在政治谋杀的时候，在权力交媾的时候，在密室祈祷的时候，时间冷酷坚定的嘀嗒声都不会停止。头发在继续脱落，地板片刻都不能完全干净。诗人继续写到——

在多年的排泄和脱落之后我们还剩下什么？
我们是母亲厌烦的人，或者现在有着
儿子名字的陌生人，仅仅无可名状地，
不断地重新学习同样的词语
那意味着，随每一次重述而减少。

你认识的他是一条环绕世界的遗留物的诡计。
更新是一个谎：不再有人吻我。
芭芭拉愤怒的眼睛很久以前便从她的地板上扫走了。
一个陌生人以玛丽安妮的名字经过；那不是她，
我也不是因为名字才认识了玛丽安妮

诗人的敏感使之从扫地板这样普通的日常行为中想到一大堆东西，他把一切以前看似没有关联的东西全都联系起来，用词语强行扭结到一起，儿子与母亲、我与情人、我自己、词语，都是处在不断丧失自身的变异中。无法保持在原处，无法保持其原样，无法抵达其自身。一切都脱节了，异化了，分崩离析了。他实际想告诉我们，我们无法清洁自身。在此，诗人基本得出了一个悲观的结论。那么怎么办呢？无法清理自己，更无法清理外在环境（物质的精神的），在这种情况下，一个向往纯洁精神的人当如何自处，这是个问题。诗人在最后给出了这样的一个“答案”——

地板积累着我自己的微粒
我说它脏；脏，街道死者密布；
脏，我习惯呼吸的稠密的空气。

至少我活着。快，谁那样说？

把扫帚给我。留下的人扫走了剩余物。

这里面隐然显示出后现代对异化的认同和忍受。一切都早已习惯，既然反抗已经没有效果，只能是自取灭亡，那只有认同于黑暗。英雄主义蜕变而为犬儒主义。“留下的人”是什么人呢，又是什么力量选择了谁去谁留？留下的人扫走了消失的人的“剩余物”，那也许正是消失者的尸体。人是人的剩余物，物是物的废墟。谁去谁留，其实也是个伪问题。留在名利场，已经无异于死人一个，而如果能从乱哄哄中抽身而出，去独自承担存在，在那些所谓“在场”的热闹者看来他是消失了，但其实他是返回到存在之源，吸取智慧，探询真知。

如果对历史的虚构性和文本性没有认识，如果对人生的虚无和死亡的威力没有体会，我们所谓的真相将仅仅是自欺欺人，我们所谓的胜利将仅仅是社会层面的小小功利罢了。在历史循环的暴力面前，尽管个人的精神自律永远是渺小的，不会有任何显在的行动效果，但是，我更愿意葆有叶芝式的信念，我们个人的每一句话，每一次行为，都保存在世界灵魂的“大记忆”中，正如枯萎的鲜花的芳香保存在有希腊纹饰的古瓶中。我们的一切都将影响到宇宙的秩序，尽管我们看不到，也认识不到。但是，个人清洁的必要及其伟大作用是不可否认的，它是内在于人类整个生态系统之中的，每个个体如果都能清洁自己的精神，人文生态环境会好转很多。而诗歌或广义的文学艺术的创造，其意义最终即在于此。事物互相关联，结成一个有机整体。正如混沌理论所描述的，安第斯山脉的蝴蝶拍动一下翅膀，孟买就会起龙卷风。几乎注意不到的微小事件的组合，甚至可以导致一场巨变。“在疾病的世界，任何微小的、随机的、分子级的病菌基因改变，都相当于蝴蝶翅膀的一次拍动，它所引起的传染病便是能摧毁生命、使社会陷入极大混乱的龙卷风。生态学家和环境保护主义者很久以来就在劝说我们，要以同样的方式看待自己与自然界的关系。甚至对动植物和人类之间无限复杂的关系网的最微小的触动都可能产生不可预见的甚或灾难性的后果。我们故意冒险地干预自然界：我们不仅会目睹直接可见的后果——例如物种的灭绝——而且我们也将承受更加不可捉摸的力量对我们生存与健康的影响。”[1]我们个人的精神生态，与更大范围的生态平衡是息息相关的。

威廉·鲁克特在《文学与生态学——一个生态批评的实验》中谈道：

一首诗是储存的能量、一个形式的风景、一个活的事物、一个潮流中的旋涡。

诗是维持生命的能量通道的一部分。

诗是石油的有声对等物，但它是可更新的能源。这种再生的力量源于语言与想象的孪生的子宫。

有些诗歌似乎自身就是永生的不可穷尽的能源。它们的关联不仅仅源于它们的意义，而且源于它们在任何语言中维持活力的能力，源于它们在更广泛意义上的能量转换，源于它们维持生命和人类共同体能量通道的功能。[2]

与石油不同，诗歌是不会被耗尽的。而文学阅读、教学和批评都能释放诗中的能量，使之畅流于人类社会。这些活动是诗的演出，将诗中的能量释放出来，以便它流向读者，有时这种能量的强度能让人感觉到

[1] 皮特·布鲁克史密斯：《未来的灾难》，海南出版社，1999年版，第187页。

[2] The Ecocriticism Readers, Athens and London: The University of Georgia Press, 1996, p.108.

一种实际的流动；或者感受到储藏的能量在共同体中的流动，感受到对它的“反馈”，不管是肯定的，还是否定的。在文学中，所有能量源于创造性想象。它不来自语言，因为语言仅仅是一种储存创造性能量的运载工具。一幅画和一首交响乐同样储存能量。而且，很明显，这些储存的能量并非被一次用光，之后就不再存在于人类社会中。或许人类共同体的生命依赖于创造性想象和智力的创造性能量的持续涌流，恰如人类社会依赖来自太阳的能量一样。与自然界不同，人类社会中有许多太阳和资源。文学和个体的著作，就是许多人类太阳中的一种。能量从诗人的语言中心和创造性想象中流向诗，而后从诗流向读者。阅读是一种能量转化过程。储存于诗中的能量在阅读中被释放，返流到读者的语言中心和创造性想象中。如果说绿色植物是地球上最有创造性的机体之一，它们是自然的诗人。那么，诗歌就是我们中间的绿色植物，它们截断了能量流向熵的道路，将其捕获，使之从低级走向高级，有助于创造出自我更新和进化的系统。因此，对文学的阅读、写作、教授可以在生物圈中创造性地发挥作用，促进生物圈的进化和健康。作为读者、教师、文学批评家，我们怎样才能成为负责任的星球乘务员？答案在于：首先成为诗人，而后成为生态学家。[1]关于这种“能量循环”的思考，诗人加里·斯奈德曾有过非常清晰而形象的论述，他在诗歌与科学生态学的核心观念之间以“高潮”一词做过这样的类比：

森林、池塘、海洋或草地中的生物社群似乎倾向于一种叫做高潮的状态，“处女林”——许多树种、老骨头、大量腐叶、复杂的能量通道、住在残桩里的啄木鸟，以及贮存小草堆的穴兔。这种状态具有相当

[1] The Ecocriticism Readers, Athens and London: The University of Georgia Press, 1996, p.114.

的稳定性，在其网络中保存了很多能量——这些能量在较为简单的系统中（例如推土机刚刚铲平的一片杂草地）会丧失在天空或排水沟中。所有的进化都可能是由这种朝向高潮的牵引所形成的，正如同个体或物种之间的单纯竞争一样。[1]

在一个生态系统中，很大一部分能量来自于死亡生物的释放，例如落叶、死动物、真菌和大量昆虫等等。真菌之于能量循环，正如同“觉悟的灵魂”之于日常的自我，艺术之于被忽略的内在潜能的激发。当我们深化和丰富我们的自我，内视并理解我们的自我，我们就更接近一个趋向高潮的生态系统，就能重新释放我们感官碎屑中的能量。文艺是全社会的未感知的经验、感觉和记忆的同化器。当所有感觉与思考的混合物返还给我们，它不是作为一朵花，而是作为一只蘑菇而返还的——被埋葬的菌丝果实累累，在土壤中大范围地蔓延伸展，与所有树木的根系错综复杂地交织在一起。“结出果实”就是诗人工作的完成，那时，他所做的一切作为营养、孢子和种子传播着“觉悟的思想”，抵达个体深处寻求隐藏的滋养，然后又返回到社群。社群和它的诗歌是合一的。诗歌由于其节奏和易于记忆的特点，在回收利用社群最为丰富的思想和感觉方面是尤其有效的。每当我们阅读或讨论一首诗，我们就是在将其能量再循环进我们的文化环境之中。如果我们相信隐喻是理解事物隐蔽的普遍关联的一种方式，是重新整合被科学思维分解的世界的一种途径，那么，相信隐喻力量的诗人就绝对是至为重要和不可或缺的。

混沌理论告诉我们，大多数混乱来源于我们顽固地用非此即彼的二元论来看待世界。人脑有一种很糟糕的习惯，就是坚持用某种简化了的模式来描述事物，久而久之，这种模式就取代了实在本身。“从有文

[1] Jonathan Bate, The song of the Earth, London: Picador, 2000, p.246.

字记载的最早时代，我们就以分岔方式分割世界，以冀发现知识和信仰的根基。对一些哲学家而言，宇宙是实体；而对另一些哲学家来说，宇宙是真空。对一些人而言，实在是无休止变换的永恒流；而对另一些人而言，实在则是打不烂、拆不开的原子。我们被告知，我们必须在自由意志与决定论、心与身、持续创生与一次大爆炸、有序与混沌中作出选择。”[1]要逃脱这种二元论，可以依靠反讽、隐喻和幽默，艺术、宗教仪式中丰富含混的手法都有助于我们从二元论的陷阱中逃脱，引导我们在忽略细节所致过分简单化选择与过度复杂化以致放弃直接决策与行动之间走钢丝。按照怀特海的过程哲学，世界上真正实在的东西是“现实实有”，而不是柏拉图的理念、笛卡尔的心灵或莱布尼茨的单子。构成世界的终极实在的事物是“现实实有”。“现实世界是一个过程，该过程就是诸现实实有生成的过程。因此现实实有便是创造物；它们也被称为‘现实事态’。”[2]这种过程化思维有效避免了传统的心物二元论。这种事态的生成过程是事物从潜能成长为现实甚至实现永恒的事件，不是一般的主体作用于客体的事件过程。现实实有是宇宙的“细胞”，是有机的整体。它之成为现实的实有，全系于相当于柏拉图“理念”的永恒客体作为“纯潜能”对它所进行的特殊规定，是永恒客体的实现，而未实现的永恒客体只能是诸如“圆形”“红色性”“勇敢”这样一些抽象的东西。永恒客体不是“理念”那样高于现象世界的东西，而是一种潜在的可能性。“暂时事物之所以出现是因为它加入了永恒的事物。一种将暂时事物的现实性与潜在事物的永恒性结合在一起的东西把这二者调和了。这一终极的实有便是世上的神圣要素，通过这一要素，抽象潜

[1] 约翰·布里格斯等：《混沌七鉴》，上海世纪出版集团，2008年版，第93页。

[2] 怀特海：《过程与实在》，贵州人民出版社，2006年版，第29页。

能的贫乏无效的分离从根本上变成了完美实现的有效联合。”[1]这种有效联合其实就是万物互为因果的因缘整体，宇宙中的每一项，包括所有其他现实实体，都是任何一个现实实体的一个组成要素。“现存事物由它们与其他现存事物的关系构成。这里不存在任何享有特权的非关系性观点或参照，不存在任何非关系性实体或根据。相反，存在着无限多样的关系中心。一切事物都相对于一切其他事物，因而必须根据其相应的前后联系加以理解。”[2]

这种重视系统和关联的思想原则，内在地蕴含着生态思考，它和建设性的后现代主义也有着某种相似性。生态整体主义认为，生态圈中的所有个体，都彼此关联。而建设性后现代主义也强调人与他者的关系，认为人（乃至万物）都是关系性的。大卫·格里芬曾言：“个体与躯体的关系、他（她）与较广阔的自然环境的关系、与其家庭的关系、与文化的关系等等，都是个人身份的构成性的东西。”[3]这种建设性后现代理论的目标，也是试图重新弥合人与自然的割裂，其精神实质与生态整体主义的追求发生了内在契合，因此，大卫·格里芬才说，后现代思想是彻底的生态主义的，它为生态学运动提供了哲学和意识形态方面的根据，这种持久的见识将成为新文化范式的基础，后世公民将会成长为具有生态意识的人，在这种意识中，一切事物的价值都将得到尊重，一切事物的相互关系都将受到重视。我们必须轻轻地走过这个世界、仅仅使用我们必须使用的东西、为我们的邻居和后代保持生态的平衡，这些意识将成为“常识”。[4]

因而，尊崇万物一体的生态整体主义，其目标就是要脱出人类顽固

[1] 怀特海：《过程与实在》，贵州人民出版社，2006年版，第54页。

[2] 菲利浦·罗斯：《怀特海》，中华书局，2002年版，第23页。

[3] 大卫·格里芬编：《后现代精神》，中央编译出版社，1998年版，第22页。

[4] 大卫·格里芬编：《后现代精神》，中央编译出版社，1998年版，第227页。

的二元论思维的惯性，它开启的是一个万物互相成全互相生发的辽阔的诗歌境界，它所带来的致思方式的革命性变化，不仅仅局限于文学，而是成为人类真正延续生命的前提，在这种意义上，其使命已经超越文艺文化领域，而直指岌岌可危的人类生存本身。

马永波

文艺学博士后，出版个人专著《以两种速度播放的夏天》《九叶诗派与西方现代主义》《荒凉的白纸》《树篱上的雪》《词语中的旅行》及译著《1940年后的美国诗歌》《1950年后的美国诗歌》《1970年后的美国诗歌》《英国当代诗选》《约翰·阿什贝利诗选》《诗人与画家》《史蒂文斯诗文录》《肖邦在巴黎》《过去的痛》等60余部。现任教于南京理工大学。